Meredith Russo

ALS ICH AMANDA WURDE

Roman

Aus dem amerikanischen Englisch
von Barbara Lehnerer

dtv

Ausführliche Informationen über
unsere Autoren und Bücher
www.dtv.de

MIX
Papier aus verantwortungsvollen Quellen
FSC® C019821

Deutsche Erstausgabe
2017 dtv Verlagsgesellschaft mbH & Co. KG, München

Titel der amerikanischen Originalausgabe: ›If I was your girl‹,
2016 erschienen bei Flatiron Books, New York.
Produced by Alloy Entertainment.
Published by arrangement with Rights People, London.

Umschlaggestaltung: Liz Dresner und Elaine C. Damasco
Umschlagbild: Michael Frost
Gesetzt aus der Life 10/14˙
Gesamtherstellung: Druckerei C.H.Beck, Nördlingen
Gedruckt auf säurefreiem, chlorfrei gebleichtem Papier
Printed in Germany · ISBN 978-3-423-71749-6

Für Vivian und Darwin, ohne die ich keine Mutter wäre.

Für Juniper, die mir mit ihren Geschichten so viele Anregungen für dieses Buch gegeben und mich in Krisenzeiten immer wieder ermutigt hat.

Für meine Eltern, die nicht ausgerastet sind, weil ich Kreatives Schreiben im Hauptfach studiert habe (und obendrein Frauenforschung im Nebenfach).

Für meine weiblichen und männlichen Vorgänger und all die unbestimmten Geschlechts, die mir meine heutigen Chancen und Freiheiten ermöglicht haben, weil sie revoltierten und kämpften, Seuchen überlebten, Freunde betrauerten und unvorstellbaren Kummer und Leid durchstanden.

Für meine Brüder und Schwestern und all die unbestimmten Geschlechts, weil sie jeden Tag mit innerer und äußerer Schönheit in einer Welt überleben, die weit davon entfernt ist, ihnen Sicherheit zu geben.

Für die Jungen und Mädchen und all die unbestimmten Geschlechts, die sich alleingelassen und ängstlich fühlen, keinen Ausweg sehen und glauben, nichts könne sich je für sie zum Besseren wenden.

Für all die, die es nicht geschafft haben und deren Namen wir nie vergessen werden: Rest in power!

Dieses Buch ist für euch alle.

KAPITEL 1

Im Bus roch es nach Schimmel, Maschinenöl und Schweiß. Während wir die Vorstädte von Atlanta hinter uns ließen, wippte ich mit dem Fuß auf und ab, kaute an einer Strähne meiner inzwischen langen Haare und hörte eine kleine bohrende Stimme, die mich daran erinnerte, dass ich erst eine halbe Stunde von zu Hause entfernt war; wenn ich an der nächsten Haltestelle ausstieg und zu Fuß zurückging, konnte ich bei Sonnenuntergang wieder in meinem schönen Zimmer in Smyrna sitzen und es würde im ganzen Haus nach Moms kohlehydratreichem Essen duften. Mom würde mich in den Arm nehmen, wir würden uns vor den Fernseher hocken und irgendeine bescheuerte Realityshow ansehen, sie würde nach der Hälfte einschlafen und nichts würde sich ändern.

Aber es musste sich etwas ändern. Weil ich mich verändert hatte.

Während ich aus dem Fenster auf die schnell vorüberziehenden Bäume starrte, war ich in Gedanken auf der Damentoilette eines Einkaufszentrums in Smyrna und durch meinen Kopf wirbelten die Bilder wie in einem Kaleidoskop: Das Mädchen aus meiner Schule und wie sie aufschrie, als sie mich erkannte. Ihr Vater, der hereinstürzte, seine schnellen, groben Hände an meinem Hals und meinen Schultern. Mein Körper, der auf dem Boden aufschlug.

»Alles okay mit dir?«, brüllte mir eine Stimme entgegen. Ich fuhr zusammen und sah einen Typen mit Ohrstöpseln, der das Kinn auf die Rückenlehne des Sitzes vor mir gestützt hatte. Er grinste schief und zog sie sich raus. »Sorry.«

»Kein Problem.«

Er starrte mich an und trommelte mit den Fingern auf die Kopfstütze. Irgendwie hatte ich das Gefühl, ich sollte mehr sagen, befürchtete aber, dass meine Stimme mich verraten würde.

»Wo geht's denn hin?« Er hing jetzt wie eine Katze über der Rückenlehne seines Sitzes, es fehlte nicht viel und seine Arme hätten meine Schienbeine gestreift. Am liebsten hätte ich mich zu einem winzig kleinen, gepanzerten Ball zusammengerollt und in meinem Gepäck verkrochen.

»Nach Lambertville«, antwortete ich leise. »Hecate County.«

»Ich fahre nach Knoxville«, sagte er und ging nahtlos dazu über, mich über Gnosis Crank, seine Band, aufzuklären. Mir war schon klar, dass er sich bloß der Form halber nach mir erkundigt hatte, damit er anschließend von sich sprechen konnte, aber es war mir egal; dann musste ich nicht so viel reden. Er erzählte mir, dass er und seine Band ihren ersten bezahlten Gig in einer Bar in Five Points hätten.

»Cool«, sagte ich.

»Die meisten unserer Songs sind online, falls du mal reinhören willst.«

»Klar.«

»Wie bist du übrigens an das blaues Auge gekommen?«

»Ich …«

»Ist das dein Freund gewesen?«

Ich wurde rot. Er kratzte sich am Kinn. Er ging davon aus, dass ich einen Freund hatte. Dass ich ein Mädchen war. Unter anderen Umständen hätte ich mich riesig darüber gefreut.

»Nein, ich bin gestürzt.«

Sein Lächeln sah jetzt traurig aus.

»Das hat meine Mutter auch immer zu den Nachbarn gesagt. Sie hatte was Besseres verdient und das tust du auch.«

»Okay.« Ich nickte. Vielleicht hatte er recht, aber was ich verdiente und was ich vom Leben erwarten konnte, war zweierlei. »Danke.«

»Kein Problem.« Er steckte sich die Stöpsel in die Ohren, lächelte und fügte, wieder viel zu laut, hinzu: »War nett, dich kennenzulernen.« Dann setzte er sich auf seinen Platz zurück.

Während wir auf der I-75 in Richtung Norden fuhren, schrieb ich Mom eine SMS, dass es mir gut ginge und ich die Hälfte der Strecke schon hinter mir hätte. Sie liebe mich, schrieb sie zurück, aber zwischen den Zeilen las ich, wie besorgt sie war. Ich stellte sie mir ganz allein in unserem Haus vor: Carrie Underwood in Endlosschleife und raunende Ventilatoren an der Zimmerdecke. Ihre mehlbestäubten Hände auf dem Küchentisch und viel zu viele Plätzchen im Ofen, denn sonst hatte sie ja immer für zwei gesorgt. Hätte ich die Stärke besessen, normal zu sein, oder zumindest die Stärke, zu sterben, wären jetzt alle glücklicher.

»Nächster Halt: Lambertville«, rief der Busfahrer mit barscher, blechern klingender Stimme durch die Sprechanlage. Draußen vor den Fenstern hatte sich die Landschaft nicht die Spur verändert. Die Berge sahen aus wie vorher. Die Bäume sahen aus wie vorher. Wir hätten überall im Süden sein können, was so viel hieß wie nirgends. Die Art von Gegend, die mir für meinen Dad typisch zu sein schien.

Als der Bus mit einem Ruck hielt, zitterten meine Hände. Außer mir stand niemand auf. Der Musiker sah von seiner Zeitschrift hoch und nickte mir zu, während ich meine Sachen zusammensuchte. Ein älterer Mann mit lederner Haut und schweißbeflecktem Arbeitshemd ließ seine Augen über meinen Körper wandern, ohne Blickkontakt mit mir herzustellen. Ich sah stur geradeaus und tat, als würde ich nichts merken. Die Tür öffnete sich scheppernd, der Bus gab ein zischendes Geräusch von sich. Ich schloss die Augen und richtete flüsternd ein kurzes Stoßgebet an einen Gott, von dem ich nicht wusste, ob er mich noch anhören wollte, dann trat ich auf die Straße hinaus. Die ekelhaft dampfige Nachmittagshitze schlug mir wie eine Wand entgegen.

Ich hatte meinen Vater vor sechs Jahren zum letzten Mal gesehen und diesen Augenblick im Geist immer wieder durchgespielt. Wie ich auf ihn zulaufen und ihn umarmen würde, wie er mir einen Kuss auf die Stirn drücken und ich mich zum ersten Mal seit Langem sicher und beschützt fühlen würde.

»Bist du's?«, fragte Dad. Seine Stimme klang durch das tiefe, rumpelnde Geräusch des Busmotors gedämpft. Er trug eine Sonnenbrille mit Drahtgestell und war schon halb ergraut. Tiefe Falten hatten sich um seinen Mund gegraben. Mom hatte immer »Lachfalten« dazu gesagt, weshalb mir nicht klar war, wie ausgerechnet er an sie gekommen war. Nur sein Mund sah noch genauso aus, wie ich ihn in Erinnerung hatte: derselbe waagerechte, dünne Strich.

»Hallo, Dad.« Die Sonnenbrille machte es mir leichter, ihn direkt anzusehen. Wir standen beide wie angewurzelt da.

»Hallo«, sagte er nach einer Weile. »Leg deine Sachen hinten rein.« Er öffnete die Heckklappe seines Kombis und stieg auf der Fahrerseite ein. Ich verstaute mein Gepäck und setzte mich neben ihn. An das Auto konnte ich mich noch erinnern; es war mindestens zehn Jahre alt, aber Dad kannte sich mit Maschinen aus. »Du musst hungrig sein.«

»Eigentlich nicht.« Ich hatte eine ganze Weile lang schon keinen Hunger mehr. Ich hatte auch schon eine ganze Weile lang nicht mehr geweint. Meist fühlte ich mich einfach wie betäubt.

»Du solltest aber etwas essen.« Er fuhr vom Parkplatz und warf mir einen Blick zu. Hinter den jetzt transparenten Brillengläsern sah ich trübe, gräulich-braune Augen. »In der Nähe meiner Wohnung ist ein Imbiss. Wenn wir gleich dort hinfahren, haben wir ihn ganz für uns allein.«

»Das wäre schön.« Dad war nie besonders gesellig gewesen, aber eine leise Stimme sagte mir, dass er nicht mit mir gesehen werden wollte. Ich atmete tief ein. »Deine Brille ist cool.«

»Ach ja?« Er zuckte mit den Achseln. »Mein Astigmatismus hat sich verschlechtert. Da hilft sie.«

»Gut, dass du was dagegen unternimmst.« Meine Stimme klang genauso hölzern und verlegen, wie ich mich fühlte. Ich sah auf meinen Schoß hinunter.

»Du hast meine Augen geerbt. Musst aufpassen.«

»Ja, Sir.«

»Wir gehen am besten bald zum Optiker. Dein Auge musst du wegen des Veilchens ohnehin ansehen lassen.«

»Ja, Sir.« Zwischen den Bäumen auf der linken Straßenseite tauchte eine Plakatwand mit der Karikatur eines Soldaten auf, der rote, weiße und blaue Funken sprühende Schüsse aus seiner Bazooka abfeuerte. GENERAL BLAMMO'S FIREWORK SHACK. Wir fuhren jetzt in der Sonne, sodass Dads Augen wieder hinter der Brille versteckt waren, aber sein Gesicht hatte einen angespannten Ausdruck angenommen, aus dem ich nicht schlau wurde. »Was hat Mom dir eigentlich gesagt?«

»Dass sie sich Sorgen um dich gemacht hat. Sie meinte, du seist an eurem Wohnort nicht mehr sicher.«

»Hat sie dir auch erzählt, was in der Zehnten passiert ist? Als ich … im Krankenhaus war?«

Seine Fingerknöchel auf dem Lenkrad wurden weiß. Er blickte schweigend vor sich hin, während wir an einem alten Backsteinbau mit angelaufenem Kupferturm vorbeifuhren. Auf einem Schild stand NEW HOPE BAPTIST CHURCH. Im Hintergrund ragte ein Walmart empor.

»Darüber können wir später sprechen.« Er rückte die Brille zurecht und seufzte. Die Falten in seiner Haut schienen noch tiefer zu werden. Ich fragte mich, wie man in sechs Jahren so altern konnte, aber dann fiel mir ein, wie sehr auch ich mich verändert hatte.

»Tut mir leid. Ich hätte es nicht ansprechen sollen.« Ich sah auf die Tabakfarmen, die draußen vor dem Wagenfenster vorbeizogen. »Es ist nur … weil du mich nie angerufen oder mir geschrieben hast.«

»Ich wusste nicht, was ich sagen sollte. War nicht so einfach, damit klarzukommen … mit all dem.«

»Und, kommst du jetzt besser damit klar, wo du mich gesehen hast?«

»Gib mir ein bisschen Zeit, Kleines.« Bei dem letzten, für ihn so gar nicht typischen Wort spitzte er die Lippen. »Wahrscheinlich bin ich einfach altmodisch.«

Dad fuhr jetzt langsamer und der Blinker tickte im gleichen Takt wie mein Herz. Wir hielten vor Sartoris Dinner Car, einem umfunktionierten Eisenbahnwaggon auf Betonfundament.

»Verstehe.« Ich stellte mir vor, wie ich auf Dad wirken musste, und alle negativen Eigenschaften, die ich je mit mir in Verbindung gebracht hatte, schossen mir durch den Kopf. »Aber ich heiße jetzt Amanda, falls du es vergessen haben solltest.«

»Okay.« Er schaltete den Motor aus, öffnete seine Tür und sagte zögernd: »Okay, Amanda. Das krieg ich hin.« Steif, wie es seine Art war – die Hände in den Hosentaschen, die Ellbogen abgewinkelt –, ging er auf die Tür des Diners zu, während mein Blick auf mein Spiegelbild im Wagenfenster fiel: ein schlaksiger Teenager mit langen braunen Haaren in Baumwollhemd und von der Busfahrt zerknitterten Shorts.

Eine Glocke läutete, als wir das leere Diner betraten, und eine schläfrig wirkende Kellnerin sah lächelnd auf. »Hallo, Mr Hardy!«

»Tag, Mary Anne«, sagte Dad mit breitem Grinsen, setzte sich an die Theke und winkte ihr zu. Mir wurde ganz seltsam zumute, als ich ihn lächeln sah. Er hatte einmal gelächelt, als ich sieben Jahre alt gewesen war und ihm sagte, dass ich es bei der Little League versuchen wolle. Ein zweites Mal, als ich neun war und endlich einwilligte, mit ihm auf die Jagd zu gehen. An weitere Male konnte ich mich nicht erinnern. »Habe gehört, Ihre Granny hatte einen Schlaganfall. Wie kommt Ihre Familie damit klar?«

»Sie meint, im Himmel wollen sie sie nicht haben und in der Hölle hätten sie Angst davor, dass sie das Ruder übernimmt«, erwiderte das Mädchen. Sie nahm Bestellblock und Stift aus der Schürzentasche und kam auf uns zu. »Aber die Physiotherapie ist anstrengend für sie.«

»Wenn es eine schafft, dann sie«, sagte Dad. Er schob der Bedienung die Speisekarte entgegen, ohne einen Blick darauf zu werfen. »Süßtee und einen Caesar Salad mit Huhn, bitte.«

Sie nickte. »Und wen haben Sie da mitgebracht?« Sie sah in meine Richtung. Mein Blick schnellte von ihr zu Dad.

»Ich bin Amanda«, sagte ich. Sie sah mich an, als ob sie gern ein bisschen mehr erfahren hätte, aber ich wusste ja nicht, was Dad ihr über seine Familie erzählt hatte. Vielleicht hatte er gesagt, er hätte einen Sohn? Mit zittriger Hand reichte ich ihr meine Speisekarte und sagte: »Ich hätte gerne eine Waffel und eine Cola light, Ma'am, danke.«

Nach kurzem Zögern sagte Dad ein wenig stockend: »Sie ist meine Tochter.«

»Sieht auch genauso aus wie Sie!« Dad und ich warfen uns einen unbehaglichen Blick zu, während Mary Anne unsere Getränke holen ging.

»Scheint nett zu sein«, sagte ich.

»Sie ist eine gute Kellnerin.« Er nickte steif. Ich trommelte mit den Fingern auf die Theke und wippte zerstreut mit den Füßen.

»Danke, dass ich bei dir wohnen darf«, sagte ich leise. »Das bedeutet mir viel.«

»Ist doch das Mindeste, was ich tun kann.«

Mary Anne brachte unser Essen und entschuldigte sich, um zwei ältere, weißhaarige Männer in karierten Arbeitshemden zu begrüßen.

Einer der beiden blieb stehen und fing ein Gespräch mit Dad an. Er hatte eine Knubbelnase, die von einem Spinnennetz aus violetten Adern überzogen war, und buschige Brauen, unter denen die Augen fast vollständig verschwanden. »Wer ist denn dieser kleine Sonnenschein?« Er beugte sich an Dad vorbei, um mir zuzuwinken.

»Amanda«, murmelte Dad. »Meine Tochter.«

Der Mann pfiff durch die Zähne und klopfte Dad auf die Schulter. »Na, kein Wunder, dass ich sie noch nie gesehen habe! So 'ne niedliche Tochter würd' ich auch verstecken.« Ich wurde glühend rot und beugte mich schnell über die Theke, um mein Gesicht zu verbergen. »Brauchst bloß zu sagen, wenn einer von den Jungs hier frech wird, dann kannste dir mein Gewehr leihen.«

»Ich glaube nicht, dass es da ein Problem geben wird«, meinte Dad hölzern.

»Glaub's mir«, sagte der Mann zwinkernd. »Ich hab drei Töchter und von denen ist, wie sie noch jung waren, keine auch nur halb so hübsch gewesen wie deine; trotzdem war's das Einzige, was ich tun konnte, um ihnen die Burschen vom Hals zu halten.«

»Okay«, sagte Dad. »Danke für deinen Rat. Aber ich glaube, dein Kaffee wird kalt.«

Der Mann verabschiedete sich, zwinkerte mir noch mal zu und ging steifbeinig zu seinem Platz. Ich schaute angestrengt geradeaus. Aus dem Augenwinkel sah ich, dass Dad das Gleiche tat.

»Sollen wir dann mal?«

Er stand auf, ohne meine Antwort abzuwarten, und warf einen Zwanzigdollarschein neben unser erst halb verzehrtes Essen. Während wir ins Auto stiegen und vom Parkplatz fuhren, sahen wir uns kein einziges Mal in die Augen.

NOVEMBER, DREI JAHRE VORHER

Das Krankenhausbett knarzte, als Mom sich setzte und über mein Bein unter der dünnen Decke strich. Trotz der rosigen Apfelbäckchen sah ihr Lächeln eingefroren aus. Sie konnte nicht mehr viel gegessen haben, seit man mich hier aufgenommen hatte, denn ihre Kleidung war ihr viel zu weit geworden.

»Ich habe mit dem Therapeuten gesprochen.« Ihr Tonfall klang so anders als meiner, leicht und melodisch.

»Worüber?« Meine Stimme klang nach nichts, flach, tonlos und eine winzige Spur dunkler als sonst. Am liebsten hätte ich nie wieder etwas gesagt. Mein Magen krampfte sich zusammen.

»Wann du guten Gewissens entlassen werden kannst. Ich

habe ihm gesagt, dass ich mich nicht traue, dich allein zu Hause zu lassen, denn in der Arbeit kann ich mir nicht länger freinehmen. Und ich würde es nicht überleben, wenn ich heimkäme und dich wieder ...« Sie verstummte und starrte an die zartgelbe Wand.

»Und was hat er gesagt?« Ein paar Tage zuvor hatte auch ich ein Gespräch mit dem Therapeuten gehabt. Als er mich fragte, was mir fehle, schrieb ich acht Wörter auf ein Blatt Papier, denn meine Kehle war von der Magenpumpe immer noch so wund, dass mir das Sprechen schwerfiel.

»Er meinte, es gäbe Mittel und Wege, dir bei deinem Problem zu helfen.« Sie sah mich prüfend an. »Aber er wollte mir nicht sagen, was es ist.«

»Du wirst nicht wollen, dass ich nach Hause komme, wenn ich es dir sage.« Ich schlug die Augen nieder. »Dann willst du mich nie wieder sehen.« So viele zusammenhängende Worte hatte ich seit Wochen nicht mehr von mir gegeben. Meine Kehle brannte vor Anstrengung.

»Das ist unmöglich«, sagte sie. »Nichts, was Gott geschaffen hat, kann mir die Liebe zu meinem Sohn nehmen.«

Ich hob die Hand und sah auf das Patientenarmband an meinem Handgelenk, auf dem Andrew Hardy stand. Wenn ich starb, würde man den Namen Andrew auf meinen Grabstein schreiben, das wurde mir soeben klar.

»Und wenn dein Sohn dir sagen würde, dass er in Wahrheit deine Tochter ist?«

Meine Mutter schwieg. Ich dachte daran, was ich für den Therapeuten aufgeschrieben hatte. *Ich wollte, ich wäre als Mädchen auf die Welt gekommen.*

Schließlich sah sie mich an. Mochten ihre Wangen noch so rund und rosig sein, der Ausdruck in ihren Augen war jetzt unerbittlich.

»Hör zu.« Sie packte mich so fest am Bein, dass es trotz der mich benebelnden Medikamente wehtat. Aber ich hörte ihr zu. »Alles und *jeder* ist besser als ein toter Sohn.«

KAPITEL 2

Lambertville High lag am Fuß eines Hügels und rund um die Zufahrt drängten sich Dutzende von Trucks und Kombis in ziemlich schlechtem Zustand. Kleine Schülergruppen hingen vor der Eingangstür herum; die Jungs betont cool, die Mädchen mit geradem Rücken und gerecktem Kinn, und alle strahlten so viel Desinteresse aneinander aus wie möglich.

Die Nacht zuvor hatte ich kaum geschlafen. Um fünf Uhr morgens gab ich es ganz auf und trank einen Nutritionalshake mit Schokogeschmack zu meinen Medikamenten: zwei Zwei-Milligramm-Östradiol-Tabletten, die winzig klein und blau waren und nach Kreide schmeckten. Sie sollten mein Äußeres femininer machen und das Testosteron ersetzen, das mein Körper jetzt nicht mehr produzieren konnte. Außerdem eine Zehn-Milligramm-Lexapro-Tablette, die rund, weiß und wachsartig war und mich beruhigen sollte.

Ich sah stur geradeaus, betrat die Schule durch die große Eingangstür und hoffte, dass der Concealer, den ich auf den inzwischen blasseren, gelblich verfärbten Überresten meines Veilchens aufgetragen hatte, seinen Zweck erfüllte. Der Boden im Schulgebäude bestand aus einem alternierenden Muster grüner, brauner und gold gesprenkelter weißer Fliesen. Neonröhren surrten laut, gaben aber trotzdem nur ein spärliches Licht auf den Gängen ab. An den Wänden standen Vitrinen mit Pokalen für Cheerleading, Marschkapelle, Baseball und vor allem Football und mit Urkunden, die zeitlich so weit zurückreichten, dass die Hälfte der Teamfotos darauf bereits verblichen war. Auf den roten Türen der Unterrichtsräume standen verblasste Zahlen, denen ich bis Nr. 118 folgte; das war der Klassenraum, den ich mir auf meinem Stundenplan notiert hatte.

Dort saßen mehr als ein Dutzend Schüler in Dreier- oder Vierergrüppchen zusammen und unterhielten sich so laut, dass ich sie schon vom Gang aus gehört hatte. Als ich den Raum betrat, verstummten die Gespräche. Die Mädchen sahen mich an und wandten schnell den Blick ab, aber ein paar Jungen starrten mich etwas länger an als nötig.

Während ich mich nach einem freien Platz umsah, bemerkte ich, dass einer der Jungs noch immer zu mir hersah: ein großer, schlanker Typ mit dunklen, wachen Augen und gewelltem schwarzen Haar. Unsere Blicke trafen sich und mein Herz machte einen kleinen Satz. Er saß neben einem Jungen, der genauso groß wie er, aber ziemlich massig war; er hatte kurze, helle Haare und seine Nase sah aus, als ob er sie sich schon mal gebrochen hätte. Er blickte mich mit einem sarkastischen Ausdruck in den nur halb geöffneten Augen an und sagte etwas, das ich nicht verstand, worauf sein Freund feuerrot wurde.

Alles in mir schrie, dass sie es gemerkt hatten, dass der Junge mit dem durchdringenden Blick sich zwar sekundenlang von mir angezogen gefühlt hatte, sein Freund aber, der mich durchschaute, sich über ihn lustig machte. Genau das Szenario, das Mädchen wie mir den Todesstoß gab. Ich hatte alles darüber gelesen. Ich wusste, wie oft so was passierte. Ich spürte die Narbe über meinem Ohr und dachte daran, dass ich mich nicht einmal jetzt, nach meiner Operation, nicht einmal jetzt, wo nur noch ein paar Dokumente meine Vergangenheit offenlegen konnten, wirklich sicher fühlen konnte.

Ich blickte auf meinen Schoß und versuchte, mich in Luft aufzulösen.

*

Cafeteria und Aula befanden sich in ein und demselben Raum. An den runden Tischen hatten maximal fünf bis sechs Leute Platz und die Hälfte davon stand auf der Bühne: eine eindeutig privilegierte Position und nur den Elft- und Zwölftklässlern vorbehalten.

Ich saß an einem der freien Tische oben, schlug den *Sandman*, einen Comic, auf, den mir meine Freundin Virginia empfohlen hatte, und nahm die am Abend zuvor zubereiteten Sushirollen aus meiner Tasche. Nach einer Weile markierte ich die Stelle, an der ich stehen geblieben war, beugte mich nach unten, um das Heft in die Tasche zu stecken, und als ich wieder aufsah, saß mir gegenüber der schwarzhaarige Junge aus meinem Klassenzimmer.

»Hi«, sagte er. Er war nicht so groß und wuchtig wie sein Freund, die Muskeln an seinen Armen waren eher sehnig und seine Bewegungen anmutig und lässig. »Was dagegen, wenn ich hier sitze?«

»Ja«, sagte ich und merkte dann erst, wie unhöflich ich war. »Ich meine, kein Problem.«

»Sieht mein Freund Parker anders«, erwiderte er.

»Wie?«, sagte ich und verschluckte mich dabei fast an meiner Wasabipaste. »Sorry«, sagte ich hustend. Ich trank einen Schluck Wasser. »Ist scharf.«

»Wo hast du denn in Lambertville Sushi aufgetrieben?« Er deutete auf die Reste meines Mittagessens.

»Hab ich selbst gemacht.« Ich spielte nervös mit den Stäbchen.

»Wow. Ich wusste nicht, dass man Sushi einfach so ... machen kann.«

»So schwer ist das gar nicht«, log ich und dachte an die zahllosen Abende, an denen ich an unserem Küchentisch gesessen und mich abgeplagt hatte, damit der Reis richtig klebte. Als die Geschlechtsumwandlung zu belastend für mich geworden war, hatten meine Ärzte darauf bestanden, dass ich eine Auszeit nahm. Am Anfang hatte ich es noch genossen, ein Jahr zu Hause zu bleiben – ich kam mir wie in ausgedehnten Sommerferien vor –, aber nach und nach stellte sich Langweile ein. Mir war, als würde ich mich auf der Stelle bewegen, als würde das Leben da draußen an mir vorbeiziehen und ich für immer in unserem Haus eingesperrt sein, ohne Ziel und ohne Ansprechpartner. Da musste ich etwas finden, womit ich mich beschäftigen konnte.

Er sah mich überrascht an. »Die meisten Familien hier finden es schon abgedreht, wenn sie sich mal italienisches Essen holen und nicht nur immer TexMex. Ich heiße übrigens Grant.«

»Aha.« Ich spürte, wie es in meinem Nacken kribbelte. »Ich bin Amanda.«

»Tut mir leid, dass du an meinem lahmen Witz eben fast erstickt wärst, Amanda«, sagte er. »Sollte eigentlich ein Kompliment sein. Aber davon kriegst du bestimmt mehr als genug.«

»Was willst du denn damit sagen?«

»Na ja, ein Mädchen wie du.«

Ich sah ihn argwöhnisch an. Was meinte er damit, *ein Mädchen wie ich*? Schlagartig kehrten die alten Ängste zurück. »Verarschst du mich jetzt?«

»Du willst noch mehr Komplimente hören, stimmt's?« Er schüttelte den Kopf und lachte. »Wenn schon, egal. Hast du heute im Klassenzimmer den Typen neben mir gesehen, den mit der schiefen Nase?« Ich nickte langsam und musste schlucken. »Das ist mein Freund Parker. Er will sich mit dir treffen, aber er ist ein großer Schisser und deshalb frage *ich* dich jetzt nach deiner Handynummer.«

»Du willst meine Handynummer?« Ich legte die Hände in den Schoß. An meiner Schläfe pochte es. Leute, die aussahen wie Grant, hatten noch nie das Wort an mich gerichtet ohne den Hintergedanken, mich verletzen zu wollen. So viele Jahre lang war ich das Opfer zu vieler dummer Scherze, Streiche und Konfrontationen gewesen. Zigmal war ich auf zig verschiedene Arten fertiggemacht worden. »Für deinen Freund.«

»Ja«, sagte er.

»Mein Dad ist, äh, ziemlich streng.« Ich dachte an Dads Blick, als ihm der alte Mann im Diner sein Gewehr angeboten hatte, um meine potenziellen Verehrer abzuschrecken. Direkt gelogen war es also nicht. Grant runzelte die Stirn, stützte die Ellbogen auf den Tisch und beugte sich nach vorn. Ich hatte das Gefühl, mehr sagen zu müssen. »Es ist etwas kompliziert … ich meine, ich bin kompliziert.« Ich presste die Lippen aufeinander.

»Okay«, sagte Grant völlig entspannt und lehnte sich zurück. Seine dunkelgrauen Augen glitten rasch über mein Gesicht und wir schwiegen beide. Ich sah Neugier in diesen Augen, aber keine Gefahr. Ob ein Junge wie er nachvollziehen konnte, was es bedeutete, wenn man so war wie ich? Was es hieß, die Highschool nur mit eisernem Überlebenswillen durchstehen zu können? Denn genau das war meine bisherige Highschoolzeit für mich gewesen – eine Aneinanderreihung von Tagen, die ich durchstehen, die ich wie Kästchen in einem Kalender abhaken musste. Nach Lambertville war ich mit einem klaren Plan gekommen: Ich würde hier auf Tauchstation gehen und mich ruhig verhalten. Ich würde meinen Abschluss machen. Danach auf ein College wechseln, das möglichst weit entfernt vom Süden lag. Ich würde leben.

»Um eins klarzustellen …« – Grant rieb sich den Nacken – »ich hab Parker gesagt, dass er mehr Chancen hat, wenn er selbst auf dich zugeht. Aber er ist nun mal mein Kumpel, verstehst du? Deshalb musste ich es wenigstens versuchen. Trotzdem ist er ein Idiot und dafür hältst du mich jetzt bestimmt auch.«

»Nein«, sagte ich. Ich begann, meine Sachen zusammenzupacken, und spürte, wie meine Hände dabei zitterten. Ich traute ihm, zumindest wollte ich das gerne, aber meine Ängste hatten sich all die Jahre über tief in mir eingebrannt und weder konnte ich ihnen gut zureden noch sie einfach ignorieren. »Wenn er selbst gekommen wäre, wäre es auch nicht anders gelaufen. Ich – ich kann einfach nicht.«

Über Grants Gesicht huschte ein Ausdruck, den ich nicht genau deuten konnte. Er vergrub die Hände in den Hosentaschen und stand auf. »Na ja, war jedenfalls sehr schön, dich kennenzulernen, Amanda.«

»Gleichfalls«, sagte ich.

Grant hob grüßend die Hand und ging davon. Nach ein paar Schritten blieb er stehen und drehte sich noch einmal um.

»Was liest du da eigentlich?« Er deutete mit dem Kinn zum Tisch.

»Heißt *Sandman*«, sagte ich und legte schützend meine Hand darüber. »Ist ein Comic.«

»Ist er gut?«

»Ich finde schon.«

»Cool«, sagte Grant, winkte noch mal und wandte sich zum Gehen. Meine Hände hörten auf zu zittern und ich atmete auch wieder ruhiger. Nur mein Herz hörte nicht auf zu rasen, aber darüber wollte ich gar nicht erst nachdenken.

KAPITEL 3

Kunst fand montags und dienstags in der letzten Stunde im Musikgebäude statt, das am Rand des Schulgeländes lag. Draußen schlug mir die sengende Hitze wie eine Ohrfeige ins Gesicht und meine Haut fühlte sich wie geföhnte Plastikfolie an.

»Geh ums Haus rum«, rief eine weibliche Stimme, als ich den Holzbau, der nicht viel größer als ein Schuppen war, erreichte. Ich folgte ihr und sah ein Mädchen, das allein im Gras saß. Sie trug eine ovale Sonnenbrille und knallroten Lippenstift, der sich auffällig von ihrer hellen Haut abhob. Kurze dunkle Borsten bedeckten das mittlere Drittel ihres Kopfes, der Rest war wilde Lockenmähne.

»Kunstkurs?«, fragte sie. Ich nickte und sah mich unsicher um. Sie stützte sich auf ihre Ellbogen. »Die Lehrerin ist nicht gekommen. Sie ist in Nashville. Ihr Sohn hat sich seine Hand bei einem Autounfall ruiniert.«

»Oh Gott.«

»Ja, nicht? Und dabei ist er Musiker. War Musiker, meine ich. He, es ist sauheiß hier draußen und du siehst aus, als ob dich gleich der Schlag trifft. Setz dich doch. Ich bin übrigens Bee.«

»Sollten wir nicht lieber ins Sekretariat gehen und Bescheid sagen?«

»Bloß nicht«, sagte sie schnell. »Die stellen sowieso keine Vertretung ein. Und erst recht keinen neuen Lehrer. Die befördern meinen fetten Arsch nur wieder auf direktem Weg in den Sportkurs, und die ganzen Kunstfördergelder fließen wie immer in den Fachbereich Sport. Ich nutz den Scheiß hier aus, solang es geht.«

Ich nickte zaghaft und setzte mich zu ihr ins Gras. Sie ließ sich auf den Rücken fallen und streckte beide Arme aus.

»Dann bist du wohl die Neue?«

»Ist das so offensichtlich?«, fragte ich und zog die Knie an mich heran.

»Spricht sich doch rum.« Ihre Arme und Beine glänzten vor Schweiß und sie blickte nach oben in den Himmel.

»Klar. Sorry.«

»Musst dich doch nicht entschuldigen«, sagte sie, ohne sich groß zu bewegen.

»Sorry«, sagte ich reflexartig und zuckte zusammen.

»Du hast mir noch gar nicht gesagt, wie du heißt.«

»Amanda«, beeilte ich mich zu sagen. »Schön, dich kennenzulernen.«

»Ja.« Sie kramte in ihrer alten, schon leicht verbeulten *Silver Age X-Men*-Lunchbox herum und angelte einen Joint heraus. »Stört's dich, wenn ich rauche?« Sie wartete meine Antwort gar nicht ab. »Und?«, fragte sie und stieß gleichzeitig eine kleine Rauchwolke aus, die wie Mulch nach einem heftigen Regenschauer roch, erdig und ein wenig säuerlich. »Woher kommst du?«

»Aus Smyrna«, sagte ich. »Mein Dad ist nach der Scheidung hierhergezogen.«

»Dads …!«, bemerkte sie. Darauf wusste ich nichts zu sagen, aber das fiel ihr entweder gar nicht auf oder es war ihr egal. »Du bist ziemlich cool, Amanda. Ich glaube, wir beide könnten Freundinnen werden.«

»Weiß nicht, ob ich so cool bin.«

»Schauen wir mal.« Bee nickte und legte den halb gerauchten Joint wieder in die Lunchbox. »Schauen wir einfach mal.« Sie kicherte, legte sich ins Gras zurück und schloss die Augen.

Ich streckte mich neben ihr aus, nahm den *Sandman* aus dem Rucksack und hielt ihn mir über den Kopf, um mich vor der Sonne zu schützen. Schnell nahm mich die Geschichte gefangen. Während die Menschen auf der Erde in ewigen Schlaf fielen, verlor ich jegliches Zeitgefühl. Dem Lord of Dreams gelang es, aus seiner jahrzehntelangen Gefangenschaft zu entkommen und sich ein neues Leben aufzubauen. Die Sleepers erwachten in fremden Körpern, was daran lag, dass man sie im Zustand ihrer Hilflosigkeit missbraucht hatte. Als der Lord of Dreams schließlich in die Hölle hinabstieg, legte ich das Buch zur Seite. Ich richtete mich auf und spürte die sengende Nachmittagshitze noch intensiver. Ich sah zu Bee hinüber, die sich in tranceartigem Zustand befand, halb schlafend, halb wach. »Wie spät ist es überhaupt?«

»Vier«, sagte sie gähnend.

»Scheiße!« Ich kroch zu meiner Tasche hinüber, um den

Comic darin zu verstauen. Dann sprang ich auf, hörte schon, wie sich die Busse laut zischend in Bewegung setzten, und als ich um die Ecke rannte, sah ich, dass sich der Parkplatz nahezu geleert hatte.

»Bus verpasst? Scheiße«, sagte Bee, die mir gefolgt war. »Gibt's jemanden, den du anrufen kannst?«

»Dad hört erst um sechs auf zu arbeiten.«

»Ich würde dich ja fahren«, sagte sie, »aber ich fahre nie, wenn ich bekifft bin, und das bin ich gerade total.« Sie kicherte.

»Dann muss ich eben zu Fuß gehen.«

»Das würde ich dir nicht raten«, sagte Bee. »Heute hat es 45 Grad. Da herrscht auf dem Highway absolutes Hitzschlag-Risiko.«

»Teenager kriegen doch keinen Hitzschlag, oder? Ich meine, die Leute hier im Süden haben schließlich auch schon vor Erfindung der Klimaanlage überlebt.«

»Deine Sache«, sagte sie und winkte mir träge zu. »Bis demnächst, falls es dich dann noch gibt.«

*

Der Schweiß lief mir in Strömen den Rücken hinunter, als ich den Seitenstreifen der Autobahn entlanglief. Nach der ersten halben Stunde hatte ich erst zwei von sechs Meilen geschafft, keuchte aber schon und schleppte mich nur mühsam voran. Ich überlegte, ob ich Dad anrufen sollte, wollte ihn aber nicht gleich am ersten Tag belästigen. Ich ging noch eine weitere Meile, aber dann begann mein Knie zu schmerzen und meine nackten Waden, die ich mir an den Brombeerbüschen aufgekratzt hatte, brannten.

Deshalb nahm ich auch kaum wahr, dass ein schwarzes Auto an mir vorbeischoss, plötzlich zurücksetzte und neben mir auf dem Seitenstreifen hielt. Das Fenster wurde heruntergelassen und ein blasses Mädchen mit kurzen dunklen Haaren beugte sich zu mir heraus. »Willst du mitfahren?«

»Nein«, sagte ich nuschelnd, »will niemandem zur Last fallen.«

Das Mädchen drehte sich zu jemandem auf der Rückbank um. »Mir egal, was sie sagt, Chloe, schaff sie einfach hier rein, bevor sie uns aus den Latschen kippt.«

Ein Mädchen mit rotem Lockenkopf und Sommersprossen stieg aus und blinzelte gequält in die blendende Sonne. Sie trug ein kariertes Arbeitshemd mit aufgerollten Ärmeln, das über der Brust aufgeknöpft war. Wortlos nahm sie mich am Arm und führte mich zur Rückbank des Wagens.

»Wirklich, es geht schon«, sagte ich kraftlos and schloss die Augen, als mir ein Schwall kalter Luft aus der Aircondition ins Gesicht blies. »Hoffe, ihr Mädels seid keine Kidnapper.«

»Wir entführen dich doch nicht«, sagte ein zierliches, blondes Mädchen mit Unschuldsaugen, das vorne auf dem Beifahrersitz saß. Sie runzelte besorgt die Stirn.

»Die wird schon wieder«, sagte das Mädchen am Steuer, als wir auf die Straße zurückfuhren. »Gebt ihr mal was zu trinken.«

»Ich bin Anna«, sagte die kleine Blonde. Ich öffnete ein Auge und sah, wie sie mir begeistert zuwinkte. »In welche Kirche gehst du?«

»Beachte sie gar nicht«, sagte die Fahrerin. »Das fragt sie jeden, den sie kennenlernt. Ich heiße Layla. Die mit den Sommersprossen ist Chloe.«

Das rothaarige Mädchen nickte, legte ihren Sicherheitsgurt an und sagte: »Hi.«

Anna ließ sich nicht beirren. »Der Glaube eines Menschen sagt viel über ihn aus. Und er ist immer ein gutes Einstiegsthema.«

»Ehrlich gesagt gehe ich nicht mehr in die Kirche.« Mein schlechtes Gewissen rührte sich, wenn ich daran dachte, wie lange schon nicht mehr, obwohl ich immer hoffte, dass Gott meine Gründe dafür verstand. »Aber früher bin ich in die Calvary Baptist gegangen.«

Anna klatschte in die Hände und hopste wie ein Kind auf ihrem Sitz herum. »Sie ist Baptistin!«, rief sie beglückt. Die beiden anderen Mädchen verdrehten die Augen.

»Wer in dieser Stadt ist denn bitte schön kein Baptist?«, schnaubte Layla. »Vielmehr in diesem ganzen gottverdammten Süden?«

»Ich kenne durchaus ein paar Lutheraner«, protestierte Anna und straffte die Schultern.

»Hier.« Chloe reichte mir eine Wasserflasche aus ihrem Rucksack. Ich brachte ein krächzendes Danke zustande, schüttete die halbe Flasche in mich hinein und vergoss dabei Wasser über Kinn und Hemd.

Layla drehte sich zu mir um. »Hast du Hunger?«, fragte sie. »Ich wette, sie ist hungrig. Lasst uns was essen gehen.«

Über einem Restaurant mit Chromfassade im Stil der Fünfzigerjahre hing ein Schild, auf dem in grellen Neonfarben

HUNGRY DAN'S stand. Als wir aus dem Auto stiegen, sah ich mir Layla und Anna genauer an. Layla war genauso groß wie ich, hatte schwarze Haare und eine Haut wie Samt. Anna ging Chloe kaum bis zur Schulter und hatte lange, glänzend blonde Haare, die bis zum Saum ihres roten Bibelcamp-T-Shirts reichten.

Im Diner hingen gerahmte Poster von *Grease* und *… denn sie wissen nicht, was sie tun* an schwarzen Wänden und auf den Tischen lagen Speisekarten mit rissigem, gefaktem Ledereinband und Gedecke aus Plastik.

Während die Bedienung unsere Bestellungen entgegennahm, checkte ich mein Handy und stellte fest, dass der Akku leer war. Ich wollte gerade fragen, ob eines der Mädchen mir ihres leihen könne, damit ich Dad schreiben konnte, dass es später würde, zögerte aber. Vielleicht schaffte ich es ja noch, bevor er von der Arbeit zurück war, und ich wollte ihm nicht sagen, dass ich schon an meinem ersten Schultag den Bus verpasst hatte.

»Übrigens«, sagte Layla mit feierlicher Miene, »am Donnerstag haben wir ein Footballspiel in der Schule.« Sie sah mich an. »Da kommst du doch auch, oder?«

»Oh ja!«, fiel Anna ein.

»Ich hab's nicht so mit Sport«, erwiderte ich achselzuckend.

»Aber unser bester Linebacker steht auf dich.« Layla lächelte anzüglich.

»Wer?«

»Parker«, sagte Chloe. »Kennst du ihn schon?«

»Klar kennt sie ihn«, sagte Layla und hob vielsagend die Augenbrauen.

»Tu ich nicht …«, stammelte ich.

»Dumm stellen bringt nichts«, sagte Layla, die eine Pommes wie eine Zigarette zwischen ihren Fingern hielt. »Parker und Grant sitzen in Biologie neben mir. Ich hab sie darüber reden hören, wie du Grant abgeschossen hast.«

Meine Wangen fingen an zu glühen, als ich an Grants entspanntes Lächeln dachte. »Aber so war es gar nicht.« Ich schüttelte den Kopf und überlegte schnell, wie ich reagiert hätte, wenn Grant sich mit mir hätte verabreden wollen.

»Jetzt lasst sie doch mal in Ruhe«, sagte Anna. »Wie ist es dir denn bisher so in Lambertville ergangen? Sind alle nett zu dir?«

»Ganz okay soweit«, sagte ich. »Aber ich habe auch erst fünf Leute kennnengelernt, Grant und euch Mädels inbegriffen.«

Anna lächelte. »Und wer ist Nummer fünf?«

»Sie heißt Bee. Wir haben Kunst zusammen.«

Die Mädchen wechselten einen raschen Blick.

»Wieso, stimmt was nicht mit ihr?«

»Nein«, sagte Chloe.

»In homöopathischen Dosen ist sie ganz witzig«, sagte Layla. »Mit Betonung auf homöopathisch.«

Ich schlürfte den Bodensatz unter meinem Eis mit dem Strohhalm auf und wusste nicht recht, was ich sagen sollte.

»Mein Gott, ich bin so eine Zicke«, sagte Layla kurz darauf. »Du hängst natürlich ab, mit wem du willst. Wir haben uns ja gerade erst kennengelernt. Bei uns bist du jedenfalls immer willkommen.«

Als die Kellnerin die Rechnung brachte, wollten sie mich nicht zahlen lassen. Ich griff automatisch auf den alten Südstaatenbrauch zurück, den ich jahrelang bei Mom beobachtet hatte, ohne groß darüber nachzudenken: Du bietest an, für dich selbst zu zahlen, die anderen lehnen ab, du holst dein Geld raus und bestehst darauf, die anderen lehnen wieder ab; dann gibst du nach. Wäre schön, wenn jede Art sozialer Interaktion so klare Regeln hätte, dachte ich.

*

Zwanzig Minuten später hielten wir vor unserem Apartmentblock, einem fantasielosen Backsteinkasten mit hohem, von Kudzupflanzen überwuchertem Dachfirst.

»Dann kommst du also zum Spiel, oder?«, fragte Anna.

Die Zikaden zirpten hartnäckig in der zunehmenden Dämmerung. Ich hatte mal gelesen, dass sie fast ihr ganzes Dasein lang unter der Erde lebten und erst zum Vorschein kamen, wenn sie schon ausgewachsen waren, um ihre letzten Tage an der Oberfläche zu verbringen. Ob ich das gleiche Schicksal haben würde? Und den größten Teil meines Lebens im Untergrund verbringen musste, mich nie in der Welt zeigen konnte?

Der Motor lief und alle sahen mich erwartungsvoll an. Endlich sagte ich: »Ich sehe euch dann dort.«

Layla hupte vergnügt und sie fuhren davon.

Als sie hinter der Kurve verschwunden waren, stand ich allein auf dem glühend heißen Parkplatz. Es war weit nach sechs und Dad musste schon seit geraumer Zeit zu Hause sein und sich fragen, wo ich steckte und wieso er mich nicht erreichen konnte. Am liebsten wäre ich der Situation, die mich in der

Wohnung erwartete, aus dem Weg gegangen; wäre bis Mitternacht in der Gegend herumgelaufen und hätte mich erst reingeschlichen, wenn er eingeschlafen war, aber selbst in der Abenddämmerung war die Hitze noch unerträglich.

Ich ging also die Treppe nach oben, schloss die Tür auf und betrat die Wohnung. Durch einen Spalt in der Balkonjalousie fiel ein einzelner Sonnenstrahl quer durchs Wohnzimmer und in seinem goldenen Meer sah ich rote Staubpartikelchen tanzen.

Dad trat ins Licht. »Wo bist du gewesen?«, fragte er schneidend.

»Tut mir leid«, erwiderte ich leise.

»Tut mir leid ist kein Ort.«

»Ich war mit ein paar Leuten unterwegs«, sagte ich und senkte den Blick. »Ich hatte den Bus verpasst.«

»Als ich nach Hause kam und du warst nicht da, habe ich immer wieder versucht, dich zu erreichen. Ich habe mir furchtbare Sorgen gemacht.«

Ich wollte ihm antworten, aber meine Kehle war wie zugeschnürt und ich musste erst mal Luft holen. »Du hast dir doch noch nie Sorgen um mich gemacht.« Ich dachte daran, wie die Krankenschwestern, Mom und der Fernseher meine einzige Gesellschaft gewesen waren – keine Freunde, keine Familie, kein Dad. Und daran, wie mir damals zum ersten Mal der Verdacht kam, dass es ihm vielleicht egal war, ob ich lebte oder starb.

Ich ballte die Fäuste und sah ihn an. »Du hast mir nie geschrieben. Ich wäre fast gestorben, aber du bist für mich wie ein Geist gewesen.«

»Was hätte ich denn auch sagen sollen?«

»Irgendwas.«

Er gab einen langen, tiefen Seufzer von sich.

»Ich wusste einfach nicht, wie ich mich verhalten sollte«, sagte er und rieb sich die Stirn. »Verstehst du, da hältst du dein Baby in den Armen, wenn es seinen ersten Atemzug tut, singst es in den Schlaf, wiegst es, wenn es schreit, und kaum siehst du mal eine Sekunde weg – denn so kommt es dir vor –, da will es plötzlich nicht mehr leben. Du bist doch mein *Kind.*«

»Ich bin deine *Tochter*«, flüsterte ich. »Und dazu fällt dir auch nichts ein.« Das dumpfe Zischen eines Sattelschleppers, der draußen auf der Schnellstraße vorbeifuhr, drang laut durch die Stille. »Tut mir leid, wenn du dir Sorgen um mich gemacht hast. Soll nicht wieder vorkommen.« Ich ging an ihm vorbei in mein Zimmer und schloss die Tür.

NOVEMBER, DREI JAHRE VORHER

Das Büro des Therapeuten war in dem umfunktionierten Herrenzimmer einer alten Villa in einem der Stadtviertel untergebracht, die man nach dem Bürgerkrieg als erste wieder aufgebaut hatte. Es roch nach altem Holz und die Böden knarzten von dem Gewicht eines ganzen Jahrhunderts. Ein altmodischer Röhrenfernseher stand auf einem Rollwagen in der Öffnung eines riesigen Kamins. Auf den fein verzierten Regalen, die einst für ledergebundene Bücher entworfen worden waren, reihten sich Titel wie *Ich bin o.k. – Du bist o.k.* oder *Kein Trauma muss für immer sein*. Draußen vor der Tür tickte eine Standuhr vor sich hin.

Der Therapeut klopfte mit seinem Stift in aufreizend asynchronem Rhythmus zu ihr auf seinen Notizblock. Ich zog die Knie an die Brust und versuchte, in dem dick gepolsterten Ledersessel unterzutauchen.

»Wie geht es dir, Andrew?«

»Ich weiß nicht«, sagte ich. Mechanisch zupfte ich an einem losen Fädchen meiner Jeans.

»Worüber möchtest du gerne sprechen?«

»Über nichts.«

»Darf ich dir eine Frage stellen?«

»Wenn Sie wollen.«

Er nahm das Bein vom Knie und legte die Hände in den Schoß. Er wollte mir mit seiner Körpersprache zu verstehen geben, dass ich ihm vertrauen konnte, denn es war sein Job, glaubwürdig zu erscheinen. Wenn er sprach, klang seine Stimme ruhig und ausgeglichen. »Möchtest du etwas zu dem Satz sagen, den du im Krankenhaus aufgeschrieben hast?« Ich schloss die Augen und zuckte mit den Achseln. »Vielleicht kannst du mir erklären, was du damit ausdrücken wolltest?«

»Ich mag Puzzles«, sagte ich nach einer Pause. Meine Worte klangen gedämpft durch die Hand vor meinem Mund. »Und Naturwissenschaften. Ich mag alles, was exakt zusammenpasst. Ich mag es nicht, wenn etwas keinen Sinn ergibt.« Ich verschränkte die Hände im Nacken und senkte den Kopf. Ich sprach jetzt mit meinem Schoß. »Und deshalb weiß ich auch nicht, was ich mit dem Satz auf dem Zettel ausdrücken wollte.

Was wahrscheinlich bedeutet, dass ich verrückt bin, denn er ergibt keinen Sinn.«

»Was ergibt keinen Sinn, Andrew?«

»In meiner Geburtsurkunde steht, dass ich ein Junge bin.« Plötzlich hatte ich ein beklemmendes Gefühl in der Brust und der Raum fühlte sich trotz seiner hohen Decke eng an. »Ich habe die Geschlechtsorgane eines Jungen. Ich habe die Chromosomen eines Jungen. Gott macht keine Fehler. Das heißt, ich bin ein Junge. Wissenschaftlich, logisch und spirituell gesehen, bin ich ein Junge.«

Der Therapeut legte die Fingerspitzen aufeinander und beugte sich nach vorn. »Das klingt so, als ob du dich selbst überzeugen müsstest. Aber ich habe den Eindruck, du bist anders als andere Jungen.«

»Ich mag Jungen.« Ich starrte an die Decke und zappelte mit den Füßen. »Aber man muss kein Junge sein, um Jungs zu mögen.«

»Stört dich denn irgendwas besonders daran, ein Junge zu sein?«

»Die Kleidung«, erwiderte ich rasch. Das hatte ich noch nie gesagt. Mir dröhnten die Ohren und meine Haut fühlte sich an, als ob sie jeden Moment platzen würde. »Ich wollte immer schon am liebsten Mädchenkleider tragen.«

»Hast du es denn schon mal getan?«

»Als ich in der ersten Klasse war, hat mich das Mädchen von nebenan mal ihre anziehen lassen. Aber ihre Eltern haben uns dabei erwischt und danach durfte ich nicht mehr mit ihr spielen.«

Er räusperte sich uneindeutig und ich hörte, wie er sich rasch ein paar Notizen machte.

»Heißt es, dass du Angst hast, für schwul gehalten zu werden, wenn du schreibst *Ich wollte, ich wäre als Mädchen auf die Welt gekommen,* oder dass es dir peinlich ist, dass du Frauenkleider tragen möchtest? Deine Mutter sagte mir, ihr seid Baptisten; glaubst du, deine Gefühle sind aus religiöser Sicht verwerflich?«

»Nein. Ich glaube nicht, dass Gott sich für diese Dinge interessiert; und ich glaube, ich könnte damit klarkommen, schwul zu sein oder so. Aber es fühlt sich falsch an, dass ich ein Junge bin. Wenn meine Haare länger sind und mich die Leute für ein Mädchen halten, macht mich das glücklich. Wenn ich versuche, mir vorzustellen, wie ich mal als erwachsener Mann sein werde, kommt gar nichts. Und wenn ich darüber nachdenke, dass ich eines Tages ein Ehemann oder ein Vater sein werde, dann ist es – selbst, wenn ich mir einen Mann dazu denke –, als würde ich in ein schwarzes Loch hineingezogen. Eine Zukunft kann ich mir nur als Mädchen vorstellen.«

»Ich verstehe«, sagte er. Ich hörte, wie er sich weitere Notizen machte. »In der neuesten Auflage des Handbuchs für psychische Störungen ist unter anderem auch die Störung der Geschlechtsidentität aufgeführt«, sagte er. »Sie ist eine Tatsache und eine Erfahrung, die viele Menschen machen.«

Ich zwang mich, ihn anzusehen. Er hatte sich inzwischen zurückgelehnt, die Füße parallel zueinander, die Hände im Schoß.

»Und das … das habe ich?«

»Ich bin noch nicht so weit, eine eindeutige Diagnose stellen zu können«, sagte er. »Und ich muss abwarten, bis ich mir deine Fragebögen angesehen habe; aber ich fresse einen Besen, wenn du keine Depression und Panikstörung hast.«

»Ich seh hier aber keinen Besen.«

Er zwinkerte mir zu und ich musste gegen meinen Willen lächeln. »Und was passiert als Nächstes?«

»Ich werde dich an einen Psychiater überweisen, der dir ein Medikament gegen die Angst und die Depressionen verschreiben soll. Außerdem möchte ich, dass du dir den kommenden Samstag vormerkst, falls du nichts anderes vorhast.«

»Ich hab eigentlich keine Freunde.«

»Na, schauen wir mal, ob sich das ändert. Es gibt hier eine kleine Selbsthilfegruppe, die sich an jedem ersten Samstag im Monat um sechs Uhr abends trifft. Da solltest du dazukommen.«

KAPITEL 4

Als ich am Donnerstag nach der Schule zum Footballfeld kam, stand der staubige Parkplatz schon voller Autos. Eltern und Lehrer schlenderten am Rand des Spielfelds entlang und ihre langen Schatten kündigten den beginnenden Herbst an. Anna, die ihre blonden Haare zu Rattenschwänzen zusammengebunden hatte, begrüßte mich mit einem herzlichen Lächeln.

»Dauert noch ein bisschen, bis es anfängt«, sagte sie gerade, als Layla mit großen Schritten auf uns zukam. Mit ihrem schwarzen T-Shirt und der schwarzen Pilotensonnenbrille war sie für die Jahreszeit etwas unpassend angezogen.

»Hallo«, sagte sie. »Hab ich was verpasst? Hast du ihr erzählt, dass Parker trotzdem noch auf sie steht?«

»Nein«, sagte Anna. Sie trat verlegen von einem Fuß auf den anderen. »Ist doch nicht meine Sache.«

Ich spürte, wie mir die Hitze in den Nacken stieg. Parker wirkte eigentlich ganz harmlos, trotzdem fühlte ich mich nicht wohl in seiner Nähe. Er erinnerte mich zu sehr an die Typen, die mich so oft in meinem Leben verprügelt und in Garderobenschränke gesperrt hatten.

»Wo steckt denn Chloe?«, fragte Layla. Sie schüttelte ungeduldig ihren kurzen Bob.

»Weiß auch nicht. Ich dachte, sie wollte sich hier mit uns treffen, aber sie wird uns auf der Tribüne schon finden.«

Wir schleusten uns unweit der Zuschauertribüne durch eine Lücke im Zaun. Das herumliegende Equipment blitzte vor Sauberkeit und der Rasen sah saftig grün und ebenmäßig aus. Zu viele Väter warfen uns interessierte Blicke zu, als wir an ihnen vorübergingen, und sekundenlang vermisste ich es, so unsichtbar zu sein, wie ich es in meinem Leben als Junge gewesen war.

Als wir an der Reservebank vorbeikamen, sah ich Grant. Er grinste mich so an wie immer, wenn wir uns im Klassenzimmer oder auf den Gängen begegneten. »Amanda! Hi!«

»Ich halt dir einen Platz frei«, sagte Layla und schob mich in Grants Richtung. Ich machte einen zögernden Schritt auf ihn zu, denn erst musste ich mir wieder einmal klarmachen, dass ich vor nichts Angst zu haben brauchte.

»Du hier?!«

»Ja.«

»Stehst du etwa auf Football?«

»Nein.« Ich schüttelte den Kopf und lachte. »Aber was gibt es sonst schon in dieser Stadt zu tun?«

»Au!« Er legte theatralisch eine Hand aufs Herz und sagte etwas ernster: »Weiß nicht, ob du's mitgekriegt hast, aber Samstagabend treffen sich ein paar von uns. Vielleicht hast du ja auch Lust zu kommen?«

Samstagabend. Ich dachte daran, wie meine Samstagabende in den letzten zehn Jahren ausgesehen hatten. Abendessen mit meiner Mom: Chinesisches Takeaway, wenn wir uns experimentierfreudig fühlten. Schweinekoteletts mit Maisbrot, Schwarzaugenbohnen und Stielmus, wenn nicht. Videospiele in meinem Zimmer: Ganz allein, bis tief in die Nacht, bis mir die Finger wehtaten und ich so müde war, dass ich einschlafen konnte, ohne mir den Kopf zu zermartern. Eine echte Highschoolparty war immer eine völlig entlegene, exotische Vorstellung für mich gewesen, etwas, das nur in Filmen vorkam.

Ich nickte langsam. »Müsste eigentlich gehen.«

»Na dann.« Er lächelte und kratzte sich an der Schläfe.

Parker schlenderte von der Reservebank auf uns zu und reichte Grant seinen Helm.

»Wir fangen an«, sagte er. Er warf mir einen kurzen Blick zu, sah aber gleich wieder weg.

»Sorry.« Grant zuckte mit den Achseln. »Ich muss los.«

Grinsend trabte er zur Reservebank hinüber.

Ich stieg auf die Tribüne und setzte mich zu Layla und Anna, die aussahen, als würden sie vor Neugier platzen.

»Ich glaube, Parker hat Konkurrenz bekommen«, meinte Anna strahlend und wickelte sich eine Haarsträhne um den Finger.

»Dazu nur drei Worte.« Layla hob eine Hand. »Unbeholfen. Idiotisch. Bezaubernd. Ich fand's ganz wunderbar.«

Ich musste so grinsen, dass mir der Kiefer wehtat. Denn zumindest einen Augenblick lang fühlte ich mich wie ein ganz normaler Teenager.

*

Nach dem ersten Viertel musste ich dringend auf die Toilette. Ich warf einen Blick hinter die Tribüne, wo sich zwei niedrige Gebäude mit Waschräumen befanden; schon von Weitem sah ich auf einem davon das verräterische Strichmännchen mit Rock. Seit man mich angegriffen hatte, war ich nur noch selten auf Damentoiletten gewesen, und mein Herz raste immer noch, wenn ich daran dachte. Aber jetzt ließ es sich nicht vermeiden.

»Soll ich dich begleiten?«, fragte Layla, als ich mich entschuldigte.

»Nein«, sagte ich schnell. Layla lehnte sich zurück und machte einen Schmollmund. »Nein, danke.«

Ich verließ die Tribüne und ging auf die Waschräume zu. Als ich die Tür aufstieß, drang mir der Geruch von Farbe und Reinigungsmittel in die Nase. Mädchentoiletten waren so viel sauberer als die von Jungen. Die Kabinen waren alle leer und ich atmete erst einmal aus. Draußen vor dem Waschraum hörte ich zwei weibliche Stimmen miteinander flüstern, allerdings so leise, dass ich nichts verstand. Eine der beiden kicherte. Ich wusch mir rasch die Hände, und als ich aus dem Häuschen trat, sah ich Bee und Chloe um die Ecke biegen und wie angewurzelt stehen bleiben. Ich wischte mir gerade meine nassen Hände an der Jeans ab und blieb ebenfalls stehen. Bee nickte mir zu, aber Chloes Augen weiteten sich vor Schreck und ihre Hände ballten und öffneten sich wieder. Sie sah schnell hinüber zum Spielfeld.

»Hi«, sagte ich so locker, als hätten wir uns gerade auf dem Gang getroffen. Ich hatte keine Ahnung, was sie vor mir verbargen, wahrscheinlich Drogen, aber ich wollte es auch gar nicht so genau wissen. »Anna und Layla sitzen übrigens ganz in der Nähe der Reservebank, ihr könnt sie also nicht verfehlen.«

»Danke«, sagte Chloe. »Schön, dass du gekommen bist.« Sie warf mir einen kurzen Blick zu, dann ging sie mit ihren hüpfenden roten Locken und ihrer ernsten, undurchdringlichen Miene davon.

Als Bee und ich allein waren, sagte ich: »Ich hätte nie gedacht, dass ausgerechnet du auf Football stehst.«

»Tu ich auch nicht. Ich komme nur her, um die Menschenaffen in ihrem natürlichen Lebensraum zu beobachten.« Sie wickelte einen Streifen Kaugummi aus und schob ihn sich langsam in den Mund. »Viel Spaß beim Zuschauen.«

»Okay«, sagte ich und fragte mich, ob die Bezeichnung ›Menschenaffen‹ nur für die Spieler oder auch für die Zuschauer galt und ob diese Verallgemeinerung der bei allen beliebten Kids auch mich einschloss. »Bis später.«

Ich kehrte zu unseren Plätzen zurück und sah schon von Weitem, dass Chloe inzwischen zwischen Anna und Layla saß; sie hatte sich auf ihre Ellbogen gestützt und verfolgte aufmerksam das Spiel. Als ich die Tribüne hochstieg, trafen sich unsere Blicke und wieder wirkte sie wie versteinert. Ich winkte ihr zu und tat so, als ob wir uns heute zum ersten Mal sehen würden. Nachdem ich mich gesetzt hatte, schickte sie ein lautloses *Danke* in meine Richtung.

Die Mädchen nahmen ihr Gespräch wieder auf und ich wandte mich dem Spielfeld zu. Noch nie hatte ich ein ganzes Spiel durchgehalten; Football gehörte zu den Dingen, die ich mit den Menschenaffen, wie Bee sie nannte, assoziierte, mit Leuten, die es zu ihrem Lebensinhalt machten, meines zu zerstören. Aber heute spülte das fröhliche Geschnatter der anderen Mädchen über mich hinweg, die Sonne glitzerte über der Tribüne, die Luft roch nach frisch gemähtem Gras und ich genoss das Spiel ganz einfach. Und als Grant es gegen Ende des dritten Viertels mit dem Ball in die Endzone schaffte, stand ich da und jubelte ihm zu, bis ich heiser war.

Mir ging durch den Kopf, was Dad sagen würde, wenn er wüsste, dass ich mir freiwillig ein Spiel ansah. Ich konnte mich noch gut daran erinnern, wie ärgerlich und enttäuscht er gewesen war, als ich gleich nach meinem ersten Spiel aus der Little League ausschied und weinend in meinem Zimmer lag. Aber das hier, das heute, das fühlte sich ganz anders an als die Abende, bei denen Dad und seine Kumpel – immer nur Kumpel, nie richtige Freunde – dagesessen und mit einem Bier in der Hand schweigend ›das Spiel‹ verfolgt hatten.

Das hier war etwas anderes, es vermittelte mir ein Gefühl von Freundschaft oder Akzeptanz, vielleicht auch Zugehörigkeit. Das hier, das machte Spaß.

KAPITEL 5

Am Freitag traf ich Bee wie immer hinter dem Kunstbau. Sie saß mit geschlossenen Augen auf dem Boden, den Rücken an die Mauer gelehnt, und wippte mit dem Kopf im Takt zu der Musik, die sie sich in die Ohren dröhnen ließ. Ich warf meinen Rucksack ins Gras und setzte mich zu ihr. Sie öffnete ein Auge und bewegte grüßend die Finger.

»Was hörst du denn da?«

»The Knife. Diese geile experimentelle … Dingsda aus Schweden. Hier, hör mal rein.« Sie reichte mir einen ihrer Kopfhörer und beugte sich näher zu mir hin, damit ich mithören konnte. Ich hielt ihn mir ans Ohr. Statt der erwarteten Mischung aus ABBA und Daft Punk sang eine ruhige, gefühlvolle Stimme über eine zum Scheitern verurteilte Liebe.

»Grant steht also auf dich, hab ich gehört«, sagte Bee, als der Song zu Ende war.

»Da ist nichts«, sagte ich, obwohl mir das Herz schon bei dem bloßen Gedanken bis zum Hals schlug. »Er hat mich lediglich zu einer Party eingeladen.«

»Er ist ein Typ. Und du bist neu hier und hübsch – nicht gerade höhere Mathematik.«

»Ich bin nicht hübsch.«

»Mein Gott, was soll das, klar bist du hübsch. Schlimmer als Leute, die attraktiv sind, sind Leute, die nicht zugeben wollen, dass sie attraktiv sind.«

»Ich glaube, wir könnten unsere Zeit besser nutzen«, sagte ich, musste mir aber ein Lächeln verkneifen. Niemand außer Bee konnte einem in so mürrischem Ton Komplimente machen. »Falls wir nämlich erwischt werden, würde ich wenigstens ganz gern den einen oder andern Entwurf vorweisen und sagen können: ›Wir haben den Kunstkurs genutzt, um Kunst zu machen.‹«

»Wahnsinnig naiv, aber mir ist langweilig, also red nur weiter.«

»Okay, deshalb war ich gestern Abend auf Pinterest und habe nach Ideen gesucht«, sagte ich und holte mein Handy raus.

»War klar, dass du bei Pinterest bist. Ich wette, du hast schon mindestens drei verschiedene Hochzeitsmotive entworfen.« Bee nahm mir das Smartphone aus der Hand und strich stirnrunzelnd über das Display. »Die Hälfte davon ist Schmuck aus Kiefernzapfen. Das ist keine Kunst«, sagte sie und gab mir das Handy zurück. »Das ist Kunsthandwerk. Da ist ein großer Unterschied.«

»Aber es heißt schließlich *Kunst*handwerk.«

»Kunst«, sagte Bee, während sie in ihre Schuhe schlüpfte, »will etwas zutiefst Persönliches und Privates zum Ausdruck bringen. Kunst lässt andere an deiner Welt teilhaben, sodass sie vorübergehend das Gefühl haben, mit dir in Verbindung zu stehen. Häkelmützen in Tannenzapfenmuster sind Kunsthandwerk.«

»Ich hab keine Mützen im Tannenzapfenmuster gehäkelt«, sagte ich empört. Ich griff nach meinem Rucksack und nahm einen alten Zeichenblock mit nur noch wenigen leeren Blättern heraus. Bee richtete sich auf und sah mir über die Schulter. »Hier hab ich ein paar Entwürfe, die du vielleicht besser findest …«

»Blätter mal zurück«, sagte sie. Ich schlug das vohergehende Blatt auf, auf dem ich zwei Jahre zuvor Fanart zu Sailor Moon gezeichnet hatte. Ich fand sie dilettantisch und wollte schnell weiterblättern, aber Bee legte ihre Hand auf meine und hinderte mich daran. »Hast du das gemacht?«

Ich nickte. »Ist aber nur Fanart. Nichts Originelles.«

»Pst«, sagte Bee. »Hör auf, dich mieszumachen; das tun schon andere für dich. Du hast Talent.« Sie stand auf und kratzte sich am Rücken. »Komm mit.«

Ich atmete tief durch und folgte ihr zum Parkplatz. Dort schloss sie einen altersschwachen, roten Pick-up auf und sprang auf den Fahrersitz.

»Wo fahren wir denn hin?«

»Du willst Kunst machen«, sagte sie. »Dann lass uns Kunst machen. In der Kunst geht es darum, sich darzustellen. Ich möchte dir das eine oder andere von mir anvertrauen. Du selbst musst das nicht tun, es sei denn, du möchtest Kunst machen, die wirklich kreativ ist.« Sie zündete sich eine Zigarette an, während sie den Wagen startete, und blies ein graues Wölkchen aus dem Fenster.

»Was ich dir jetzt zeige, darfst du niemandem verraten«, sagte sie, als wir durch ein Friedhofstor fuhren. »Ich meine, natürlich kannst du's tun, aber ich vertraue darauf, dass du's nicht tust.«

Sie parkte den Wagen und ich folgte ihr auf dem Hauptweg des Friedhofs hügelaufwärts, bis wir auf eine überwucherte Lichtung kamen. Ich schirmte meine Augen mit der Hand ab und sah ein heruntergekommenes Plantagenhaus. Seine Fenster waren zerbrochen, die Farbe längst abgeblättert.

»Das ist mein Schlupfwinkel«, sagte Bee. »Hierher komme ich, wenn ich meine Ruhe haben und Fotos entwickeln will.«

»Sieht irgendwie unheimlich aus.« Ich schauderte, obwohl es draußen warm war, und strich mir über die Arme.

»Ja, nicht? Ich hab im Rathaus recherchiert – seit den Fünfzigerjahren hat hier keiner mehr gewohnt.«

Wir gingen auf das Haus zu. »Und warum lässt man es verfallen?«, fragte ich.

Bee zündete sich eine neue Zigarette an und schützte die Flamme des Feuerzeugs mit ihrer Hand, da jetzt ein starker Wind aufkam. Sie zuckte mit den Achseln und zog an ihrer Zigarette. »Ich habe keinen blassen Schimmer.«

Das hohe Gras wiegte sich im Wind. Ich sah zu dem Balkon im ersten Stock mit den abgedunkelten Fenstern und Säulen hinauf, die schon Risse von der Fäulnis hatten. Zum ersten Mal in diesem Sommer hörten die Zikaden auf zu zirpen. Die Welt fühlte sich größer und verlassener an als noch einen Moment zuvor.

»Letztes Jahr habe ich hier im Wald ein paar Gräber entdeckt.«

»Glaubst du, man hat da Sklaven begraben?«

»Oder Soldaten. Die Villa wurde vor Kriegsende in ein Hospital umgewandelt. Spürst du es?« Sie setzte sich auf die knarzende, oberste Stufe der Veranda und rauchte ihre Zigarette zu Ende. Dann nahm sie eine professionell aussehende Kamera aus ihrer Hülle.

Ich stand noch immer im taillenhohen Gras, nur ein paar Schritte von der Treppe entfernt. Bee richtete ihre Kamera auf mich und drückte viermal in rascher Folge auf den Auslöser. »Ich glaube nicht an Geister«, sagte ich.

»Ich hab dich auch nicht gefragt, ob du an Geister glaubst.« Sie schnippte den Zigarettenstummel in einen verrosteten Eimer, der in der Nähe der Tür stand, und ging darauf zu. Ich folgte ihr, aber mir lief ein Schauder über den Rücken. »Ich hab dich gefragt, ob du was spürst. Wer ständig seinen Schmerz verdrängt, kann keine Kunst machen.«

Der Boden des Eingangsbereichs war mit Glassplittern übersät. Auf der linken Seite standen ein kleiner Kunststofftisch und ein Campingstuhl, eine elektrische Laterne warf einen hellen Lichtkreis. Ich fragte mich, ob Bee bewusst war, wie gut sie es hatte, dass sie überhaupt etwas spürte, und ob sie wusste, wie beängstigend es war, wenn man nichts mehr empfand. Dass es sich manchmal so anfühlte, als lebe man in einem türlosen, dunklen Raum.

»Ich möchte, dass du das Ehrlichkeitsspiel mit mir spielst.« Am Himmel zuckte plötzlich ein Blitz auf, gefolgt von grollendem Donner. Ich sah zum Fenster hinaus und beobachtete, wie weiße und graue Wolken an der Sonne vorbeieilten, während gleichzeitig eine Schattenwand über die Lichtung sauste. Auf jede Hitzewelle folgten Stürme. Je höher die Temperaturen und je länger die Dauer, desto schlimmer wütete der anschließende Sturm. »Wahrscheinlich ein Omen. Das Ehrlichkeitsspiel ist nämlich heftig.« Sie ging ins Nebenzimmer, kam mit einem Hocker zurück und deutete mit einer Geste an, ich solle mich auf den Campingstuhl setzen.

»Und worum geht's dabei?«, fragte ich. Ich war mir jetzt schon sicher, dass ich es nicht spielen wollte.

Draußen regnete es inzwischen in schiefergrauen Strömen. »Ist so ziemlich dasselbe wie Wahrheit oder Pflicht, nur ohne den ganzen Erotikkram. Es funktioniert so, dass wir uns abwechselnd etwas über uns erzählen, das der andere noch nicht weiß. Das machen wir fünfmal hintereinander, wobei wir mit irgendwas Banalem anfangen, uns dann allmählich steigern und dem anderen schließlich etwas anvertrauen, das wir niemals jemandem erzählen wollten. Der Herausforderer – also ich – fängt an. Was immer du mir anvertraust – du kannst dich drauf verlassen, dass ich es nicht weiterplappern werde, weil du ja dann auch meinen ganzen Scheiß kennst.«

»Ich glaube, ich will das nicht spielen.« Ich rutschte auf meinem Stuhl herum, biss mir auf die Lippe und dachte an alles, was ich Bee nicht sagen konnte. Was ich niemals jemandem sagen konnte.

»Musst du ja auch nicht.« Sie blies sich eine Strähne aus dem Gesicht und griff nach ihrer Pfeife und einem kleinen schimmernden Kunststoffbeutel. Sorgfältig stopfte sie einige getrocknete grüne Blätter in den Pfeifenkopf.

»Könnte ich vielleicht erst was rauchen?« Ich ballte die Fäuste in meinem Schoß.

Sie neigte den Kopf zur Seite. »Ich finde dich auch so schon cool. Du musst nicht rauchen, um Eindruck auf mich zu machen.«

»Nein«, sagte ich. Ich stellte mir mein Inneres wie einen gespannten Stahldraht vor, der zu surren anfing, bevor er zerriss. »Ich will nur … ich will nur ein bisschen relaxen. Ich war nicht mehr richtig entspannt seit … na ja, eigentlich noch nie.«

Sie nickte und legte Pfeife und Feuerzeug zwischen uns auf den Tisch.

»Entspannt einen aber auch nicht immer«, sagte sie. »Der Ordnung halber weise ich dich darauf hin, dass das keine gute Idee ist. Aber ich bin ja nicht deine Mom.«

Zwei weitere bedrohliche Donnerschläge erschütterten die Luft, bevor ich den Mut aufbrachte, die schlangenlinienförmige, blaugrüne Pfeife anzufassen. Ihre glatte Oberfläche fühlte sich wie das Nippeseinhorn in Moms Schlafzimmer an. Als ich sie in die Hand nahm, hätte ich bei der Vorstellung daran fast lachen müssen. Das Mundstück war warm und feucht, und Bee erklärte mir, was ich tun sollte.

»Jetzt noch nicht husten«, befahl sie, als der Rauch in meine Lunge drang. Ich presste die Lippen aufeinander. Mein Brustkorb hob sich und mir tränten die Augen. Schließlich wurde der Druck in meiner Brust zu schmerzhaft und ich hustete los. Als ich mich nach unten beugte, war mir, als umgäbe mich ein greller Lichthof, und ich hustete noch, als längst kein Rauch mehr in meiner Lunge war.

»Ich glaub, ich hab was falsch gemacht«, sagte ich. »Da tut sich nämlich gar nichts.«

»Das sagen alle. Wart mal ab.«

Ich lehnte mich zurück und schloss die Augen und dann spürte ich, wie ein Kribbeln durch meinen Körper ging. Ich fühlte mich plötzlich heldenhaft und frei, obwohl mir schwindlig und ein bisschen übel war.

»Dann muss ich wohl anfangen.« Bee zündete sich eine neue Zigarette an und dachte einen Moment nach. »Bis vor fünf Jahren habe ich noch regelmäßig an Schönheitswettbewerben teilgenommen.«

Mich überkam ein ungeheurer Drang zu lachen, den ich unmöglich zurückhalten konnte.

»Wenn du nicht bekifft wärst, würde ich dir das jetzt übel nehmen!«

»Ich bin nicht bekifft.« Meine Stimme klang leise und so verzerrt, als käme sie aus einem rosaroten Spielzeugmegafon, worüber ich noch mehr lachen musste.

»Klar bist du bekifft.« Bee wartete ab, bis ich mich wieder beruhigt hatte, dann hielt sie mir ihr Handy hin. Obwohl ich gerade erst wieder halbwegs Luft bekam, nahm ich es ihr ab. Auf dem Display sah man das Foto eines Mädchens mit langen blondierten und perfekt gelockten Haaren, das ein silbernes, pailettenbesetztes Kleid trug.

»Da finde ich dich jetzt aber viel hübscher«, sagte ich. Und meinte es auch so. Eine warme Welle strömte durch meinen Körper.

»Die andern Kids sehen das nicht so. Aber was soll's! Ich könnte jederzeit in meine alte Haut zurück, wenn ich wollte. Und die andern sind und bleiben Idioten. Jetzt bist du dran.«

»Meine Ohren sind nicht gepierct.« Ich dachte daran, wie ich meine Eltern darum gebeten hatte, als ich klein war, und wie verlegen und verwirrt ich gewesen war, als Dad so wütend darauf reagierte. Mein Gefühlsleben war damals längst ins Wanken geraten, aber irgendetwas an der Art, wie Dad mit mir schimpfte, stieß die Schleusentore auf und die ganze monatelang angestaute Einsamkeit, die Angst und die Scham strömten heraus. Ich konnte mich noch gut daran erinnern, wie ich auf meinem Bett lag, nachdem Dad endlich aufgehört hatte, mich anzuschreien, dem Gesang der Kardinale draußen lauschte und mich ernsthaft fragte, ob ich jetzt zum letzten Mal in meinem Leben weinte, falls Gott denn entschieden haben sollte, dass mir nur ein ganz bestimmtes Maß an Tränen in meinem Leben zustand.

»Ist das dein Ernst? Das war's schon?«

»Du hast gesagt, wir fangen klein an!«, protestierte ich. »Aber gut. Wie wär's damit? Ich war noch nie betrunken.«

»Na ja, im Moment bist du jedenfalls total stoned, ich würde also sagen, du bist auf dem bestem Wege. Jetzt bin ich wieder an der Reihe: Ich habe in jedem Waschraum der Schule zumindest schon einmal rumgefummelt.«

»Mit wen?«, fragte ich so laut, dass ich selbst erschrak. Ich fing wieder an zu kichern, hatte mich aber diesmal besser im Griff. »Mit wem, meine ich. *Wem?*« Das Wort fühlte sich irgendwie gut in meinem Mund an.

»Du bist wieder dran«, sagte Bee kopfschüttelnd.

»Oooo-kay«, gab ich nach und zog das Wort wie ein enttäuschtes Kind in die Länge. Irgendwo in meinem Kopf schwebte eine Illusionsblase und wartete nur darauf, zu platzen. Ich war im Hier und Jetzt, frei von Vergangenheit und Zukunft. »Ich habe die Schule gewechselt, weil ich zusammengeschlagen wurde. Die Nähte über meinem Ohr kann man immer noch spüren.«

Bee zog so lange an ihrer Zigarette, bis die Spitze rot aufglimmte, dann sog sie den Rauch tief ein. »Vor einem Jahr war ich einen Monat lang im Valley in Chattanooga.«

»Was ist das?«, fragte ich.

»'ne Klapse.« Sie klopfte mit ihrer Zigarette auf die Tischkante und die Asche fiel schwebend zu Boden.

»Ich habe vor zwei Jahren versucht, mir das Leben zu nehmen«, sagte ich.

Sie machte große Augen. »Und wie?«

»Meine Mom hatte sich das Bein gebrochen und ein paar Wochen danach lagen ihre Schmerztabletten immer noch bei uns rum. Ich habe zu viele davon genommen.«

»Wie viel zu viele?«

»Die ganze Flasche«, sagte ich und knabberte an meinen Nägeln.

»Aber warum?«

Ich schüttelte nur den Kopf.

»Gut, dass du's nicht geschafft hast. Dich umzubringen, meine ich.« Sie drückte ihre Zigarette auf dem Tisch aus und sah mir in die Augen. »Ich bin bisexuell.«

»Echt?«, sagte ich langsam und versuchte, diese Neuigkeit mit allem, was ich bisher über Bee wusste, in Zusammenhang zu bringen. Ich überlegte, ob ich es geahnt hatte. »Bist du schon mal mit einem Mädchen zusammen gewesen?«

»Weißt du noch, als du Chloe und mich neulich beim Footballspiel getroffen hast?«

»Wow!« Ich hob erstaunt die Augenbrauen. Ich fragte mich,

ob sonst noch jemand über Chloe Bescheid wusste, bezweifelte es aber; gut, sie hatte etwas maskuline Züge, aber das hieß nicht zwingend etwas, und es sah nicht so aus, als ob man sich auf der Lambertville High outen würde. »Und ich dachte, ihr hättet vielleicht einen Joint geraucht.«

»Nee, nee«, sagte sie. »Chloe ist Sportlerin durch und durch, die würde nie was tun, was ihrem Körper schadet.«

Ich nickte nur, weil ich verarbeiten musste, was Bee mir da erzählte. Mein eigenes Geheimnis hatte mich so gefangen genommen, dass ich nicht auf die Idee gekommen war, meine neuen Freunde könnten auch etwas geheim halten.

Einen Moment lang saßen wir schweigend da und hörten zu, wie der Regen auf das Hausdach trommelte. Es erinnerte mich daran, wie Dad und einige seiner Arbeitskollegen mich mal zur Jagd mitgenommen und wir wegen eines Megasturms das ganze Wochenende in der Hütte festgesessen hatten. Ich hatte versucht, aus den dort vorhandenen Zutaten die Hafercookies aus Moms Rezeptbuch zu backen, aber Dad schien das mehr als peinlich zu sein. Jedenfalls nahm er mich nie wieder mit zur Jagd.

Bees Stimme drang durch die Stille. »Du bist dran. Das ist jetzt dein vierter Anlauf, also mach das Beste draus.«

»Okay«, sagte ich und versuchte, die Ruhe zu bewahren. »Gib mir einen Moment, ja?« Sie zuckte mit den Achseln.

Wieder musste ich an das Jagdwochenende denken und wie ich die Kekse weggeworfen hatte, obwohl sie gut geraten waren. Wie bei vielen Dingen, die mir Spaß machten, hatte ich aufgegeben, bloß damit Dad nicht wütend auf mich wurde. Und als ich mir vorstellte, wie ich bis ans Ende meiner Tage so tun würde, als hätte mein Leben erst mit sechzehn begonnen, schoss mir vor Scham und Wut das Blut in die Wangen. Ich war es so leid, den Kopf einzuziehen. War es so leid, mich zu verstecken. Ich *wollte* die Wahrheit sagen, wollte sie laut herausschreien.

Aber als ich den Mund aufmachte, kam nichts.

»Es tut mir leid«, sagte ich schließlich. Meine Augen fühlten sich trocken an. »Ich weiß, was ich sagen will, aber ich … ich kann einfach nicht.«

Sie schwieg einen Moment. Draußen zuckte wieder ein Blitz über den Himmel. Ich war darauf gefasst, dass sie mich drängen oder vielleicht versuchen würde, es irgendwie herauszukriegen. Aber sie lehnte sich nur zurück und sagte: »Sieht nicht so aus, als ob der Regen in absehbarer Zeit nachlassen würde. Hol doch mal deinen Skizzenblock raus.«

Ich legte den Block auf meinen Schoß. »Was soll ich zeichnen?«

»Was du willst.«

Ich setzte den Stift an und fuhr mir mit der Zunge über die Lippen. Innerhalb weniger Sekunden tauchten die Umrisse eines kleinen Jungen mit traurigen Augen auf dem Papier auf. Ich zeichnete weiter und nur das Prasseln des Regens auf dem Dach war zu hören.

»Ist schon okay«, sagte Bee leise. Sie nahm einen tiefen Zug von ihrer Zigarette. »Was immer … was auch immer du mir nicht sagen kannst«, sie sah mir in die Augen, »wird gut werden.«

DEZEMBER, VOR DREI JAHREN

Ich kam eine Stunde zu früh zur Selbsthilfegruppe. Da die Tür noch verschlossen und innen alles dunkel war, hockte ich mich auf die Eingangstreppe und spielte Final Fantasy auf meinem Handheld. Meine Finger waren schon ganz taub vor Kälte, aber die Hauptfigur in meinem Spiel hieß Amanda und war schön und stark und es beruhigte mich, ihr dabei zuzusehen, wie sie die Monster tötete. Nur wenn ich Rollenspiele spielte, spürte ich mich selbst.

Es war die erste Dezemberwoche und alle Häuser außer diesem waren mit glitzernden Lichterketten in Schnee- und Eisdesign geschmückt. Ich hatte nur zweimal Schnee gesehen, bevor wir umgezogen waren, und in Georgia schneite es nie. Aber es konnte sehr kalt werden und das mochte ich sehr. Dann konnte ich dicke Stiefel, Jeans, Pullover, Schals und Mützen tragen. Ich konnte mich so einmummen, dass außer meiner Nase, meinen Augen und ein paar braunen Haarsträhnen nichts von mir zu sehen war. Und niemand wusste, ob ich ein Junge oder ein Mädchen war.

»Na, hallo!«, rief mir eine Stimme aus dem Vorgarten zu. Ich unterbrach mein Spiel und blickte auf. Ein Mädchen in schwarzen Lederstiefeln, ein paar Jahre älter als ich, kam winkend auf den Eingang zu. Sie war groß, hatte lange Beine und eine Mähne voller Naturlocken, die bei jedem Schritt hüpften. Ich schob meinen Handheld in die Tasche, stand auf und rieb die Handflächen aneinander, um sie zu wärmen. »Bist du neu? Ich kann dich gar nicht richtig erkennen.«

»Ja«, sagte ich. Durch den Wollschal vor meinem Mund klang selbst meine Stimme geschlechtslos. »Ja, ich bin neu. Ich war noch nie hier.«

»Gut!« Sie sah mich strahlend an, schloss die Eingangstür auf und winkte mich herein. In der Diele war es unangenehm warm, aber noch wollte ich meinen Kokon nicht verlassen. »Ich heiße übrigens Virginia. Kaffee?«

»Für mich musst du nicht extra einen machen«, sagte ich. »Mir reicht auch Wasser.«

Sie ging mir voraus in die Küche, die mit ihren weiß-blauen Kacheln und den hohen Fenstern wirkte, als stammte sie aus den Vierzigerjahren. Ich setzte mich und starb beinahe vor Hitze, während sie Kaffeebohnen mahlte.

»Hör mal«, sagte sie, »lass um Himmels willen alles an, worin du dich wohlfühlst, aber hier ist es so heiß wie in der Arschfalte vom Weihnachtsmann, und ich weiß, dass du da drin eingehst. Ich garantiere dir, hier sehen alle nur das in dir, was du wirklich bist, egal, was du verbirgst.«

Einen Augenblick lang sah ich sie verblüfft an, dann nahm ich meine Mütze ab. Meine Haare waren feucht und klebten vor Schweiß. Ich wickelte meinen Schal auf und spürte, wie die kratzige Wolle an meiner Haut riss.

Virginia lächelte. »Siehst du? Du bist wunderschön.«

Sie setzte sich neben mich und nahm meine Hände in ihre. Ihre Größe war das einzig Verräterische an ihnen, aber neben meinen knochigen, weißen Fingern sahen sie wunderschön gebräunt und kraftvoll aus. »Hör zu, du wirst heute Abend einige Leute kennenlernen, die vielleicht ein bisschen … na ja … ruppig sind. Lass dich von ihnen nicht einschüchtern, okay?«

»Okay«, flüsterte ich.

»Aber behandle sie auch nicht, als ob sie vom Mond kämen«, sagte sie. »Schau einfach genau hin und sieh sie so, wie sie wirklich sind. Sie sind nämlich alle schön, weißt du?« Ich nickte und sie drückte meine Hand.

Ich hörte, wie sich die Eingangstür öffnete und wieder schloss, und jetzt drangen auch Stimmen zu uns herüber. Ein kleiner, rundlicher Mann mit glatten, bartlosen Wangen und blonder Igelfrisur stolzierte in die Küche. Virginia stellte ihn mir als Boone vor und er hob grüßend die Hand und grunzte irgendwas. Nach ihm folgte ein Mädchen mit langen, glatten, glänzend schwarzen Haaren und einem abgetragenen, geflickten Mantel, der ihr bis über die Knie ging. Virginia sagte, das sei Moira, aber Moira reagierte nicht darauf, wenn sie es denn überhaupt gehört hatte. Sie sah auf ihre Füße, und ich hätte ihr gern gesagt, wie gut ich sie verstehen konnte, aber gerade deshalb wusste ich, es würde sie nur nervös machen.

»Wo ist denn Wanda?«, fragte Virginia. Sie hatte die Ellbogen auf den Tisch gestützt und hielt ihren Kaffeebecher in beiden Händen.

»Hat keinen Babysitter gekriegt«, sagte der Mann. Seine Stimme klang hoch und ein wenig krächzend. »Wer ist denn der Junge da?«

»Stimmt, wie heißt du eigentlich?«, fragte Virginia. Sie hob die Augenbrauen.

»Andrew.« Mein Herz klopfte so laut, dass es mir fast den Brustkorb sprengte.

»Ist das dein richtiger Name?«

Eine breitschultrige Frau, unter deren Make-up man den Anflug eines Bartes sehen konnte, kam als Nächste in die Küche. Sie sah stark und stämmig aus, aber je länger ich sie betrachtete, desto mehr Schönes entdeckte ich an ihr – die Art, wie leichtfüßig sie sich bewegte, wie sie sich durch die Haare strich, wie offen und warm sie lächelte. »'n Abend, Rhonda«, begrüßte Boone sie.

»Nein, Amanda«, sagte ich. »Na ja, das ist … das ist nicht mein richtiger Name, aber so wollte ich immer schon heißen. Also, Amanda.«

»Hättest du gern, dass wir dich so nennen?«, fragte Moira. Ihre dunkel umschatteten Augen durchbohrten mich fast, aber um ihre Mundwinkel spielte ein feines Lächeln.

»Ich weiß nicht«, sagte ich. Meine Brust fühlte sich eng, aber warm an und ich wagte nicht durchzuatmen. »Ich glaube schon.«

»Schön, dann möchte ich euch jetzt meine Freundin Amanda vorstellen«, sagte Virginia und drückte mir lächelnd die Hand. Plötzlich brannten mir die Augen, ich rieb mir die Wange und spürte, dass meine Finger feucht waren. Ich konnte mich nicht erinnern, wann ich das letzte Mal geweint hatte.

KAPITEL 6

Anna bestand darauf, mich zu der Party am Samstagabend in ihrem Auto mitzunehmen. Dad und ich waren uns beinahe die ganze Woche aus dem Weg gegangen, aber als sie mich mit dem grünen Minivan ihrer Eltern vor unserer Apartmentanlage abholte, kam es mir fast so vor, als ob er lächeln würde. Vielleicht beruhigten ihn ja die vielen religiösen Aufkleber auf der Rückseite des Wagens und er dachte, dass ich mich mit den richtigen Leuten anfreundete.

Die untergehende Sonne tauchte die Umrisse der Western Mountains in rötlich-violettes Licht, als wir vor dem Haus hielten, in dem die Party stattfand. Es war weiß, im Ranch-Stil gebaut und hätte auf der Titelseite von *Southern Living* abgebildet sein können. Ein Garten mit einem Blumenmeer in voller Blüte. Ich kannte alle ihre Namen: Kaisernelke, Zephirlilie, Kornblumenaster, Falscher Indigo. Mom hatte sie mir schon vor Jahren beigebracht, bis Dad mich eines Tages bei der Gartenarbeit überraschte und die beiden in Streit gerieten.

Im Haus schlug mir ohrenbetäubende Musik entgegen und

überall drängten sich Leute mit den typischen roten Partybechern in der Hand. Ein kleines Bierfass stand neben der Küchentür und die Schlange davor reichte bis um die Zimmerecke. Chloe und Layla winkten uns gleich zu sich herüber und umarmten uns. In der letzten Woche war ich häufiger umarmt worden als in meinem ganzen bisherigen Leben. Normalerweise reagierte ich ängstlich, wenn jemand mich berühren wollte, ich verkrampfte mich dann reflexartig und zuckte zurück, aber sobald ich einmal tief Luft geholt und mich entspannt hatte, merkte ich, wie sehr ich diesen kurzen Körperkontakt genoss, bedeutete er doch, dass man sich mit anderen verbunden fühlte und nicht alleine war.

Chloe meinte, sie und ich würden jetzt erst mal für alle Getränke besorgen, und nahm mich mit in die Küche – Bier für Layla und Wasser für Anna, die keinen Alkohol trank. Ich wollte gerade sagen, dass ich auch keinen wollte, da fiel mir ein, dass ich ja tags zuvor high gewesen war, und plötzlich kam mir ein Bier nicht mehr ganz so waghalsig vor.

Als Chloe und ich allein waren, beugte sie sich näher zu mir und sagte: »Danke noch mal. Für Donnerstag.«

»Ich habe keine Ahnung, was du meinst«, entgegnete ich lächelnd.

Sie stieß mit ihrem roten Becher leicht gegen meinen. »Weißt du, alle reden ständig davon, wie viel hier getratscht wird.« Ich war mir sicher, dass Chloe gerade mehr Worte von sich gegeben hatte als in der gesamten letzten Woche. »Aber je mehr sie darüber reden, wie unsäglich sie das finden, desto mehr tun sie es.«

Hinter uns im Wohnzimmer machten sich Layla und Anna

an iPhone und Lautsprechern unseres Gastgebers zu schaffen und kreischten begeistert los, als ein neuer Song kam.

»Wenn du mal jemanden zum Reden brauchst …«, sagte ich zu Chloe. »Ich kann Geheimnisse für mich behalten.«

Zwanzig Minuten später hockte ich auf einer der Arbeitsflächen in der Küche und starrte auf das Meer von Partygästen im Wohnzimmer. Da Anna, Layla und Chloe sich anderweitig unterhielten, tat ich so, als sei ich voll und ganz mit meinem Bier beschäftigt, an dem ich hin und wieder vorsichtig nippte, und wippte mit dem Fuß im Takt zu den voll aufgedrehten Hits der Top 40. Ich war nicht besonders beeindruckt von dem Bier – es schmeckte wie altes Brot mit Wasser und ich fühlte mich auch nicht anders als vorher.

»Ähem … hi«, hörte ich da eine tiefe Stimme sagen, die im Lärm der Musik und der Partygäste fast unterging. Ich hob den Kopf und sah etwa einen Meter vor mir einen leicht nervös wirkenden Parker stehen.

»Hi«, sagte ich betont locker. Sein schläfriger Blick unter den schweren Lidern beunruhigte mich jedes Mal aufs Neue. »Gratuliere zu dem Spiel neulich Abend.«

»Wir haben doch verloren.«

»Trotzdem hatte ich noch nie so viel Spaß beim Zuschauen«, erwiderte ich achselzuckend. »Dafür sollte es eigentlich auch mal einen Preis geben.«

»Oh«, sagte er und wandte hastig den Blick ab. Seine Wangen liefen rot an und ich hatte den Eindruck, dass er tatsächlich nervös war. Plötzlich hatte ich ein schlechtes Gewissen und fühlte mich, als würde ich ihm allein durch meine Anwesenheit und das Gespräch mit ihm schon etwas vormachen. Ich spürte ein mir ganz neues Gefühl von Macht, aber es behagte mir gar nicht.

»Kann ich dir ein Bier holen?«

»Ich hab schon …«, setzte ich an, aber er fiel mir ins Wort: »Ich hol dir eins.« Dann verschwand er in der Menge und ich stieß einen tiefen Seufzer aus.

Kurz darauf stand Grant vor mir. Er trug ein grau meliertes T-Shirt und verwaschene Jeans, sah wie immer völlig entspannt aus und seine Haare waren so zerzaust, als hätte er bei voller Fahrt den Kopf aus einem Wagenfenster gestreckt.

»Hey – hallo!«, sagte er und lächelte mich verschmitzt an. »Vielleicht bin ich ja völlig verpeilt, aber normalerweise geht man doch auf Partys, um Spaß zu haben.«

»Ich hab doch Spaß«, verteidigte ich mich und trank noch einen Schluck.

Während ich mich zu Hause gestylt hatte, hatte ich genau diese Begegnung geprobt. Unter der Dusche hatte ich so getan, als wüsste ich kaum, dass er existierte, und eine coole, unnahbare Miene ausprobiert. Beim Haareföhnen hatte ich alle Bedenken in den Wind geschlagen und gnadenlos mit ihm geflirtet. Beim Anziehen versuchte ich es auf die unschuldig-naive Art. Als ich mich schließlich schminkte, fiel mir nichts mehr ein, und jetzt, wo er leibhaftig vor mir stand, war mir klar, dass jeder krampfhafte Versuch umsonst war.

»Du starrst seit zehn Minuten an die Decke.«

»Na, dann hast du aber offensichtlich mich angestarrt.«

»Wundert dich das?« Er schüttelte den Kopf und lachte.

»Ich wollte mich nur vergewissern, dass du dich auch wirklich amüsierst.«

»Tu ich, ich schwör's!« Das Bier schien endlich doch zu wirken, denn mir wurde jetzt ein bisschen schwindlig. »Den Song da mag ich übrigens sehr! Ist, ähem, mein Lieblingssong.«

Er hob die Augenbrauen. »Kann mir gar nicht vorstellen, dass ausgerechnet Kesha dir gefällt.«

»Wäre aber möglich!« Er starrte mich mit einem so aufreizend indifferenten Ausdruck im Gesicht an, dass ich seinem Blick ausweichen musste und sofort aufgab. »Okay, na gut. Ich höre eigentlich nur Techno.«

»Na, dann komm mit.« Er machte eine Geste, ging mir voraus und schob sich durch die Menge im Wohnzimmer. Ich hüpfte von der Arbeitsplatte und spürte ein angenehmes Säuseln im Kopf, während ich ihm folgte.

Aus dem Augenwinkel sah ich noch, wie Parker mit einem Becher in jeder Hand aus der Küche auftauchte und sich den Hals nach mir verrenkte. Am hinteren Ende des Raumes lichtete sich die Menge etwas und ich entdeckte Grant wieder, der konzentriert auf das iPhone blickte und immer wieder über das Display strich. Ich ging auf ihn zu und wollte ihm über die Schulter sehen, aber da drehte er sich schon zu mir um und lächelte mich triumphierend an. Der vertraute, blecherne Beat von Daft Punk drang an mein Ohr, kaum hörbar erst, dann immer lauter werdend. Grant biss sich auf die Unterlippe und bewegte den Kopf im Rhythmus der Musik. Ich trank mein Bier aus, setzte den Becher auf einem Tisch ab und stellte mich zu ihm.

Die digitalisierte Stimme von Daft Punk setzte ein und befahl mir, mich ins Zeug zu legen, besser, schneller, stärker zu werden, erinnerte mich daran, dass meine Arbeit nie zu Ende war, und plötzlich fühlte ich mich so gut und meine ganze Angst verschwand für diese eine Nacht. Grant nahm meine Hände und ich zuckte nicht zurück. Unsere Finger waren gleich lang, fiel mir auf, nur waren seine breiter und viel kräftiger. Er zog mich in die Menge, wir fingen an zu tanzen und unsere Füße und Hüften bewegten sich im Rhythmus der Musik. Körper drängten und wirbelten um mich herum, aber es machte mir nichts aus. Sonst hatte ich größere Menschenansammlungen instinktiv gemieden, aber an diesem Abend empfand ich das dichte Gedränge als beruhigend. Zum ersten Mal in meinem Leben tanzte ich mit einem Jungen und hatte das Gefühl, dazuzugehören, eine von vielen Zellen eines gesunden Körpers zu sein und keine unsichtbare Krankheit.

Der Song ging zu Ende, und weil mir schwindlig und ein wenig übel war, drückte ich Grants Arm, lächelte ihm zu und deutete mit dem Kinn auf eine Zimmerecke, um ihm zu signalisieren, dass ich eine Atempause brauchte. Er nickte, fuhr sich mit den Fingern durch die Haare und grinste.

Ich steuerte durch die Menge auf die hintere Wand zu und lehnte mich dort an. Während ich ein paar Mal tief ein- und ausatmete, um mein heftig schlagendes Herz zu beruhigen, entdeckte ich auf dem Kaminsims ein Foto, auf dem ein Dutzend Jungs auf einem gefällten Baumstamm miteinander rauften. Einer davon musste unser Gastgeber sein, aber der Junge ganz rechts war eindeutig Grant, der seine Arme um einen etwas kleineren blonden Jungen geschlungen hatte. Beide waren braun gebrannt, hatten tropfnasse Haare und strahlten übers ganze Gesicht. Ich fragte mich, wer wohl der andere Junge war. Hatte Grant einen Bruder, von dem ich noch nichts wusste?

»Da ist sie ja!«, rief Layla. Sie schlängelte sich geschickt durch die Menge und auf mich zu, während die Tanzenden vor Chloe, die ihr mit den Händen in den Hosentaschen und weit abgewinkelten Ellbogen folgte, auseinanderwichen.

»Wir dachten schon, wir hätten dich verloren«, sagte Anna. Ihre Haare waren von der vielen Rempelei ganz zerzaust.

Layla hob vielsagend die Augenbrauen. »Ich dachte, einer ihrer Verehrer hätte sie entführt.«

Auf der anderen Seite des Zimmers sah ich Parker und Grant miteinander sprechen. Ich fragte mich, worüber sie sich unterhielten, wollte aber lieber nicht darüber nachdenken und hielt das Foto hoch. »Wer ist das?«

»Ein Junge, den Grant früher mal gekannt hat«, erwiderte Layla. »Ich weiß noch, die beiden waren unzertrennlich.«

»Ja, ich erkenne ihn auch wieder – seine Familie ging in die gleiche Kirche wie wir«, sagte Anna mit bedrückter Miene. »Sein Vater und er kamen jeden Sonntag, seine Mutter allerdings nie. Er sah immer so traurig aus, aber meine Eltern wollten nicht, dass ich mit ihm rede. Schlechter Einfluss.«

Layla senkte die Stimme. »Ich hab gehört, dass er sehr krank war. Deshalb sind sie wohl weggezogen.«

»Redet ihr gerade von Tommy?«, unterbrach uns Parker und schnappte mir das Foto aus der Hand. »Grants kleinem schwulen Freund?« Hinter ihm tauchten zwei riesige Footballspieler auf, die Parker auf Schritt und Tritt zu folgen schienen. Die Atmosphäre wurde drückend. »Ich hab gehört, seine Mom ist voll durchgedreht; hat erst den Vater und den kleinen Tom-Tom und dann sich selbst mit einer Schrotflinte abgeknallt; ihre Köpfe waren so zermatscht, dass der Gerichtsmediziner sie nur anhand der Zähne identifizieren konnte.«

Chloe kniff die Augen zu und presste die Lippen aufeinander. Anna sah auf ihre Füße.

»Park«, sagte Grant, der sich zu uns gestellt hatte. Parker drehte sich um. Grant hatte die Hände in die Hosentaschen gesteckt und sein Gesicht sah angespannt aus. »Red nicht so einen Scheiß, okay?«

Parker warf ihm einen finsteren Blick zu, reckte sich und straffte die Schultern, als wollte er so viel Raum wie möglich einnehmen. Sein Blick schweifte von Layla zu Chloe, die beide starr geradeaus sahen. Schließlich sah er mich mit einem höhnischen Lächeln an.

»He, Grant«, sagte er. »Weiß das neue Mädchen schon, dass du 'ne Vagina hast?«

Ich zuckte zusammen, als ob er mir eine verpasst hätte. Warum machten die Leute noch immer solche Bemerkungen? Und wann hörte ich endlich auf, sie ernst zu nehmen? Instinktiv trat ich einen Schritt zurück.

Aber keiner achtete auf mich. Grant schüttelte bloß den Kopf. »Trink noch einen, Kumpel.«

»Ich wette fünf Dollar, dass sie an deinen Exfreund nicht rankommt«, fauchte Parker. Er straffte die Schultern, marschierte auf das Bierfass zu und rempelte Grant im Vorbeigehen an. Seine Lakaien folgten ihm. Grant rührte sich nicht und sagte kein Wort.

Jemand stellte die Musik lauter und bald darauf waren die

üblichen Partygeräusche zu hören. Die Leute fingen wieder an zu reden, zu lachen, zu flirten und zu tanzen. Aber ich gehörte nicht mehr zu ihnen. Ich musste verrückt gewesen sein, mir das einzubilden. Unbemerkt schlüpfte ich durch die Menge und zur Hintertür hinaus.

DREIZEHN JAHRE VORHER

Ich hatte in der Schule eine wirklich gute Geschichte geschrieben. Mrs Upton fand, meine Eltern müssten sie unbedingt lesen und ich solle sie gleich heute Nachmittag mit nach Hause nehmen. Es war eine Hausaufgabe gewesen, in der wir uns selbst als Erwachsene beschreiben sollten, und darüber hatte ich mir schon oft Gedanken gemacht.

In der Geschichte entdeckte ich eines Tages ein Auto in meinem Zimmer, das genauso aussah wie das in *Milos ganz und gar unmöglilche Reise,* nur dass es lila und nicht rot war, denn Lila war meine Lieblingsfarbe; außerdem war es eine Zeitmaschine und keine, mit der man in magische Welten reisen konnte. Ich stieg ein, startete, fuhr los und landete in der Zukunft. Genauer gesagt in einem Wissenschaftslabor, in dem sich außer mir noch eine große, hübsche Dame mit langen Haaren aufhielt, die an einem Computer arbeitete. Sie trug einen Laborkittel, der gleichzeitig aber auch ein schönes Kleid war. Weil sich das nicht so leicht beschreiben ließ, zeichnete ich noch ein Bild dazu. Die Dame stand auf, umarmte mich und sagte, sie wäre ich, nur als erwachsene Frau! Dann zeigte sie mir ein Medikament, das sie eingenommen hatte, während sie heranwuchs, damit aus ihr kein Mann, sondern eine Frau wurde. Sie sagte auch, es sei richtig, dass ich mich wie ein Mädchen fühle, und dass das weder schlecht noch verkehrt sei. Anschließend stieg ich wieder in meine Zeitmaschine und fuhr nach Hause.

Während ich auf Dad wartete, las ich meine Geschichte noch einmal durch. Die Schlange der Kinder, die von ihren Eltern nach der Schule abgeholt wurden, war lang, was mich normalerweise gar nicht störte, denn ich war sehr geduldig – ein cooler Typ, sagte Dad immer –, aber an diesem Tag wollte ich meinen Eltern so schnell wie möglich die Geschichte zeigen und deshalb fiel mir die Warterei schwer. Dad würde überglücklich sein, wenn er erfuhr, dass er eine Tochter und keinen Sohn hatte, aber vielleicht würde er sich auch etwas dumm vorkommen, weil er und Mom sich so geirrt hatten. Immer wenn er mit mir Jungenspiele spielen wollte, runzelte er nämlich plötzlich die Stirn und hörte mittendrin auf, und deshalb glaubte ich, dass er eigentlich gar keinen Sohn haben wollte, was mir nur recht war, denn Sport konnte ich sowieso nicht ausstehen. Die Schülerlotsin mit der orangen Weste rief meinen Namen und zeigte auf unseren braunen Kombi, der ein Stück entfernt stand. Ich rannte sofort los, aber die Lady rief mir zu, ich solle langsamer gehen, zu meiner eigenen Sicherheit. Also schlängelte ich mich vorsichtig zwischen den anderen Fahrzeugen durch und dachte die ganze Zeit daran, was für Kleider Mom und Dad mir jetzt wohl kaufen würden. Hoffentlich Röcke, denn es war heiß und Jeans waren schlimm, schlimmer als alles andere. Ich kletterte auf meine Kindersitzerhöhung und schnallte mich an, was ich inzwischen auch ohne Aufforderung tat. Dad saß am Steuer und Mom war wie immer nicht mitgekommen. Die beiden fuhren nicht gern zusammen Auto, weil es sie stresste, und dann schrien sie sich an, was ich gar nicht leiden konnte.

»Wie war's in der Schule?«, fragte Dad.

»Schön!«, sagte ich. Dad nickte und stellte das Radio an. Am liebsten hätte ich ihm auf der Stelle von der Geschichte erzählt, aber gleichzeitig fahren und lesen war gefährlich, und wenn ich sie ihm vorlas, konnte er die Bilder nicht sehen. Also summte ich die Melodie im Radio mit und wippte dazu mit dem Kopf. Nur die Füße bewegte ich nicht im Takt, denn das war ein Geräusch, das Dad in den Wahnsinn trieb, was *noch* gefährlicher war. Endlich bogen wir in unsere Einfahrt.

»Dad!«, sagte ich voller Begeisterung. »Dad, sieh mal, was ich heute gemacht hab! Ich hab eine Geschichte geschrieben!« Ich rannte zu ihm auf die Fahrerseite.

»Ist das wahr?«, fragte er. Er lächelte ein wenig, und da ich ihn nicht oft lächeln sah, dachte ich, es wäre ein gutes Zeichen. Dad las gern, also würde ihm meine Geschichte bestimmt gefallen. »Sicher wirst du mal der neue Faulkner.«

Ich gab ihm mein Heft und er sah lächelnd auf das Deckblatt. Er lächelte auch, während er die erste Seite las, auf der ich das Auto entdeckte, und auch auf der zweiten Seite, auf der ich losfuhr, lächelte er noch. Aber auf der dritten Seite, auf der ich die schöne Dame sah, runzelte er verwirrt die Stirn. Mir wurde plötzlich schlecht vor Angst und ich wollte meine Geschichte zurückhaben. Aber ich wagte es nicht, mich zu rühren, weil er jetzt auf der Seite angekommen war, wo die Dame mir erklärte, dass sie ich war – und außerdem sahen die Falten auf seiner Stirn jetzt sehr, sehr böse aus. Die letzten drei Seiten übersprang er und las stattdessen die Bemerkung, die meine Lehrerin unter die Geschichte geschrieben hatte.

»Und wieso glaubt deine Lehrerin, dass du das ernst gemeint hast?«, fragte er. Er sah mich an und ich kam mir so schmutzig vor, als hätte ich drei Tage lang nicht gebadet, aber nicht äußerlich, sondern innerlich. »Das Ganze ist doch nur ein Scherz, oder?«

Halb wollte ich lügen und halb die Wahrheit sagen, aber ich wusste noch nicht, dass beides gleichzeitig möglich war. Ich sah auf meine Schuhe und spürte, dass ich gleich weinen würde, was keine gute Idee war, denn Dad sagte immer, nur Mädchen würden weinen; dabei war ich doch eigentlich ein Mädchen, aber Dad dachte, das wäre nur ein Scherz, und schien deswegen böse auf mich zu sein. Wenn ich daran dachte, musste ich noch mehr weinen. Dad kniete sich vor mir hin und legte mir die Hände auf die Schultern.

»Sieh mich an«, sagte er. Ich schüttelte den Kopf. »Du sollst mich ansehen!«, wiederholte er und packte mich fester an den Schultern. Am liebsten hätte ich meine Augen zugemacht, aber er war sowieso schon so wütend auf mich und ich wollte nicht frech sein und Ärger bekommen. »Sag mir, dass du das nicht ernst gemeint hast.«

»Ja, Sir.« Das sagte ich immer, wenn Erwachsene böse auf mich waren und ich wollte, dass sie damit aufhörten. Er ließ meine Schultern los und legte die Hände auf seine Knie. Ich schniefte, rieb mir die Augen und sah ihn wieder an, aber er blickte in den Himmel und holte tief Luft.

»Hör zu, mein Sohn«, sagte er dann. »Ich will, dass du mal glücklich wirst. Jungen, die wirklich glauben, was du in deiner Geschichte geschrieben hast, mit denen stimmt was nicht. Die werden mal nicht glücklich. Und du bist keiner von diesen Jungs.«

»Ja, Sir«, flüsterte ich.

Er zerzauste mir die Haare und lächelte wieder, aber seine Augen lächelten nicht mit. »Und jetzt will ich nichts mehr davon hören, okay?«

»Ja, Sir«, sagte ich.

»Komm, Kopf hoch«, sagte er. Ich schniefte und sah zu Boden. »Lass uns Fangen spielen, okay? Denk einfach nicht mehr dran.«

»Nein, danke«, sagte ich und fügte noch ein »Sir« hinzu, bevor ich ins Haus ging.

KAPITEL 7

Nachdem ich die Party verlassen hatte, stand ich draußen im Freien, atmete in vollen Zügen die frische Abendluft ein und wurde ruhiger. Die Sonne war inzwischen untergegangen und am Himmel standen schon Sterne. Ich hatte mich noch immer nicht daran gewöhnt, wie klar und deutlich sie hier zu sehen waren. Smyrna lag zwar außerhalb der Stadtgrenze, aber die Luftverschmutzung von Atlanta reichte weit und überzog den Himmel meist mit einer blauvioletten Schmutzglocke. Doch hier war alles gut erkennbar, sogar der matte Streifen der Milchstraße. Am liebsten wäre ich direkt in den Himmel hineingelaufen, um auf einem entfernten Planeten zu leben, weit weg von allem, wovor ich Angst hatte. Ob es möglich war, reine, ungetrübte Freude zu spüren; Freude, die frei von Angst und Verwirrung war, oder war ein gewisses Maß an Kummer eine universelle Konstante, so wie die Lichtgeschwindigkeit?

»Hey.« Ich war schon den halben Block hinuntergegangen, als ich hinter mir eine Stimme hörte. Ich drehte mich um und sah Grant mitten auf der menschenleeren Straße stehen. »Du gehst schon?«

»Ich fühl mich nicht besonders …« Wie gerne hätte ich meinen Satz mit der Wahrheit beendet, aber was konnte ich schon sagen? *Ich glaube, ich mag dich, werde aber nie ein normales Leben führen können. Ich glaube, du magst mich auch, wirst aber nie verstehen, wer ich wirklich bin?*

Grant zog eine Taschenlampe aus der Hosentasche, schaltete sie ein und beide blinzelten wir gegen den plötzlichen Lichteinfall an.

»Begleitest du mich?«

Er drehte sich um und steuerte auf den Wald zu und ich folgte ihm, ohne lang darüber nachzudenken. Von meiner Vergangenheit würde ich mich sowieso nie befreien können; sie war immer präsent und lauerte nur darauf, mich wie ein schwarzes Loch zu verschlucken und zu vernichten. Entkommen konnte ich ihr nur, wenn ich in Bewegung blieb.

Als wir tiefer in den Wald hineingingen, wich das kurze Gras schenkelhohen gelben Halmen. »Das mit Parker …«, begann ich, denn ich dachte gerade daran, dass Grant sich nicht hatte unterkriegen lassen. Wie oft würde er mir noch zu Hilfe kommen müssen, bevor ich wie Tommy verschwand? Mit wie vielen seiner Freunde würde er es sich noch verscherzen? »Werdet ihr nach dem Vorfall eben wieder miteinander reden?«

Grant zuckte mit den Achseln und leuchtete mir mit der Taschenlampe den Weg. »Das Ganze wäre schnell erledigt, wenn wir es gleich morgen nach der Schule klären könnten«, erwiderte er gelassen. »Aber da der Typ ein Riese und obendrein noch aggressiv ist, wird sich diese bescheuerte Sache wahrscheinlich monatelang hinziehen.«

Er blieb vor einem taillenhohen Gestrüpp aus Giftefeu stehen. »Meinst du, da kannst du drüberspringen?«

»Glaub nicht«, gab ich zu, denn ich fühlte mich noch immer benommen von dem Bier.

»Was dagegen, wenn ich dich rüberhebe?«

»Ja«, sagte ich mit trockener Kehle. Ich fasste mir an den Hals. »Ich meine, nein, ist schon okay.«

Er lachte, nahm mich an den Hüften und hob mich mühelos über den Efeu. Da, wo er mich berührt hatte, wurde es ganz warm.

Grant ging weiter voraus, bis der Weg an einem weißlich schimmernden See endete. Ein Chor von Fröschen gesellte sich zu dem asynchronen Rhythmus zirpender Zikaden.

»Ich glaube, Jungs bringt man einfach nicht bei, dass es auch klug sein kann, Angst zu haben«, sagte ich.

»Da könntest du recht haben.« Er leuchtete mit der Taschenlampe in die Höhe. »Wir sind da.« In den Baum vor uns schmiegte sich eine schräge Plattform, die auf drei dicken Ästen angebracht war. Klobige, nicht zusammenpassende Bretter waren an seinen Stamm genagelt und dienten als Leiter.

»Und was ist hier?«, fragte ich. Er sah mich etwas verlegen an.

»Wart's ab.« Er kletterte auf die Plattform, dann leuchtete er mit der Taschenlampe zu mir herunter. Ich kniff die Augen zusammen. »Vertraust du mir?«, fragte er und hielt mir seine Hand entgegen.

»Hast du da gerade *Aladdin* zitiert?« Ich nahm seine Hand, er zog mich mühelos zu sich nach oben und ich kletterte über den Rand der Plattform. Von hier konnte man sehen, wie der

Mond sich im See spiegelte; wie ein vollkommener weißer Kreis hob er sich von der schimmernden Oberfläche ab. Ich atmete tief ein und drehte mich nach Grant um, der sich auf die Plattform gesetzt hatte und mit dem Rücken am Baumstamm lehnte.

»Danke, dass du mitgekommen bist.«

»Danke, dass du mich mitgenommen hast.« Ich lächelte. »Wohnst du hier irgendwo in der Nähe oder so?«

»Nein«, sagte Grant. Er sah plötzlich verschlossen aus. »Ich, äh, ja, früher mal. Das hier war Tommys alter Zufluchtsort.«

»Der deines Freundes?«

»Ja. Hier waren wir immer, wenn sich seine Leute zu Hause gestritten haben oder ihn jemand in der Schule fertiggemacht hat.«

»Was ist eigentlich wirklich mit ihm passiert?«

Grant rieb mit dem Daumen über seine Fingerspitzen. »Er ist gestorben.«

Ich nickte schweigend. »Hat er sich das Leben genommen oder hat ihm jemand was angetan?«

»Wenn andere dich zum Äußersten treiben«, flüsterte Grant mit leichtem Zittern in der Stimme, »dann tragen sie die Verantwortung dafür.« Mir stockte der Atem. Ich wollte ihn spüren lassen, wie viel es mir bedeutete, hier, in Lambertville, jemanden getroffen zu haben, der sich für einen Jungen wie Tommy eingesetzt hatte; der sich für Jungen einsetzte, wie ich einmal einer gewesen war. Ich beugte mich vor, tastete mit meinen Fingerspitzen nach seiner Hand und schob meine hinein.

»Du bist ihm ein guter Freund gewesen.«

Er drückte meine Hand und wir hörten dem Wind über dem

See und dem fieberhaften Zirpen der Zikaden zu, während sich die Welt um uns auf ihren langen, kalten Schlaf einstellte.

»Danke«, sagte er nach einer Weile. Er schob die Taschenlampe zur Seite und legte sich flach auf den Bauch, bis sein Oberkörper hinter dem Rand der Plattform verschwand. »Du kannst doch schwimmen, oder?«

»Ja«, sagte ich. Schwimmen war die einzige Sportart, die mir noch gefallen hatte, als die Pubertät meinen Körper zu meinem Feind machte. Wenn ich durchs Wasser schnellte oder mich treiben ließ, konnte ich mich von den Fesseln meines Körpers befreien. »Ich habe allerdings keinen Badeanzug dabei.«

»Macht nichts«, sagte er und schon war er die Leiter hinuntergeklettert und außer Sichtweite. Gleich darauf raschelte es und sein weißes Unterhemd flog quer durch das Baumhaus und landete vor meinen Füßen. Ich zog mich schnell bis auf die Unterwäsche aus und streifte mir das Hemd über – Grant war nicht viel größer als ich, aber Jungenklamotten waren weit und schlabberig und das Hemd bedeckte alles, was zu bedecken war.

»Aber mein Kleid darf ich nicht hier liegen lassen«, sagte ich, als er wieder zu mir hochkletterte. »Es ist mein Lieblingskleid.«

»Steht dir gut«, antwortete er. Er hievte sich auf die Plattform und mir verschlug es die Sprache, als er mit seinem schlanken, bloßen Oberkörper in voller Größe vor mir stand. Er sah, wie ich ihn anstarrte, und wurde rot. Aber die Anspannung löste sich, als plötzlich Bewegung in seinen Körper kam und er vom Rand der Plattform sprang. Einen Moment lang schien er mit rudernden Armen in der Luft zu schweben, dann streckte er sich, um im nächsten Moment kaum hörbar die Wasseroberfläche zu durchdringen. Sekundenlang hielt ich nervös den Atem an, dann sah ich ihn lachend auftauchen.

»Du hättest dir das Genick brechen können!«, schrie ich nach unten und stemmte die Hände in die Seiten. »Weißt du eigentlich, wie viele Menschen sich jedes Jahr den Rücken verletzen, weil sie unglücklich im Wasser aufkommen?«

Er schwamm jetzt auf der Stelle, rieb sich das Wasser aus den Augen und strich sich die Haare nach hinten. »Nein«, rief er zurück und holte Atem. »Wie viele denn?«

»Na ja«, begann ich und stand auf. »So genau weiß ich's auch nicht. Aber ich wette, ziemlich viele.«

Er lachte und ich ging auf den Baumstamm zu.

»Jetzt springe ich!«

»Warte …«, rief er, aber da lief ich schon auf den Rand der Plattform zu und sprang. Einen seligen Moment lang fühlte ich mich schwerelos und frei. Dann schlug ich mit einem brennenden Schmerz auf dem Rücken auf.

»Autsch«, stieß ich krächzend hervor, als ich wieder auftauchte.

Grant schwamm auf mich zu. »Ich wollte dich noch warnen.«

»Es geht schon wieder.« Ich schloss die Augen und spürte, wie sich der Schmerz in meinem ganzen Körper ausbreitete. Aber es machte mir nichts aus; tat mir etwas weh, wusste ich wenigstens, dass ich lebendig war. Jahrelang war ich wie betäubt gewesen und hatte mich verzweifelt nach irgendeiner Art von Empfindung gesehnt.

Ich öffnete die Augen und sah hinauf zu den wandernden Sternen. Ein Leuchtkäfer summte eindringlich über meiner Stirn und sandte seine leuchtenden Signale aus, um einen Partner anzulocken. Ich seufzte, paddelte leicht mit den Füßen und spürte, wie meine Angst von vorher schwand.

Irgendwann – nach Minuten? oder Stunden? – schwamm Grant ans Ufer zurück. Er watete mit großen Schritten aus dem Wasser und starrte mich an, als ich ebenfalls aus dem Wasser stieg.

»Ist was?« Ich sah an mir herunter und geriet in Panik, weil sein dünnes weißes T-Shirt an meinem schwarzen BH klebte. Ich verschränkte die Arme vor der Brust und spürte, wie ich rot wurde.

»Du bist so schön.«

Verlegen kletterte ich auf die Plattform, griff nach meinem Kleid und stieg die Leiter wieder herunter. Grant nahm meine Hand und wir machten uns auf den Weg zu mir nach Hause. Bald ging das Schilfgras in gemähte Rasenflächen über und wir erreichten einen Fußweg. Durch die Bäume schimmerte schon das Licht der Straßenlaternen.

»Du weißt, was ich dich jetzt frage, oder?«, sagte Grant. »Ich möchte dich jetzt nämlich küssen.«

Das Herz schlug mir bis zum Hals. »Wirklich?«

»Wir müssen aber nicht«, ruderte er schnell zurück. »Ich weiß ja, du hast gesagt, du willst keine Beziehung …«

»Nein. Ich meine, mach dir darüber keine Gedanken. Doch. Ich meine, doch, ich will.«

Er wollte etwas erwidern, aber ich schloss die Augen und beugte mich zu ihm. Er berührte mein Gesicht und sein Mund kam meinem entgegen. Feine Tröpfchen Seewasser perlten auf unseren Lippen. Wir küssten uns nur kurz, aber mein Mund fühlte sich danach wie betäubt und doch warm an.

Danach nahm er wieder meine Hand und wir gingen schweigend weiter, aber die Stille zwischen uns war schön und vertraut und mein ganzer Körper jubelte vor Freude.

Wenn er die Wahrheit wüsste, flüsterte jedoch eine Stimme in meinem Kopf, *hätte er mich nicht geküsst.*

»Stimmt etwas nicht?« Grant sah mich beunruhigt an und ich merkte, wie tief ich in meinen Gedanken versunken war.

»Oh. Nein. Alles gut.«

»Das war kein toller Kuss, ich weiß«, sagte er seufzend.

»Nein, er war wunderbar. Das ist es nicht.« Ich war nur nicht darauf gefasst gewesen, hatte den Kuss nicht vorhergesehen, war nicht bereit dafür gewesen. Aber meine Lippen waren noch immer warm und ich fühlte mich so lebendig wie noch nie. Und glücklicher, als mich irgendeines meiner Medikamente jemals gemacht hatte. Vielleicht würde nie der richtige Zeitpunkt sein; vielleicht musste ich den Sprung ins kalte Wasser wagen, auch wenn ich eine Bauchlandung machte. Vielleicht musste ich nur lockerlassen. »Ich … ich mag dich«, sagte ich, erleichtert, etwas Ehrliches sagen zu können.

»Ich mag dich auch«, erwiderte er. Wir blieben vor der Treppe unseres Apartmenthauses stehen, die Finger ineinander verschlungen, und lachten wie zwei glückliche Idioten.

»Ich muss jetzt gehen, okay?« Er stibitzte sich noch einen kleinen Kuss und wir drückten unsere Stirnen aneinander. Schließlich löste er sich von mir und zog sein Handy aus der Tasche. »Ich möchte dich morgen gern anrufen.«

Ich nahm es ihm aus der Hand und tippte meine Nummer hinein. »Das würde mich freuen.«

»Okay.« Grant lächelte und machte ein paar Schritte rückwärts, als könnte ich mich in Luft auflösen, sobald er sich umdrehte.

Ich stieg die Treppe hoch, blieb aber auf dem Absatz stehen, um ihm zum Abschied zu winken. Er stand noch immer an derselben Stelle und sah mich schweigend an. Ich winkte noch mal, um den Augenblick hinauszuzögern, dann lächelte er mir zu und machte sich auf seinen langen Heimweg.

Ich fuhr mir mit der Hand durchs Haar und sagte leise »Scheiße.«

*

Als ich das Wohnzimmer betrat, lag Dad schlafend auf dem Sofa, gebadet in das bläuliche Licht des Bildschirmmenüs seines Videorekorders.

»Daddy?«, wagte ich ihn leise anzusprechen, da ich wusste, dass er mich nicht hörte. »Ich bin wieder da.« Er gab einen grunzenden Laut von sich und seine Augenlider zuckten. Er sah mich aus halb geöffneten, trüben Augen an und seine Stimme klang weit entfernt, als er sagte: »Andrew?«

Es brach mir fast das Herz. Doch dann fiel mir ein, dass ich Grants T-Shirt trug, das Licht gedämpft und er im Halbschlaf war. Ich dachte an den *Sandman* und fragte mich, ob der Sohn, den Dad sich wünschte, im Reich der Träume auf ihn wartete, wenn er schlief. Ich konnte es ihm nicht verübeln.

»Ich bin's, Amanda«, sagte ich leise.

»Amanda?« Er blinzelte und beugte sich nach vorn, ganz dicht an mich heran. »Wieso bist du so nass? Was hast du da für Kleider an?«

»Ich bin mit ein paar Freunden schwimmen gegangen. Aber ich hatte keinen Badeanzug dabei, deshalb das T-Shirt.«

»Ah.« Er streckte sich und gähnte. In seinem Rücken knackste es. »Gut. Es ist nämlich nicht schön, wenn man allein ist.«

»Jetzt aber schnell ins Bett mit dir.« Ich legte seinen Arm um meine Schulter und roch sofort, dass er getrunken hatte.

»Du bist ein guter Junge«, sagte er mit leichtem Lallen. »Tochter, meine ich. Es tut mir leid. Tut mir so leid.«

»Schon gut.«

»Du siehst so glücklich aus.«

»Ich glaub, das bin ich auch.«

»Ich möchte, dass du lächelst. Ich hab dich lieb.«

Ob ihm bewusst war, dass er diesen kleinen Satz zum letzten Mal vor zehn Jahren gesagt hatte? »Ich hab dich auch lieb.« Er schlang die Arme um mich und gab mir, bevor ich reagieren konnte, einen Kuss auf meine Wange. Dann wankte er ins Bett.

Ich schloss die Tür hinter ihm und stand noch lange auf dem Flur. Der Fernseher brummte, der Ventilator surrte, und ich wiederholte die vier Worte im Geist. Ich strich mit den Fingern über meine Wange, die noch ein kleines bisschen rau von seinen Stoppeln war.

Mir fiel ein, wie wütend er seinerzeit geklungen hatte, als er mir sagte, dass Menschen wie ich unmöglich glücklich werden konnten. Ich tastete nach der Narbe über meinem Ohr und spürte, wie warm und prickelnd meine Lippen sich noch immer von Grants Küssen anfühlten. Ich betete, dass Dad sich irrte.

KAPITEL 8

Mein Handy klingelte, als ich mich durch die Flut von Schülern schob, die sich in gespannter Erwartung ans Wochenende durch die Eingangstür ins Freie drängten. Ich verzog mich in eine der wenigen leeren Nischen in der Nähe des Sekretariats und nahm es aus der Tasche, weil ich hoffte, eines der Mädels wolle mir mitteilen, dass ihr Freitagabendplan ins Wasser gefallen sei und sie Zeit habe, mit mir abzuhängen. Aber auf dem Display standen Grants Name und die ersten Sätze einer seiner zahlreich bei mir eingegangenen Textnachrichten.

»Hi!«, las ich. »Sorry, wenn ich dich ständig nerve, aber ... ich fand es letzten Freitag so schön mit dir und dachte eigentlich, dir ging's genauso. Ich hoffe, du ...« Ich holte tief Luft, schloss die Augen und steckte das Handy weg, ohne weitergelesen zu haben. Der Partyabend war ein Fehler gewesen, ein totaler Verstoß gegen sämtliche Regeln, die ich mir gesetzt hatte – gegen meinen ganzen Plan, den Grund, weshalb ich nach Lambertville gekommen war. Ich hatte mich dumm und riskant verhalten und das Ganze durfte sich nicht wiederholen. Grant schickte mir seither andauernd Nachrichten, die ich konsequent ignorierte, und auf den Korridoren in der Schule ging ich ihm aus dem Weg. Ich hatte sogar überlegt, ob ich seine Nummer blockieren sollte, um mich nicht selbst in Versuchung zu führen, aber irgendwie brachte ich es nicht fertig.

Immerhin hatten wir schönes Wetter. Ich ging die Schultreppe hinunter, vorbei an den wartenden Bussen und um das Schulgebäude herum zum Footballplatz. Es wäre schade gewesen, einen so schönen Tag nicht auszunutzen, auch wenn ich ihn allein verbringen musste, und Dad hatte sich einverstanden erklärt, mich nach der Arbeit abzuholen, als ich ihm in der Mittagspause eine Nachricht schickte. Ich stieg auf die Tribüne und schlug *Ein guter Mensch ist schwer zu finden* von Flannery O'Connor in meinem Schulbuch auf. Die alte Frau in der Geschichte konnte ich auf Anhieb nicht ausstehen, obwohl die Autorintention dahinter ziemlich offensichtlich war. Teilweise konnte ich sogar nachempfinden, wieso sie derart groteske Anforderungen an sich stellte, nur damit alle sie für eine »Lady« hielten, aber eben nur teilweise. Ich markierte gerade eine Stelle im Text, als ich die Melodie von *Star Wars* auf meinem Handy hörte. Wieder Grant. Ich wartete ab, bis sie zu Ende war, aber als sie von Neuem startete, gab ich mich geschlagen und ging dran. »Hi«, sagte ich so kühl ich konnte.

»Aha. Dein Handy ist also nicht kaputt.«

»Nein«, sagte ich und ahnte schon, was als Nächstes kommen würde: *Warum hatte ich nicht auf seine Nachrichten reagiert?*

»Und dir gefällt *Star Wars*?«, fuhr er fort. »Ist ja krass. Du bist das erste Mädchen, das ich kenne, das diese Filme mag. Welcher gefällt dir denn am besten?«

»Das Imperium schlägt zurück«, antwortete ich reflexartig, sah aber gleich darauf um mich. »Moment mal, woher weißt du das eigentlich?«

»Ach komm, *Imperium* ist auch mein Lieblingsfilm! Und jetzt dreh dich mal um.« Ich sah hinter mich und entdeckte ihn auf der obersten Bank, den Turnbeutel über der Schulter, das Handy am Ohr. Er grinste mich mit makellos weißen Zähnen an und winkte wie ein kleiner Junge.

»Moment mal«, sagte ich. Ich verstaute meine Sachen in der Tasche und stand auf. »Wie bist du …?«

»Ich bin von da drüben gekommen.« Er deutete auf das andere Ende des Spielfelds. »Aber du warst so vertieft in dein Buch, dass ich nackt auf dem Spielfeld hätte rumlaufen können und du hättest es nicht gemerkt.«

»Stalkst du mich etwa?«

»Nee«, sagte er achzelzuckend. »Ich hab nur gestern nach dem Training was auf der Reservebank liegen lassen; das wollte ich eben holen und da hab ich dich gesehen.«

»Ah.«

»Aber ich bin froh, dass ich dich hier treffe. Du rennst ja jedes Mal schon aus dem Klassenzimmer, bevor ich Hallo sagen kann, und in der Cafeteria hab ich dich auch die ganze Woche nicht gesehen.«

»Ich hab immer hier draußen gegessen«, erklärte ich, rieb mir den Arm und sah zur Seite. »Das Wetter war so schön.«

»Und meine Nachrichten?« Er lief jetzt in großen, gleichmäßigen Sätzen die Tribüne hinunter und auf mich zu. »Ich hab gedacht, du magst mich. Du kannst mir ruhig sagen, wenn es nicht so ist. Ich komm schon klar mit einer Abfuhr.«

»Nein.« Ich rutschte ihm auf meiner Bank ein Stück entgegen. »Ich meine, ja. Ich mag dich. Nur … erinnerst du dich noch an unser Gespräch, als du mich um ein Date mit Parker gebeten hast?«

»Verstehe.« Er setzte sich neben mich und schob sich den Turnbeutel zwischen die Knie. »Dann liegt es also daran, dass dein Dad so streng ist? Ich kann ihn ja mal treffen, wenn du willst, dann sieht er, dass ich keine Bedrohung für seine Tochter bin.«

»Ich glaube, das ist keine so gute Idee«, sagte ich und überlegte, wie es wäre, wenn ich einen Jungen mit nach Hause bringen und ihn Dad vorstellen würde. »Aber ich meinte eigentlich … dass ich kompliziert bin.«

»Wir sind doch alle kompliziert.« Er kratzte sich an der Schläfe.

»Nicht so wie ich. Ich habe eine Vergangenheit, okay? Und mit der möchtest du ganz sicher nichts zu tun haben.«

»Wir haben alle eine Vergangenheit. Das heißt nicht, dass wir keine Zukunft haben können.«

»Okay, aber du weißt eben vieles nicht über mich.«

»Ich weiß, dass du eines der hübschesten Mädchen bist, die ich je gesehen habe.« Er rückte noch dichter an mich heran. »Ich weiß schon jetzt, dass du ein gutes Herz hast. Ich weiß, dass mir bei unserem Kuss neulich so warm geworden ist, als würde ich zu nah an einem Lagerfeuer sitzen, und ich weiß, dass mir das vorher noch nie passiert ist.«

»So schön, dass du das sagst.« Ich fuhr mir mit den Fingern durch die Haare und blickte nach oben in den Himmel. Ich wusste, ich würde schwach werden und nachgeben, wenn ich ihn ansah, und das konnte ich mir nicht erlauben. »Aber …«

»Hör zu.« Ich spürte, wie er meine Hände nahm, und als ich den Blick senkte, sah ich sein Gesicht ganz dicht vor meinem. Ich dachte an das letzte Mal, als er mir so nah gekommen war, und mir wurde heiß. »Ich bin ein großer Junge. Ich bin schon mal zusammengeschlagen worden und das wird mir auch wieder passieren. Ich komme mit Situationen klar, die nicht ganz einfach sind, und ich komme mit Situationen klar, die richtig heftig sind. Ich will mit dir zusammen sein und ich will dich nicht weniger, nur weil du dich aus irgendeinem Grund für kompliziert hältst.«

Ich öffnete den Mund, um ihm zu widersprechen, um all die Gründe anzuführen, weshalb es nicht funktionieren konnte – weshalb es vielleicht schwieriger war, mir nahezukommen, als er dachte, und dass wir beide verletzt daraus hervorgehen könnten – aber kein Laut kam über meine Lippen.

»Ich küss dich jetzt«, sagte er leise. »Ist das okay?«

Ich nickte fast unmerklich, bevor seine Lippen meine berührten und er meine Hüften näher an sich heranzog. Er hatte recht gehabt: Mir war, als ob ich vor einem Feuer sitzen würde, und ich spürte, wie die Wärme durch jeden Zentimeter meiner Haut drang.

KAPITEL 9

Den Samstagabend verbrachte ich mit den Mädchen in Laylas Zimmer, in dem ein echtes Himmelbett mit hauchdünnen weißen Vorhängen stand. Wir probierten Make-up und Klamotten aus, klatschten und tratschten und posteten die Fotos, auf denen wir am aufgemotztesten aussahen, auf Instagram. Wir beschlossen, am Abend zu Walmart zu fahren, dem einzigen Laden in der Stadt, der um diese Zeit noch offen hatte, und kauften uns dort Limos. Ich hatte mich schon gewundert, dass meine Freundinnen sich extra dafür geschminkt hatten, aber den Grund dafür erfuhr ich, als wir aus dem Laden kamen und auf eine Gruppe Jungs aus unserer Schule stießen, die am Rand des Parkplatzes abhingen und Bierkästen auf den Ladeflächen ihrer Pick-ups hatten. Obwohl ich mich nicht mit sehr vielen Leuten unterhielt, fühlte ich mich nicht unwohl, weil Layla eindeutig zu verstehen gab, dass ich zu ihrer Clique gehörte. Es war einer der besten Samstagabende, an die mich erinnern konnte. Nur wenn Grant dabei gewesen wäre, wäre er noch schöner gewesen.

Als ich schließlich nach Hause kam, fiel ich sofort in einen tiefen, ruhigen Schlaf, was mir nur selten passierte. Irgendwann klingelte mein Handy und ich stützte mich auf meine steifen Unterarme und richtete mich langsam auf. Ich blinzelte und stöhnte, weil die Morgensonne schon warm ins Zimmer schien. Das Handy klingelte wieder. Ich angelte danach, verfehlte es aber und erwischte es erst beim zweiten Versuch.

»Hallo?«, krächzte ich in den Hörer, ohne nachzusehen, wer mich anrief.

»Morgen, Amanda«, sagte Anna mit einer selbst für ihre Verhältnisse übertrieben fröhlichen Stimme.

»Mm«, stöhnte ich und streckte mich. »Was gibt's denn?«

»Ach, nichts Besonderes«, sagte Anna. »Wir fahren nur gleich in die Kirche und ich dachte, du möchtest vielleicht mitkommen.« Einen Moment war es still in der Leitung, aber dann fügte sie schnell hinzu: »Außerdem möchten meine Eltern dich gern kennenlernen.«

»Warum?«, fragte ich und schwang die Füße über den Bettrand. »Ich meine, ich gehe eigentlich nie in die Kirche.«

»Aber hast du nicht gesagt, dass du Baptistin bist?«

»Ja, aber eine abtrünnige«, erinnerte ich sie. »Ich war schon, wart mal … seit der Mittelstufe nicht mehr in der Kirche.«

»Oh«, sagte Anna nicht mehr ganz so fröhlich. Ich zögerte. Sie klang nicht nur enttäuscht, sie klang besorgt. »Aber das ist doch erst recht ein Grund, mal wieder mitzukommen, oder?«

»Also, vielen Dank für das Angebot«, sagte ich, »aber ich möchte wirklich …«

»Nein, Amanda«, flüsterte Anna plötzlich, »du musst unbedingt meine Eltern kennenlernen. Ganz unbedingt. Bitte, ja?«

Ich erschrak, denn plötzlich war mir klar, dass sie mich

brauchte. Ich überlegte kurz, dann sagte ich: »Okay. Ich zieh mich an.«

»Juhu!«, Anna war jetzt wieder bester Stimmung. »In einer halben Stunde holen wir dich ab.«

Sie legte auf, bevor ich reagieren konnte. Ich seufzte und begann in meinen Sachen zu wühlen, unter denen sich nur ein einziges für die Kirche angemessenes Kleid befand: ein zartrosa Blumenkleid mit kurzen Ärmeln und breitem violetten Gürtel, der vor 25 Jahren und zehn Kleidergrößen weniger meiner Mom gehört hatte. Ich ging in die Küche, wo Dad vor einem Teller mit fettigem Schinkenspeck saß und sich die Schläfen massierte. Er hatte die Augen geschlossen und seine Haut sah bleich und fleckig aus.

»Das sieht aber nicht sehr gesund aus«, sagte ich vorwurfsvoll. Was war nur aus dem Dad geworden, der früher mal zu praktisch jeder Mahlzeit Salat gegessen hatte?

»Kater«, entgegnete er mit einer Stimme, die wie eine knarzende, alte Tür klang. »Dagegen hilft nur fettes Essen.« Er riss die Augen auf und starrte mich an. »Du hast dich ja so schick gemacht?«

»Ich gehe in die Kirche.« Ich lehnte mich gegen den Küchentresen und checkte mein Handy. Dad lachte heiser, brach aber mittendrin ab, als er sah, dass ich meine Arme vor der Brust verschränkte und zu Boden sah.

»Oh«, sagte er. »Du hast es ernst gemeint.« Er riss ein Stück Schinken in zwei Hälften und schob sie sich in den Mund. »Tut mir leid, aber ich sehe dich einfach nicht in einer Horde religiöser Fanatiker.«

»Meine Freundin Anna hat mich gefragt, ob ich mitkommen

möchte. Wieso kannst du dir das nicht vorstellen?«, fragte ich, obwohl ich den Grund natürlich kannte. Ich glaubte immer noch an Gott, und mein Glaube war lange Zeit das Einzige gewesen, womit ich mich über Wasser halten konnte. Aber ich würde nie den Tag vergessen, an dem Mom von einem Besuch bei unserem Pfarrer zurückgekommen war. Sie hatte rote Augen gehabt vor lauter Weinen, aber auch vor Wut. Was denn passiert sei, hatte ich sie gefragt, worauf sie einen ganzen Schwall Flüche von sich gab, die überhaupt nicht zu ihrer sonst so lieben, leisen Stimme passen wollten. Schließlich erzählte sie mir, dass der Pfarrer ihr einige *Ratschläge* erteilt hätte: Man solle mich in ein Camp schicken, um mich wieder geradezubiegen, ich solle mehr Zeit mit einer männlichen Identifikationsfigur verbringen und mich so lange von der Gemeinde fernhalten, bis ich einen Weg gefunden hätte, mich wieder einzugliedern. Nach diesem Vorfall waren wir nie mehr in die Kirche gegangen, aber beten tat ich auch danach noch.

»Die Bibel steht Menschen wie dir ziemlich ablehnend gegenüber«, entgegnete Dad schließlich, während er langsam weiterkaute.

»Aber die Leute müssen ja auch nicht alles über mich erfahren, oder?«

»Sei einfach auf der Hut«, sagte er. »Wir sind hier weder in Atlanta noch in irgendeinem Vorort. Die Menschen wirken nett hier, aber du solltest dir genau überlegen, wem du was anvertraust.«

»Ich weiß«, sagte ich mit flacher Stimme und spürte die Narbe über meinem Ohr. Mein Handy piepste und Annas Name tauchte über einer Nachricht auf: *Wir sind da.*

»Ich werde abgeholt. Ich muss jetzt los.«

»Ich meine es ernst«, sagte Dad. An der Tür drehte ich mich noch mal zu ihm um und sah die Sorge in seinen blutunterlaufenen Augen. »Im Ernst. Pass bitte auf dich auf.«

Plötzlich saß mir die Angst im Nacken, ich atmete tief ein und nickte. »Ich weiß, Dad. Ich passe auf. Bis später.«

Dann lief ich schnell die Treppe hinunter und auf die Straße hinaus, wo der Kleinbus parkte, mit dem Anna ein paar Tage zuvor gefahren war.

Aus reiner Neugier warf ich dieses Mal einen genaueren Blick auf die Aufkleber auf der Rückseite des Wagens. JESUS WAR EIN KONSERVATIVER, stand da und: GOTT SPRICHT RECHT, NICHT DIE REGIERUNG! ILLEGALE EINWANDERER! WAS GENAU HABT IHR NICHT VERSTANDEN? ICH KANN NICHTS DAFÜR, DASS ICH HOMOPHOB BIN ... ICH WURDE SO GEBOREN. Wie angewachsen stand ich da und schluckte, mein Mund war plötzlich trocken. Da ging die Autotür auf und Anna beugte sich lächelnd zu mir heraus.

»Worauf wartest du?«, wollte sie wissen. »Komm, spring rein.« Der Kopf einer kleinen, sommersprossigen und zahnlosen Ausgabe von Anna tauchte neben ihr auf und winkte aufgeregt.

Ich zwang mich zu einem Lächeln und kletterte zwischen zwei kleine blonde Jungen in identischen Anzughemden auf die Rückbank. Die beiden saßen mit so weit gespreizten Beinen da, dass ihre Knie sich in der Mitte berührten, und da sie nicht daran interessiert zu sein schienen, mir Platz zu machen, blieb mir nichts anderes übrig, als unbeholfen über den einen von ihnen zu kraxeln und mich zwischen sie zu klemmen. Irgendetwas streifte meinen Hintern während dieses Manövers, aber ich redete mir gut zu, dass es Zufall gewesen war.

Eine spindeldürre Frau mit blonder, aufgesprayter Hochfrisur, die gegen jegliche Gesetze der Physik verstieß, drehte sich vom Beifahrersitz zu mir nach hinten um und strahlte mich an.

»Anna, Liebling«, sagte sie, ohne ihr perfektes Lächeln abzusetzen, »sei bitte nicht so unhöflich und stell mich deiner Freundin vor.«

»Oh!« Anna war sichtlich erschrocken. Wieder wunderte ich mich, dass sie sich so eigenartig verhielt. »Äh, Mom, das ist meine Freundin Amanda. Amanda, das ist meine Mom ...«

»Du kannst gern Lorraine zu mir sagen«, sagte Annas Mom mit ihrem statuenhaften Lächeln.

»Das ist mein Dad.«

Ein Schrank von Mann grunzte etwas und warf mir im Rückspiegel einen ungnädigen Blick zu.

»Und das da ist meine Schwester Judith«, erklärte Anna. Die Schwester drehte sich zu mir um, schenkte mir das gleiche bezaubernde Lächeln wie vorher und piepste: »Ich bin schon in der Fünften!« Ich unterdrückte ein Lachen und erwiderte, das fände ich sehr beeindruckend. Aber Lorraine, deren Lächeln jetzt erstmals etwas verhaltener wurde, fuhr Judith an: »Setz dich anständig hin und schlag die Beine übereinander.« Judith gehorchte augenblicklich. Einen Moment lang herrschte betretenes Schweigen, bevor Anna mit der Vorstellung ihrer Familie fortfuhr. Ich fragte mich, ob ihren Eltern eigentlich auffiel, wie ihre Söhne sich auf dem Rücksitz herumfläzten. »Und, tja, das da sind meine Brüder Simon und Matthew«, fuhr Anna fort. Der eine war ein wenig größer als der andere und der Kleinere hatte eine Zahnspange und etwas dunklere Haare, aber ansonsten hätten die beiden Zwillinge sein können. Der Kleinere gab das gleiche Grunzen von sich wie sein Vater und sah starr zum Fenster hinaus. Der andere spielte mit seinem Handy und tat so, als ob er nichts gehört hätte.

»Hi«, sagte ich und zwang mich, dem Bruder zuzulächeln, der zumindest ein Grunzen zustande gebracht hatte. Er drehte sich zu mir um, sah mir kurz in die Augen und starrte mir dann auf die Brust.

»Schönes Kleid«, sagte er. Ich wollte schon Danke sagen, da fügte er hinzu: »Siehst wie 'ne Oma darin aus.«

»Sei nicht so rotzig zu meiner Freundin, Simon«, sagte Anna. Sie sah ihren Bruder böse an.

»Nicht dieser Ton, junge Dame!«, mischte sich Lorraine ein. Annas Wangen liefen glühend rot an. Sie warf mir einen entschuldigenden Blick zu und sah nach vorn. Simon rümpfte die Nase und blickte wieder zum Fenster hinaus.

»Und, hattet ihr Mädels gestern einen schönen Abend?«, fragte ihr Dad. Anna hielt die Luft an und zog die Schultern hoch. Ich warf einen Blick in den Rückspiegel und sah, wie ihr Dad abwechselnd mich und die Straße ins Visier nahm.

»Ja«, sagte ich. »Wir hatten viel Spaß.«

»Nicht zu viel, hoffe ich.«

»Wieso nicht?«, fragte ich gedehnt und sah schnell von der wie gelähmt wirkenden Anna zu ihrem Vater, der mich nach wie vor mit seinem Blick durchbohrte.

»Weil das Wort Gottes eine ernste Angelegenheit ist«, sagte er. »Zumindest in unserem Hause.«

»Hm«, sagte ich, »natürlich. Ja. Bei uns zu Hause auch.«

»Welchen Bibelvers habt ihr denn gestern durchgenommen?«, wollte Lorraine wissen.

»Wie bitte?«, fragte ich irritiert. Anna duckte sich leicht, ihr Dad kniff die Augen zusammen und plötzlich ging mir ein Licht auf – Anna hatte ihren Eltern erzählt, dass wir gestern beim Bibelkreis gewesen waren. »Tut mir leid, ich hatte noch keinen Kaffee heute Morgen. Wir haben uns im Wesentlichen auf das Johannes-Evangelium konzentriert.«

»Ah«, sagte ihr Dad und nickte. »Denn der Sünde Sold ist der Tod.«

Ich konnte mir ein Lächeln nicht verkneifen; ich war ja vielleicht viele Jahre lang nicht in der Kirche gewesen, aber vorher hatte ich immer gut aufgepasst. »Ein kraftvoller Vers, keine Frage, aber der ist aus den Römerbriefen«, sagte ich. »Meine Lieblingsstelle aus dem Johannes-Evangelium ist: ›Also hat Gott die Welt geliebt, dass er seinen eingeborenen Sohn gab, auf dass alle, die an ihn glauben, nicht verloren werden.‹ Der Vers ist so lebenszugewandt, finden Sie nicht auch? Und so hoffnungsvoll.«

»Da kann ich nicht widersprechen«, sagte Annas Dad mit unwilligem Respekt in der Stimme.

»Anna, Liebes, du hast es endlich geschafft!«, sagte Lorraine und klatschte beglückt in die Hände.

Anna sah verwirrt hoch. »Was denn?«

»Du hast zur Abwechslung mal jemanden kennengelernt, der einen guten Einfluss auf dich hat.«

Ich räusperte mich und sah schnell auf die Bäume draußen vor dem Fenster.

*

»Danke«, wisperte Anna zwanzig Minuten später, als wir uns in eine der rot gepolsterten Bänke im vorderen Teil der Kirche schoben. Der Innenraum war zwar klein und in spartanischem Weiß gehalten, aber der rote Teppichboden, die rote Polsterung und das Licht, das durch die abstrakten Buntglasfenster hereinströmte, ließen ihn sehr viel schöner erscheinen, als es von außen den Anschein hatte. »Tut mir leid, dass ich dich nicht vorgewarnt habe«, fuhr sie fort, nachdem wir uns gesetzt hatten. »Aber als ich dich vorhin angerufen habe, hat die ganze Familie mitgehört.«

»Schon klar«, flüsterte ich, strich ihr übers Handgelenk und lächelte. »Mach dir bloß keinen Kopf.«

Die Erwachsenen liefen zwischen den Bänken hin und her und klopften sich zur Begrüßung auf die Schultern, während Anna und ich still und mit gefalteten Händen dasaßen. Kurz darauf trat ein alter Mann mit einer Haut wie rissiger Marmor, eulenartigen Augen und einer alten Lederbibel unter dem Arm an die Kanzel und die Gespräche verstummten. Schweigend legte er die Bibel auf das Lesepult und schlug die Seite mit dem Tagesevangelium auf. Trotz seines Alters waren seine Bewegungen so würdevoll wie die eines Soldaten.

»Darum, dieweil wir ein solch Amt haben«, begann er mit sonorer und noch jugendlicher Stimme, die auch ohne Unterstützung von Lautsprechern durch die ganze Kirche drang, »wie uns denn Barmherzigkeit widerfahren ist, so werden wir nicht müde, sondern meiden auch heimliche Schande und gehen nicht mit Schalkheit um, fälschen auch nicht Gottes Wort; sondern mit Offenbarung der Wahrheit beweisen wir uns wohl an aller Menschen Gewissen vor Gott.« Er nahm seine Brille ab und musterte seine Gemeinde.

»Korinther 4:1 und 4:2, falls es jemanden interessiert.« Er räusperte sich und schlug die Bibel mit einem dumpfen Knall zu, der in dem stillen Altarraum widerhallte. »Ich habe immer gefunden, dass eine Menge Gutes in den Korintherbriefen steht. Wie ›Wir sehen jetzt durch einen Spiegel in einem dunkeln Wort‹ oder ›Als ich ein Kind war‹ und dergleichen mehr, aber die Verse, die ich euch eben vorgelesen habe, haben genauso viel Substanz wie alle anderen auch.«

Mein Blick wanderte zu dem Fenster hinter ihm, durch das man auf das wogende Gras auf dem Hügel sehen konnte. Viele Mädchen in der Selbsthilfegruppe zu Hause hatten die Geschlechtsumwandlung als einen Prozess beschrieben, den sie »unsere innere Wahrheit leben« nannten, und vielleicht traf das genau den Punkt. Ich blickte ein wenig höher und entdeckte an der Wand über dem Fenster und dem grünen Gras ein kleines Holzkreuz.

»Bevor ich fortfahre, möchte ich euch einen Witz erzählen. Unterbrecht mich, falls ihr ihn schon kennt: Was ist der Unterschied zwischen einem südlichen Baptisten und einem Methodisten?« Ein kleines Lächeln zuckte um seinen Mund und er blickte erwartungsvoll um sich, aber alles war mucksmäuschenstill. »Die Methodisten sagen ›Guten Tag‹, wenn sie einen Spirituosenladen betreten.« Einige Gemeindemitglieder kicherten verlegen, die meisten aber rutschten unbehaglich auf ihren Stühlen herum.

»Wir haben nämlich ein kleines Imageproblem in unserer Kirche«, sagte der Pfarrer in wieder ernstem Tonfall. »Nicht, dass wir ein *schlechtes* Image hätten, wohlgemerkt; nein, tatsächlich ist das Gegenteil der Fall: Wir geben zu viel auf unser Image. Geben zu viel auf Äußerlichkeiten, auf unser Auftreten und den Eindruck, den wir bei anderen hinterlassen, wo wir uns doch eigentlich mit unserem Innern, mit unseren Herzen und mit dem Eindruck befassen sollten, den Gott von uns hat. Radikale Ehrlichkeit und ein fundamentaler Glaube sind das Herzstück des Christentums, meine Damen und Herren. Ich selber habe auch so gelebt. Und habe Haushalte gesehen, in denen man so lebt – Vorzeigehaushalte, wie man sie aus dem Fernsehen kennt, voller Fotos mit lächelnden Familien, sauberen Teppichen und einem Kreuz an jeder Wand, aber das heißt alles gar nichts. Denkt nur an die Apostel und stellt euch vor, wie die Menschen damals über sie gedacht haben mögen – ein Haufen schmutziger, gefühlsduseliger Vagabunden! Aber die Apostel wussten, dass sie ohne Tadel lebten, solange sie rechtschaffen und wahrhaftig waren und an der Seite des Herrn gingen, denn der Herr ging auch an ihrer Seite.«

Meine Finger krallten sich in meinen Oberschenkeln fest, ich starrte auf die Rückenlehne der Bank vor mir und spürte, wie mein Herz klopfte. Manchmal vermisste ich Gott an meiner Seite. Ich dachte daran, wie ich nach meinem Suizidversuch im Krankenhaus zu mir gekommen war und nur noch Leere gespürt hatte, wo vorher mein Glaube gewesen war. Nach meiner Geschlechtsumwandlung war er zwar wieder ein wenig erwacht, aber es fiel mir schwer, meine Hoffnung auf einen Gott zu setzen, der mich nach Ansicht so vieler Menschen hasste.

»Radikale Ehrlichkeit bedeutet, keine Geheimnisse zu haben, egal, was für Konsequenzen es nach sich zieht. Ihr sprecht von Alkohol, Drogen, Unzucht und Enttäuschungen. Fundamentaler Glaube bedeutet, darauf zu vertrauen, dass der Herr diese Schwächen und Sorgen über euch kommen ließ, weil es Teil seines Planes war; er bedeutet, darauf zu vertrauen, dass andere erkennen, wenn ihr ein Leben an der Seite des Herrn führt, Aufrichtigkeit zeigt und sichtbar macht, dass er euch von euren Sünden erlöst – es wird euer Leben reicher machen. Ein unehrliches Leben ist nur ein halb gelebtes Leben, Brüder und Schwestern, ein Leben, in dem ihr schon mit einem Fuß in der Hölle steht.«

Während der Pfarrer weitersprach, gingen mir seine Worte nicht mehr aus dem Kopf – *ein unehrliches Leben ist nur ein halb gelebtes Leben.* Stimmte das wirklich? Würde ich niemals echte Freundschaften und Beziehungen haben, wenn ich meine Vergangenheit für immer verschwieg? Mein Blick wanderte über die Menschen um mich herum, fiel auf Annas Eltern, die mit starrem Rücken und angespannter Aufmerksamkeit dasaßen, auf ihre Brüder, die auf ihren Plätzen herumzappelten, und landete schließlich bei Anna. Alle hier, so viel wurde mir plötzlich klar, lebten mit irgendeiner Form der Lüge. Anna, die abends ausging, aber ihren Eltern erzählte, dass sie einen Bibelkreis besuchte, ihre Eltern, die das schlechte Benehmen ihrer Söhne bewusst übersahen. Vielleicht gehörten Geheimnisse und Lügen ja zum Leben dazu, vielleicht hatte jeder etwas, das er nicht wahrhaben wollte oder verbarg.

Ich sah noch einmal zu dem Kreuz hoch und fragte mich, ob es wirklich Zufall war, dass ich diese Predigt gerade jetzt hörte. Und ich kam zu der Ansicht, dass die Leute, die behaupteten, dass Gott mich nicht liebe und dass für jemanden wie mich kein Platz auf dieser Welt sei – sich täuschten. Gott wollte, dass ich lebte, und allein diese Erkenntnis half mir zu überleben, und folglich wollte Gott es auch. *Ich* wollte es. Ich hatte mich für das Leben entschieden, und es sah so aus, als ob ich es endlich auch leben würde.

KAPITEL 10

Ich saß alleine oben auf der Tribüne und schaute dem Training des Footballteams zu. Es war so heiß hier, dass ich mich bis auf mein Tanktop ausziehen und die Bluse über den Sitz legen musste, damit ich mir nicht die Oberschenkel verbrannte, aber ein angenehmes kleines Lüftchen machte die Hitze erträglich. Aus der Ferne waren die Spieler schwer voneinander zu unterscheiden, doch schließlich konnte ich Grant ausmachen, der lächelnd am Rand des Spielfelds entlanglief. Er hatte mich noch nicht entdeckt und es war mir auch lieber so. Ich wollte sehen, wie er sich verhielt, wenn ich nicht in seiner Nähe war – umso mehr gefiel mir, wie entspannt er wirkte, wie jede noch so kleine Bewegung bei ihm stark und anmutig und souverän aussah und er sich so wohl in seiner Haut zu fühlen schien, wie ich es an mir selbst nicht kannte. Vielleicht würde dieses Lebensgefühl ja auf mich abfärben, wenn ich häufig mit ihm zusammen wäre.

Ein untersetzter, muskulöser Mann pfiff jetzt durchdringend auf seiner Trillerpfeife, und Grant und seine Mitspieler rannten los und stellten sich vor einer Reihe von schachbrettartig angeordneten Autoreifen auf. Beim zweiten Pfiff begannen die Jungen in Zweiergruppen über die Reifen zu springen. Als Grant an der Reihe war, trat er dicht vor die Reifen und beugte sich leicht nach vorn, um beim nächsten Pfiff gleich durchstarten zu können. Der Trainer gab das Signal, Grant spurtete los und erreichte die Markierung auf der Hälfte der Strecke deutlich schneller als die meisten seiner Teamkameraden. Ich stand auf, legte eine Hand trichterförmig um den Mund, schwenkte das T-Shirt, das er mir neulich abends am See geliehen hatte, und schrie aus voller Kehle »Wow!«. Grants Augen schnellten zu mir hinauf und er strahlte. Ich lächelte zurück. Im gleichen Augenblick stolperte er und landete mit der Nase im Dreck.

»Da hättest du mich ja um ein Haar in Schwierigkeiten gebracht«, rief er, als er, gegen die Sonne anblinzelnd, die Tribüne zu mir heraufstieg. Er hatte sich inzwischen umgezogen und trug jetzt Jeans und ein T-Shirt mit einem verblichenen *Captain America*-Logo auf der Brust. Seine Haare waren noch nass vom Duschen und erinnerten mich daran, wie er neulich abends aus dem See aufgetaucht war.

»Um ein Haar«, sagte ich, stand auf und ging ihm ein paar Stufen entgegen. »Aber lustig war es trotzdem, das musst du zugeben.«

»Ich werde zwar noch die ganze Woche Gras spucken«, sagte er mit seinem breiten, jungenhaften Grinsen, »aber stimmt schon, lustig war's.«

Wir beugten uns beide vor und ich spürte das gleiche Kribbeln auf meiner Haut wie am See, als ich darauf wartete, dass seine Lippen meine berührten. Doch dann hörte ich plötzlich lautes Gejohle unter uns. Ich riss die Augen auf, richtete mich auf und sah ein halbes Dutzend von Grants Kumpeln am Spielfeldrand stehen, pumpende Bewegungen mit den Fäusten machen und mit den Hüften kreisen. Mir schoss das Blut in die Wangen. Grant fuhr sich mit den Fingern durch die Haare und versuchte die Sache mit einem Lachen abzutun.

»Sorry«, sagte er. »Meine Freunde sind einfach Idioten.«

»Dann sag ihnen aber davon lieber nichts«, erwiderte ich und drückte ihm verstohlen sein T-Shirt in die Hand. »Wenn sie sich schon bei einem winzigen Kuss wie die Brüllaffen aufführen, dann rasten sie vermutlich völlig aus, wenn sie das T-Shirt sehen.«

»Da hast du wahrscheinlich recht.« Er stopfte das T-Shirt in seinen Rucksack und warf einen Blick nach unten. Dann sah er mich wieder an, umarmte mich schnell und das Gegrunze und Gejohle ging von Neuem los.

»Wie auch immer«, druckste ich herum, faltete die Hände hinterm Rücken und beobachtete einen Schwarm Stare, der sich von der Tribüne am andern Ende des Spielfeldes in die Luft erhob. »Ich hab gedacht, du hast vielleicht Lust, heute Abend bei mir vorbeizukommen. Dad muss länger arbeiten.«

Er grinste mich breit an und meine Wangen glühten. »Wir könnten zusammen Hausaufgaben machen oder so«, sagte ich.

»Ich würde wahnsinnig gern mit dir Hausaufgaben machen. Und ›oder so‹ klingt auch nicht schlecht.«

Ich lachte. »Gut, ich hab nämlich meinen Bus gewissermaßen absichtlich verpasst, um dir beim Training zuzuschauen.«

»Ach«, sagte Grant. Er sah plötzlich zur Seite und rieb sich den Nacken. »Da fällt mir gerade ein … mein Auto ist in der

Werkstatt – und ein Kumpel nimmt mich mit nach Hause. Deshalb klappt's wohl heute leider nicht. Tut mir echt leid.«

»Ich könnte ja zu dir kommen«, schlug ich vor. Ich strich mir die Haare zurück und hob erwartungsvoll die Augenbrauen. »Bestimmt kann mich mein Dad später bei dir abholen.«

»Ich glaube, das ist keine so gute Idee.« Grant runzelte die Stirn und wich meinem Blick aus. »Du, ich muss jetzt los. Mein Kumpel wartet.«

»Alles klar.« Ich gab mich geschlagen und versuchte, mir meine Enttäuschung nicht anmerken zu lassen. »Schreibst du mir später?«

»Unbedingt.« Jetzt lächelte er wieder, beugte sich vor und küsste mich auf die Wange. Er murmelte »Bis dann« und trabte die Stufen hinunter.

Ich ließ mich auf die Bank fallen, starrte auf das leere Spielfeld und stieß einen tiefen Seufzer aus. Nach einer Weile nahm ich mein Handy aus der Tasche und schickte je eine Nachricht an Anna, Layla und Chloe, in der Hoffnung, eine von ihnen könnte mich vielleicht in ihrem Auto mitnehmen. Aber einige Minuten vergingen, ohne dass ich eine Antwort erhielt. Ich sah zu, wie die untergehende Sonne das Blau des Himmels in blasses Violett tauchte, dann nahm ich wieder mein Telefon zur Hand und schrieb Virginia.

Wie geht's dir?, tippte ich und umgehend kam ihre Antwort. *Gut eigentlich*, schrieb sie zurück. *Mal abgesehen davon, dass ich bei Walmart in der Schlange stehe. Wie läuft's mit deinem neuen Boyfriend?*

Etwas eigenartig, antwortete ich. Ich legte das Handy auf die Bank und zog mir die Bluse wieder an, weil es mich in der kühler werdenden Brise fröstelte. Danach wollte ich eigentlich weiterschreiben, hatte aber plötzlich viel mehr Lust, mit Virginia zu sprechen. Ich wählte ihre Nummer und sie nahm schon beim ersten Läuten ab. »Hey«, sagte ich und merkte, wie sehr ich es vermisst hatte, ihre Stimme zu hören. Sie entschuldigte sich, weil das ohrenbetäubende Geschrei eines Kindes, das in der Kassenschlange neben ihr offenbar gerade einen Wutanfall hatte, unser Gespräch erschwerte, aber es machte mir nichts aus. Ich genoss es schon, sie am anderen Ende der Leitung zu wissen.

»Also«, sagte sie, als sich das Kind endlich beruhigt hatte. »Erzähl mir von dir. Was geht ab mit deinem Typen?«

»Ach, ich weiß auch nicht.« Ich kam mir plötzlich albern vor. Vielleicht reagierte ich ja viel zu heftig. Ich streckte mich der Länge nach auf der Bank aus, schob einen Arm unter meinen Kopf und starrte in den Himmel. »Heute hat er sich ganz komisch verhalten. Erst sah es so aus, als wollte er Zeit mit mir verbringen, aber dann hat er plötzlich den Schalter umgelegt und sich mehr oder weniger aus dem Staub gemacht.«

»Das heißt, da läuft etwas bei ihm, wovon du nichts weißt«, meinte Virginia gelassen. Ich stellte mir vor, wie sie gerade aus dem Walmart kam und über die glühend heiße, geteerte Straße auf ihren alten Bronco zuging. Ich sah, wie sie die Autoschlüssel aus ihrer Handtasche nahm, sah ihre stets gepflegten, glänzenden Fingernägel, als sie die Wagentür aufschloss. Und plötzlich schien es mir eine Ewigkeit her zu sein, seit ich sie das letzte Mal gesehen hatte. »Aber du verheimlichst ihm ja schließlich auch ganz schön was, stimmt's?«

»Stimmt«, sagte ich und lächelte, obwohl mir nach dem Gegenteil zumute war – Virginia hatte immer recht. »Trotzdem. Das ist was anderes.«

Ein dünner Wolkenfetzen eilte über den Himmel und ich musste seufzen. Vielleicht war ich ja eine Heuchlerin, aber bei der Vorstellung, dass Grant etwas vor mir verbarg, wurde mir ganz schlecht. Was, wenn er seine Gefühle für mich nur auf perfide Weise vortäuschte? Ich wusste, der Gedanke war paranoid, aber ich hatte mir den Drang, hinter allem, was geschah, eine dunkle Schattenseite zu vermuten, über viele Jahre so zu eigen gemacht, dass ich nur schwer davon loskam.

»Du redest dir was ein«, versuchte Virginia mich zu beruhigen. Selbst am anderen Ende der Leitung konnte sie meine Gedanken lesen. »Zieh keine voreiligen Schlüsse. Lass dir Zeit, lern ihn erst mal richtig kennen und finde raus, was mit ihm los ist. Ich wette, da ist gar nichts. Und sollte doch was sein, dann steigst du entweder aus oder gehst die Sache an. Hab ich recht?«

»Ja, stimmt.« Ich richtete mich auf und packte meine Sachen ein. Ich würde jetzt Dad anrufen, ihn bitten, mich abzuholen, und so tun, als ob nichts geschehen wäre. Ich würde weiter mein Ding machen, mich mit Grant treffen und alles Weitere auf mich zukommen lassen. Warum hatte ich es überhaupt so verdammt eilig? Ich wusste doch, dass ich die Dinge langsam angehen lassen – mich davor hüten musste, Grant zu nahe zu kommen; wenn das nämlich geschah, erfuhren wir auch mehr voneinander, und in meinem Leben gab es so vieles, das er nicht wissen durfte, nie wissen durfte. Aber wenn ich an sein entspanntes Lächeln und seine in der Sonne funkelnden, schwarzen Augen dachte, war mir nur noch wichtig, in seiner Nähe zu sein.

»Hör mal, Babe, ich muss jetzt losdüsen«, sagte Virginia. Im Hintergrund hörte ich schon das Motorengeräusch und das vertraute Gedudel des Senders V-103. »Kommst du klar?«

»Ja, danke für dein Verständnis«, erwiderte ich, während ich die Tribüne hinunter und auf den Parkplatz zulief. Mir ging es schon viel besser. »Alles gut!«

KAPITEL 11

Der Himmel war schiefergrau und wieder lag eines der zahlreichen Gewitter dieser Woche in der Luft. Ein kühler, feuchter Wind fegte an Grant und mir vorbei, als wir auf der Ladefläche von Rodneys Pick-up saßen. Ich band meine mir ins Gesicht peitschenden Haare zu einem Pferdeschwanz zusammen und wurde rot, als ich merkte, wie Grant mich dabei ansah. Der Pick-up fuhr über einen herabgefallenen Ast und schleuderte uns ein paar Zentimeter in die Höhe, und ich klammerte mich am Ersatzreifen fest, als ginge es um mein Leben. Grant lachte leise in sich hinein, lächelte aber dann und hielt abwehrend die Hände hoch, als ich ihm scherzhaft einen kleinen Tritt verpasste.

»Das ist überhaupt nicht komisch«, schimpfte ich, musste aber selbst grinsen. »Es ist total gefährlich, hinten auf einem Truck mitzufahren!«

»Lohnt sich aber«, sagte er. »Schlammfahren ist ein Mordsspaß, außerdem will ich, dass du meine Kumpels kennenlernst.«

»Wenn sie auch nur annähernd so sind wie Parker, hast

du hoffentlich nichts dagegen, wenn ich im Wagen sitzen bleibe.«

»Die können manchmal ein bisschen ungehobelt sein.« Er rieb sich den Nacken. »Aber Parker ist schon ein spezieller Fall. Mach dir wegen ihm keinen Kopf.« Er sah mich lächelnd an. »Eigentlich geht's mir weniger darum, dass du sie kennenlernst, als dass ich mit dir angeben kann.«

»Wie auch immer!« Ich wandte den Blick ab. »Sag mal, warum hast du mich eigentlich nicht selbst abgeholt? Schlammfahren im eigenen Auto macht doch bestimmt viel mehr Spaß?«

»Du findest also doch, dass es ganz witzig klingt, gib's zu!«

»Nee, eher bescheuert.« Ich zuckte entschuldigend mit den Schultern.

»Zugegeben«, sagte Grant. »Aber das ist ja der Witz daran. Das Ganze ist einfach ein guter Vorwand, mit Kumpeln abzuhängen, sich im Wald wie die Idioten aufzuführen und sich mal richtig einzusauen.« Ich warf ihm einen Blick zu, der eindeutig zu verstehen gab, dass ich noch immer meine Zweifel hatte. Er klopfte auf seinen Rucksack. »Keine Sorge. Ich hab ein Picknick für uns dabei. Sollte dir langweilig werden, amüsieren wir uns auf unsere Weise.«

»Danke.« Wir bogen vom Highway auf eine schlammige Schotterpiste ab, die in den Wald führte. Von den Baumkronen, die das schwache Sonnenlicht abschirmten, tröpfelte minutenlang Wasser auf uns herab, bis wir schließlich entferntes Motorengeräusch hörten. Dann stießen wir plötzlich auf eine offene Lichtung. Das Gras dort war zerfurcht von Dutzenden sich wild krümmender Reifenspuren schlammverkrusteter

Pick-ups, die aus reinem Spaß an der Action hin und her rasten. Ein kleines Grüppchen von Leuten, deren Kleidung auch schon mit Schlamm bedeckt war, scharte sich um ein Lagerfeuer und zahlreiche kleine, rote Kühlboxen. Einige Gesichter kannte ich aus der Schule, unter ihnen Parker. Unser Pick-up hielt ein wenig abseits der Gruppe und Grant sprang gleich von der Ladefläche.

Rodney kletterte aus der Kabine und warf ihm seine Wagenschlüssel zu. »Hier, bitte«, sagte er. »Ich hol mir jetzt erst mal ein Bier.«

»Danke.« Grant stieg auf den Fahrersitz und sah irritiert zu mir herunter. »Worauf wartest du?«

»Fahren wir denn jetzt gleich? Ich hatte gehofft, erst noch mein Frühstück verdauen zu können.«

Grant lachte und hängte sich aus dem Fenster. »Wenigstens eine Runde? Na, komm schon! Außerdem hab ich jede Menge Sandwiches dabei. Falls du kotzen musst, können wir dich gleich wieder aufpäppeln.«

»Bezaubernd.« Ich musste lachen und marschierte unter lautem, anfeuerndem Gejohle aus dem Hintergrund zum Beifahrersitz. Ich schnallte mich an und genoss es, so nah bei Grant zu sitzen, bis der Motor röhrte und der Truck zu schlingern begann.

Grant beugte sich grinsend nach vorne und trat das Gaspedal durch. Die Hinterreifen schleuderten in hohem Bogen Schlamm in die Luft und wir starteten los. Als der Rand der Lichtung auf uns zuraste, schrie ich auf und klammerte mich an Grants Arm, aber er lachte nur, riss das Lenkrad in der letzten Sekunde herum und manövrierte den Wagen mit einem zischenden Geräusch in einen Drift, der die Stämme von einem Dutzend Bäumen mit Schlamm vollspritzte. Er balancierte den Drift wieder aus und startete erneut über die Lichtung und jetzt lachte ich auch. Der Truck schleuderte wieder herum, aber dieses Mal ging es durch eine überraschend tiefe Mulde, aus der der Schlamm bis zu den Fenstern und der Windschutzscheibe spritzte. Ich dachte daran, wie ich darauf bestanden hatte, dass Grant mir genau erklärte, wie Schlammfahren funktionierte, aber jetzt wurde mir klar, dass das gar nicht möglich war – nicht so jedenfalls, dass ich es wirklich hätte nachvollziehen können. Was in meinem Leben wartete noch darauf, dass ich ihm eine Chance gab? Schließlich kam der Truck auf der unseren Klassenkameraden gegenüberliegenden Seite zum Stehen. Ich rang nach Atem und fuhr mir mit zitternden Händen durch die Haare.

»Das war …«, begann ich mit belegter Stimme und suchte nach dem passenden Wort. »Das war geil!«

»Ich hab gehofft, dass es dir gefällt«, sagte Grant leise. Grinsend sah ich ihn an, aber als ich das sehr viel zurückhaltendere Lächeln in seinem Gesicht und den Ausdruck in seinen dunklen, fest auf mich gerichteten Augen sah, fing mein Herz heftig an zu klopfen. Er schien auf etwas zu warten, und als mir klar wurde, was jetzt bevorstand, krampfte es sich regelrecht zusammen.

»So«, sagte ich. Ich wandte den Blick ab und strich mir nervös über die Haare. Ich wollte die Stimmung nicht verderben, musste aber immer wieder daran denken, wie er neulich nach der Schule einfach abgehauen war; ich wollte endlich wissen, warum. »Kann ich dir eine Frage stellen?«

»Schieß los«, sagte Grant, lehnte sich ans Lenkrad und neigte den Kopf.

»Sind wir beide zusammen?«

»Na ja, gerade schon, oder?«

»Ich weiß.« Ich hatte das Gefühl, als ob jede einzelne Zelle meines Körpers vibrieren würde. »Aber ich meine, auch weiterhin?«

Grant runzelte die Stirn und sah durch die Windschutzscheibe nach draußen, und sekundenlang war ich mir völlig sicher, dass er Nein sagen würde. Ich war ihm zu langweilig. Zu arrogant. Ich hatte auf der Party grauenhaft getanzt und Schlammfahren bescheuert gefunden.

»Ich denke, das liegt ganz bei dir«, sagte er und schenkte mir sein schönstes Lächeln. Seine Vorderzähne standen ein wenig schief und ich stellte fest, dass ein Schönheitsfehler einen Menschen manchmal sogar noch schöner machte. »Ich will es, das weiß ich. Aber neulich, nach der Schule, sah es so aus, als ob du es furchtbar eilig hättest, von mir wegzukommen.«

»Ach Scheiße«, sagte Grant. Er seufzte und trommelte aufs Lenkrad. »Tut mir leid, Amanda. Ich glaube, es war mir einfach peinlich, dass ich dich nicht in meinem eigenen Auto mitnehmen konnte. Ich fand es irgendwie unmännlich oder so. Das mit dir ist alles noch so frisch und neu und ... willst du nicht auch manchmal, dass man dich nur von deiner besten Seite sieht?«

Ich musste lächeln. »Ich möchte aber nicht nur deine beste Seite sehen. Ich will dich richtig kennenlernen.«

Ich musste daran denken, was Virginia über Grant und mich

gesagt hatte – dass wir vielleicht beide ein Geheimnis hatten –, aber auch an meine Eltern und wie still es bei uns zu Hause in dem Jahr vor ihrer Scheidung gewesen war. Wie sie sich im Grunde nichts Wichtiges mehr erzählt hatten. Wenn ich mich auf eine Beziehung mit Grant einließ, dann richtig. Ich kaute an meinem Finger und dachte an den Tag, als ich mit Bee im Plantagenhaus gewesen war. »Wie fändest du es, wenn wir das Ehrlichkeitsspiel spielen würden?«

»Was ist das?«, fragte er. Ich erklärte ihm die Regeln, so wie ich sie von Bee gehört hatte.

Grant schwieg einen Moment und überlegte. »Also so was wie Wahrheit oder Pflicht?«

»So ähnlich.« Ich nickte und überlegte, wie Bee das Spiel beschrieben hatte. »Nur ohne den ganzen Erotikkram, verstehst du?« Er tat so, als würde er schmollen und ich gab ihm einen kleinen Schubs. »Na ja, wenn du es geschickt anstellst, ist der Erotikkram vielleicht verhandelbar. Spielst du's mit mir?«

Er nickte. »Jetzt gleich?«

Ich zuckte mit den Achseln. »Was du heute kannst besorgen, das verschiebe nicht auf morgen, oder?« Ich holte tief Luft. »Okay, ich fange an.« Ich dachte an die Predigt, die ich mit Anna in der Kirche gehört hatte. Dass man alle Schichten an Geheimnissen und Lügen abbauen müsse. Wenn Grant und ich dieses Spiel lang genug spielten, würde ich ihm eines Tages vielleicht die ganze Wahrheit sagen können. »Der Kuss neulich nachts war mein erster.«

»Niemals«, sagte Grant kopfschüttelnd. »Glaub ich dir nicht.« Ich nickte entschieden. »Wie hast du das nur so lange ausgehalten? Dir müssen doch die Jungs schon seit der Mittelstufe nachlaufen, so hübsch, wie du bist.«

»Danke.« Ich wurde rot. »Nicht, dass ich dir das abnehmen würde, aber trotzdem danke. Ich habe mich im letzten Sommer sehr verändert, deshalb ist das alles ziemlich neu für mich«, erzählte ich ihm wahrheitsgetreu. »Jetzt bist du an der Reihe.«

»Für dich war es der erste Kuss«, sagte Grant, tippte sich ans Kinn und sah zur Decke hoch. »Und für mich der schönste.«

Ich legte den Finger auf die Lippen und sah mit glühenden Wangen zu Boden. Ich hatte solche Angst davor gehabt, nicht richtig küssen zu können oder, schlimmer noch, wie ein Junge zu küssen. Ich schloss die Augen, dachte an unseren Kuss und mein Herz begann zu rasen. Als ich mich so weit beruhigt hatte, dass ich Grant wieder ansehen konnte, merkte ich, dass er rot wurde. Ich verschränkte meine Finger mit seinen und sagte: »Diesen Rekord können wir doch nicht einfach so stehen lassen, oder?«

»Auf keinen Fall, Ma'am«, bestätigte Grant und beugte sich zu mir, »absolut nicht.«

Der Kuss vor meiner Wohnung war schön, aber ein wenig zaghaft und beinahe unschuldig gewesen. Der Kuss auf der Tribüne zärtlich, aber kurz. Was jetzt geschah, war anders. Unsere Münder verschmolzen miteinander und plötzlich war ich über ihm, stützte mich mit den Händen auf seinem festen, breiten Brustkorb ab und meine Haare hüllten uns wie ein Vorhang ein. Ich lehnte mich einen Moment zurück und wir sahen uns in die Augen und schöpften Atem. Dann spürte ich, wie etwas meine Taille streifte, blickte an mir herab und sah, wie seine

Hand sich langsam auf den Saum meines Hemds zubewegte. Er sah mich fragend an, ob ich es auch so wollte. Ich biss mir auf die Lippen, küsste seinen Hals und biss ihn zärtlich in sein Ohrläppchen. Seine Finger gruben sich in meine Haut und wanderten aufwärts und an meinem Bauchnabel vorbei, wo sie einen Moment lang ruhten, bis ich sie schließlich in der Nähe meiner Rippen spürte.

»He!«, brüllte Rodney da und hämmerte mit der Faust an die Fensterscheibe. Ich schrie auf, fiel zurück auf den Beifahrersitz und schlug mir dabei den Kopf an. »He, was soll'n das, ihr zwei, das da sind neue Polster. Ihr werdet sie noch ruinieren!«

Grant stammelte eine Entschuldigung und wir kletterten rot vor Verlegenheit und unterdrücktem Lachen aus dem Führerhaus. Verärgert stieg Rodney in seinen Truck und fuhr so schnell davon, dass er uns beide über und über mit Schlamm bespritzte.

Einen Augenblick standen wir schweigend da, zitternd und lächelnd, bis Grant sich vorbeugte, etwas Schlamm von seinem T-Shirt mit etwas Schlamm von meinem verstrich, und dann lachten wir beide los.

KAPITEL 12

Bee und ich saßen unter einem Dach brauner und roter Blätter hinter dem Kunstbau, unterhielten uns und bliesen abwechselnd kleine dünne Rauchfahnen in die Luft. Sie fingerte an den Einstellungen ihrer neuen Digitalkamera herum, während ich versuchte, sie zu zeichnen, ohne dass sie es merkte. Die Zikaden waren einige Wochen zuvor von der Bildfläche verschwunden und alle Geräusche, von dem des Windes bis zu dem Kratzen meines Bleistifts auf dem Papier, klangen hart und laut ohne ihren Gesang.

»Und, wie war dein Zeugnis?«, fragte ich mit etwas rauer Stimme und reichte den Joint an sie weiter.

»Beschissen. In Englisch wäre es ganz gut gelaufen, wenn Mr Robinson mich nicht auf dem Kieker hätte, aber immerhin hab ich noch ein B ergattern können. In Chemie habe ich ein C und in Mathe ein D, aber wen jucken schon Noten?«

»Mich.« Ich kreiste den Kopf, um meinen Nacken zu entspannen, während ich mich gleichzeitig auf Bees Haare konzentrierte, da ich ihre Bewegung im Wind in starres Grafit umsetzen wollte.

»Ach ja? Was hast du denn so vor im Leben?«

»Ich will auf eine Uni im Norden. Auf die NYU vielleicht, wenn sie mich da nehmen.«

Bee beugte sich vor, um meine Zeichnung zu betrachten. Schnell versuchte ich sie vor ihr zu verstecken, aber da sagte sie schon grinsend: »Ich hab zwar an die vierzig Pfund mehr drauf, will mich aber nicht beschweren. Kann ich die Zeichnung haben, wenn du damit fertig bist?«

»Na klar.« Ich schlug eine neue Seite in meinem Block auf. »Jedenfalls, fixiert bin ich nicht auf New York. Ich weiß nur, dass ich so weit wie möglich von hier wegwill.«

»Meine Rede«, sagte Bee. »Zum Teufel mit dieser Stadt.« Sie hob die Kamera, richtete sie auf mich, krauste ihre Stupsnase und knipste ein paar Mal, ehe ich mich wegdrehen konnte – ein Reflex aus all den Jahren, in denen ich meinen Anblick auf Fotos einfach nicht ertragen konnte. »Warum ein hübsches Mädchen wie du nicht fotografiert werden will, ist mir schleierhaft«, sagte Bee kopfschüttelnd. »Wo wir gerade von hübschen Menschen sprechen, wie läuft's denn so mit deinem Typen?«

»Gut.« Ich warf ein paar beliebige Formen aufs Papier, in die ich später Gesichter zeichnen wollte. Wie immer, wenn ich an Grant dachte, bekam ich ein ganz heißes Gesicht. Ich dachte an die Kinofilme, von denen wir kaum etwas mitbekommen hatten, an unsere Spaziergänge am See mit aufgerollten Jeans, an unsere sich wie zufällig streifenden Fingerspitzen und lächelnden Blicke in der ersten Schulstunde, während Parker uns mürrisch anstarrte. »Eigentlich super. Nur dass …« Ich verstummte. Ich war mir nicht sicher, wie viel ich ihr erzählen wollte.

»Ärger im Paradies?«, fragte Bee grinsend. »Riecht er aus dem Mund? Oder ist er vielleicht ein Megarassist?«

»Nein«, sagte ich leise und hob die Augenbrauen. »Das ist es nicht. Der Punkt ist …« Ich blickte in Bees neugieriges Gesicht und merkte, dass ich, auch wenn ich mich Virginia noch so gerne anvertraute, mit jemandem über Grant sprechen wollte, der ihn kannte, und schon begannen die Worte aus mir herauszusprudeln. »Manchmal ist er so komisch. Zum Beispiel will er immer, dass wir uns bei unseren Dates irgendwo treffen; er holt mich nie zu Hause ab. Er behauptet, sein Auto wäre in der Werkstatt, aber das ist es jetzt schon wochenlang. Und immer hat er irgendwas zu tun, worüber er nicht reden will. Und treffen tun wir uns nicht öfter als einmal in der Woche, wenn überhaupt. Sein Footballtraining nimmt bestimmt nicht so viel Zeit in Anspruch. Ich habe das Gefühl, er verheimlicht mir etwas.«

»Vielleicht ist er ja schwul«, sagte Bee. Sie sagte es scherzhaft, trotzdem stellte ich mir sofort das Allerschlimmste vor: dass er mich nur attraktiv fand, weil ich so jungenhafte Eigenschaften hatte. Ob das sein konnte?

»Das meinst du doch nicht …«, begann ich, schwieg aber gleich wieder. Einen grauenhaften Moment lang fragte ich mich, ob das tatsächlich der Grund war, weshalb er auf mich stand, aber Bee sah mich mit einem so eigenartigen Blick an, dass ich von dem Gedankenstrudel in meinem Kopf abgelenkt wurde. »Du glaubst doch nicht wirklich, dass er schwul ist, oder?«

»Woher soll ich das wissen?«, sagte sie. »Dass ich bi bin, heißt noch lange nicht, dass ich hellseherische Kräfte habe. Ich bin nicht der tapfere, schwule Kumpel in deiner Beziehungskomödie.«

»Es tut mir … Hör zu, so hab ich es doch nicht gemeint«, stammelte ich und unterdrückte den Drang, mich zu entschuldigen. »Ich hab dich nur gefragt, weil du hier alles über jeden weißt.«

Sie lachte, als sie mein Gesicht sah. »Ich mach doch nur Spaß! Grant ist so hetero, dass es kracht.« Sie schloss die Augen und ließ sich wie eine Schlange auf den Rücken gleiten. »Parker dagegen ist der verlogenste Hetero, dem ich je begegnet bin.«

»Nie im Leben. Ich hab dir doch erzählt, was neulich bei der Party passiert ist! Der ist ein Mega-Schwulenhasser!«

»Daran erkennt man's ja«, erklärte Bee. »Du bist doch hetero, oder?«

Ich nickte.

»Wie oft denkst du an Frauen, die miteinander Sex haben?«

Ich dachte einen Augenblick nach.

»Nie«, sagte ich dann achselzuckend.

»Genau das meine ich! Schwulenhasser denken die ganze Zeit an schwulen Sex, weil sie gerne selber welchen hätten. Sie behaupten, es liegt bei einem selbst, ob man schwul ist oder nicht, weil sie sich jeden Tag neu gegen den Sex entscheiden müssen, den sie eigentlich haben wollen. Schwulenfeinde sind superschwul.«

»Klingt plausibel«, sagte ich. »Aber demnach wäre der Süden ja …«

»Die schwulste Gegend in der westlichen Hemisphäre?«, beendete Bee meinen Satz. »Allerdings.«

Bei der Vorstellung mussten wir beide lachen, bis wir plötzlich ganz in unserer Nähe Schritte hörten. Wir sahen uns erschrocken an und ich versuchte schnell den Rauch wegzuwedeln, während Bee den Joint verschwinden ließ. Es war die letzte Unterrichtsstunde, aber das war wohl kaum ein Grund, auf dem Schulgelände zu rauchen. Wir schlichen zum Kunstbau und spähten vorsichtig um die Ecke, um zu sehen, ob wir uns nicht getäuscht hatten. Als ich sah, dass die Tür offen stand, blieb mir fast das Herz stehen.

»Scheiße«, zischte Bee. »Scheiße, Scheiße, Scheiße. Lass uns hier abhauen.«

Wir liefen wieder auf die Rückseite des Gebäudes und erstarrten vor Schreck, als wir einen kleinen Mann mittleren Alters mit kurzen grauen Haaren neben unseren Rucksäcken stehen sahen. Er blickte nachdenklich auf die beiden Zeichenblöcke in seiner Hand, dann hob er den Kopf und sah uns schweigend und mit erhobenen Brauen entgegen.

»Bee«, sagte er tonlos. »Ich kann nicht behaupten, dass ich überrascht bin. Wie läuft das Abschlussjahr bei dir?«

»Ach, ganz gut eigentlich«, erwiderte Bee.

»Das ist ja schön«, sagte der Mann. Er wandte sich wieder unseren Blöcken zu und schnüffelte dabei auffällig. Wollte er andeuten, dass ihm klar war, dass wir geraucht hatten? »Und dürfte ich vielleicht den Namen deiner Freundin erfahren?«

»Amanda Hardy«, sagte Bee, als sie merkte, dass ich kein Wort über die Lippen brachte.

»Nett, dich kennenzulernen, Amanda«, sagte der Mann und klemmte sich unsere Blöcke unter den Arm. »Ich bin Mr Kurjak. Ihr könnt dieses Wochenende mit einem Anruf von mir rechnen. Habt ihr was dagegen, wenn ich mir inzwischen eure Skizzenblöcke ausleihe?«

»Nein«, antwortete Bee. Ich schüttelte bloß den Kopf.

»Ihr bekommt sie so schnell wie möglich zurück«, sagte er, nickte uns kaum merklich zu, drehte sich auf dem Absatz um und ging davon.

Bee wartete ab, bis Mr Kurjak außer Hörweite war, dann sagte sie: »Das hätte schlimmer laufen können.«

»Wer war denn das?«

»Der Sportlehrer.«

»Das war's! Mein Leben ist dahin!« In meinen Ohren klingelte es plötzlich und ich schnappte panisch nach Luft. »Die schmeißen mich hier raus!«

»Entspann dich!« Bee schulterte ihren Rucksack. »Worst-Case-Szenario? Dass er vielleicht ein bisschen Gras gerochen hat. Deswegen können sie einen nicht rausschmeißen.«

»Bist du dir sicher?«

»Definitiv«, sagte Bee. »Ziemlich sicher. Fast sicher. Jetzt ist sowieso erst mal Schulschluss. Komm, gehen wir Burger essen.«

*

Wir mussten warten, bis Bee wieder so nüchtern war, dass sie fahren konnte, und als wir endlich auf den Parkplatz des Krystal Burger bogen, war mein Hunger inzwischen größer als meine Angst. Bee sprang aus dem Truck und lief voraus. Ich ließ mir Zeit und schlenderte, die Hände in den Hosentaschen, hinterher. Ich lauschte der Stille, die mir ohne den Gesang der Zikaden übermächtig vorkam, und genoss den kühlen Herbstwind auf meiner Haut. Als ich den Imbiss betrat, unterhielt sich Bee bereits mit einem dünnen, schon kahl werdenden Typen mit rotem Polohemd und Mützenschirm.

»Was willst du haben?«, fragte sie mich. »Das Mittagessen geht auf meine Rechnung, weil ich dir ja vermutlich deine Harvardpläne oder was auch immer vermasselt habe.« Ich wollte gerade etwas erwidern, als mein Blick in die Küche fiel. Der Koch – auch er in rotem Hemd und Mützenschirm – kam mir bekannt vor, kehrte uns jedoch den Rücken zu. Kurz darauf drehte er sich um und Grant starrte mich mit fettbeflecktem Gesicht und großen Augen an. Seine Haare sahen strähnig und verschwitzt aus und er ließ vor Erschöpfung die Schultern hängen. Er errötete und wandte gleich darauf den Blick ab.

Ich stürzte ins Freie und lehnte mich mit klopfendem Herzen an Bees Auto. Das also hatte er mir verheimlicht? Dass er nach der Schule einen Job hatte? Und was würde jetzt passieren, nachdem ich ihn auf frischer Tat ertappt hatte, wenn das ein so großes Geheimnis war? Als ich ihn ohne Schürze, den Mützenschirm um den Hals, um die Ecke biegen sah, schlug mein Herz noch lauter.

»Gehen wir ein Stück?«, fragte er.

»Kriegst du dann keinen Ärger?«

»Nein.« Er schob die Hände in die Hosentaschen und begann langsam den Highway hinunterzugehen. Ich folgte ihm auf gummiweichen Beinen. »Ich hab für Greg schon zig Schichten vertreten. Er schuldet mir was.«

»Mensch. Wie viele Stunden pro Woche arbeitest du denn?«

»Bei diesem Job? Oder alle zusammengenommen?« Ich hob

die Augenbrauen und sah ihn verständnislos an. »Tja«, sagte er langsam und biss sich auf die Lippen. »Zeit für Geständnisse, was? Mal sehen.« Seine Lippen bewegten sich schweigend und er sah in den Himmel, während er an den Fingern abzählte. »Zwanzig Stunden sind es hier, im Sommer und im Herbst zehn Stunden Gelegenheitsjobs auf Chloes Familienfarm und dann noch zehn Stunden als Geschirrspüler im Hungry Dan's. Also vierzig Stunden, glaube ich – plus / minus, je nachdem, ob ich zusätzlich Schichten vertrete.«

»Ist das überhaupt legal?«, fragte ich entgeistert.

»Hab ich nie wirklich drüber nachgedacht. Jetzt, wo ich achtzehn bin, wahrscheinlich schon, vorher – nein. Aber da das Krystal der einzige Laden ist, bei dem ich einen Scheck bekomme, ist es immer gut gelaufen.«

»Und wann hast du Zeit, Football zu spielen? Oder auf Partys zu gehen? Oder Hausaufgaben zu machen? Oder … na ja, für mich?«

»Ich schlafe nicht besonders viel und mache kaum Hausaufgaben. Meine Noten sind eine Katastrophe. Ich übernehme jede Menge Vertretungen, vor allem im Sommer. Deshalb kann ich auch mal andere um einen Gefallen bitten, wenn ein gewisses hübsches Mädchen mich gern sehen will.« Er zwinkerte mir zu und ich lachte.

Ich streckte die Hand nach seiner Schulter aus. »Aber warum hast du mir das alles verschwiegen?«

»Ich red nicht gern über solche Sachen.«

Ich nickte verständnisvoll.

»Aber es tut mir leid, dass ich mich so albern benommen habe. Ich hatte … einfach Angst, dass du mich dann anders sehen würdest. Und außerdem wollte ich nicht, dass du ein schlechtes Gewissen bekommst, weil ich Zusatzschichten arbeite, damit wir beide ausgehen können.«

»Ich seh dich jetzt tatsächlich anders.«

Er sah mich verlegen an.

Ich schüttelte den Kopf und lächelte. »Auf deine Liste guter Eigenschaften kommt jetzt noch ein ›fleißig‹ obendrauf.«

»Mann.« Er grinste verlegen. »Kann das vielleicht für unser Ehrlichkeitsspiel verbucht werden?«

»Klar, aber nur, wenn ich das, was ich dir jetzt sage, für mich verbuchen darf.« Ich nahm ihn am Arm und flüsterte ihm ins Ohr: »Ich fliege wahrscheinlich am Montag aus der Schule und bin total bekifft.« Ich drückte ihm einen Kuss auf die Wange, bevor er etwas sagen konnte.

Jetzt lachte Grant.

»Amanda Hardy«, sagte er. »Ich glaube, du bist der interessanteste Mensch, der mir jemals begegnet ist.«

JANUAR, SECHS JAHRE VORHER

Um halb fünf Uhr morgens wachte ich von ihrem Streit auf. Ich drehte mich mit dem Rücken zur Tür und hörte, wie Mom und Dad sich anschrien. Bei jedem einzelnen ihrer Schimpfworte, jedem neuen Schrei zuckte ich zusammen, als ob sie mich geschlagen hätten. Ich starrte auf mein Spiegelbild in der Fensterscheibe, die die nahe gelegene Straßenlaterne in orangefarbenes Licht tauchte. Dann versuchte ich, wieder einzuschlafen, aber es gelang mir einfach nicht, ihre Stimmen auszublenden.

»Er kommt einmal die Woche mit blauen Flecken nach Hause, Herrgott noch mal«, sagte Dad. »Dagegen müssen wir doch was unternehmen.«

»Du willst meinen Jungen also diesen gottverdammten Wölfen vorwerfen?«, erwiderte Mom mit eisiger Stimme.

»Mensch, Bonny«, seufzte Dad. »Es sind doch nur die Pfadfinder. Verdammt, der Junge kann noch nicht mal richtig werfen.«

So ging es hin und her. Ich hörte zu, aber nicht sehr genau, denn darüber stritten sie immer. Dad wollte, dass ich mehr Sport trieb, mich den Pfadfindern anschloss, mit ihm und seinen Army-Kumpels campen ging und alles tat, um »mich abzuhärten«. Jeden Abend fragte er, ob ich Fangen mit ihm spielen wollte. An den Abenden, an denen ich ablehnte, zog er ein enttäuschtes Gesicht, aber die anderen Abende waren in gewisser Weise noch viel schlimmer, weil ich die wachsende Enttäuschung in seinen Augen ansehen musste. Er sagte, das alles seien doch nur Maßnahmen, um mich zu schützen, aber Mom hielt dagegen. Die Leute, die es auf mich abgesehen hätten, würden mich noch schlimmer schikanieren, wenn ich zu viel mit ihnen zu tun hätte, sagte sie, und ich sah das genauso. Ich war gerade dabei, wieder einzuschlafen, als ihr Streit plötzlich eine neue Färbung bekam.

»Ich tu es schließlich nicht um meinetwillen«, sagte Dad mit gereizter Stimme. Ich schlug die Augen wieder auf und rollte mich auf den Rücken zurück.

»Lüg mich nicht an«, entgegnete Mom, »aber lüg vor allem

dich selbst nicht an. Es ist einfach erbärmlich und erbärmlich ist auch, wie du …«

»Sei still!«, fauchte Dad.

»Von dir lass ich mir nicht den Mund verbieten! Und erbärmlich ist auch, wie du meinem Sohn deinen Männlichkeitswahn aufoktroyieren willst! Er wird noch im Krankenhaus landen, nur weil du Angst hast, deine *Kumpel* könnten rauskriegen, dass du eine *Schwuchtel* großgezogen hast!«

»Jetzt halt aber endlich den Mund!«, brüllte Dad sie an. Ich hörte, wie Glas zerbrach und Mom erschrocken aufschrie. Dann war es eine Weile still. »Es tut mir leid«, sagte Dad schließlich leise. »Es tut mir so leid.«

»Fass mich nicht an«, zischte Mom. Mein Herz raste und ich setzte mich aufrecht hin. Dieses Mal war es anders als sonst. Etwas veränderte sich gerade. »Ich habe gesagt, du sollst mich nicht anfassen!«

Meine Zimmertür sprang auf, Mom stürzte herein und das Licht ging an. Dad stand auf der Türschwelle, die eine Hand in die Seite gestemmt, die andere am Kopf, und beobachtete uns mit einem Ausdruck zwischen Wut und Scham. »Zieh dich an, Andrew«, sagte Mom. »Wir beide verreisen.«

Ich sah zwischen ihr und Dad hin und her. Dad schloss die Augen und atmete langsam ein. »Tu, was sie sagt, Kumpel«, sagte er mit bebender Stimme zu mir. Hatte ich Dad schon einmal weinen sehen? Die Vorstellung war so absurd, dass ich fast vergaß, was um mich herum geschah. Mom schleuderte meinen *Invader Zim*-Kapuzenpulli und die Jeans aufs Bett. Ich zog sie schweigend an, während sie meine Sachen packte. Als sie damit fertig war, nahm sie meine Hand und ging mit mir zur

Tür. Dad versperrte uns sekundenlang den Weg, dann schniefte er einmal laut und trat zur Seite.

Mom brachte mich zum Auto und schaltete den Motor ein, damit ich es warm hatte, dann ging sie noch mal ins Haus zurück und tauchte nach einer Ewigkeit mit ihrem eigenen Koffer wieder auf. Sie warf ihn auf den Rücksitz und fuhr, gerade als die Sonne aufging, mit mir in Richtung Osten aus der Stadt hinaus, in der ich geboren worden war. Ich kehrte niemals dorthin zurück.

»Wohin fahren wir?«, fragte ich Mom, als wir die I-40 erreichten.

»Erinnerst du dich noch an Grandma und Grandpa?« Ein winziges Lächeln zuckte über ihr Gesicht.

»Ja«, sagte ich, obwohl ich mich gar nicht gut an sie erinnern konnte. Sie lebten in Atlanta und wir hatten selten Zeit gehabt, sie zu besuchen.

»Wir werden eine Weile bei ihnen wohnen«, erklärte Mom mit zitternder Stimme. »So eine Art Urlaub, weißt du?« Etwa eine Stunde lang schwiegen wir beide, und erst als wir in die Nähe von Nashville kamen, sagte Mom plötzlich zu mir: »Wie viel hast du mitbekommen?«

»Wovon?«

»Von unserem Streit.«

»Ach so.« Ich zuckte mit den Schultern und sah aus dem Fenster. Meine Kehle fühlte sich trocken an. »Nicht viel. Ich bin erst aufgewacht, als du zu mir ins Zimmer kamst. War es ein schlimmer Streit?«

»Mach dir darüber keine Gedanken«, sagte Mom. Ihre Stimme klang, als müsste sie würgen.

»Das Einzige, worüber du dir Gedanken machen sollst, ist, dass du gut in der Schule bist und dich wohl in deiner Haut fühlst. Okay?«

»Okay.« Ich drehte mich zu ihr und lächelte sie an. Sie hatte die Augen zusammengekniffen und konnte die Tränen kaum noch zurückhalten. Ich legte meine linke Hand in ihre rechte und lehnte mich an sie, während sie weiterfuhr.

KAPITEL 13

Auf dem Bildschirm vor uns schob Nino Quincampoix gerade einen Zettel unter Amélie Poulains Tür. Ich legte meine Hand auf Grants Knie. Er saß mit gerunzelter Stirn da, offenbar zu beschäftigt damit, die Untertitel zu lesen, um meinen Wink zu verstehen. Aber schließlich legte er den Arm um mich und zog mich eng an sich heran. Ich legte meinen Kopf auf seine Schulter und sog seinen Geruch ein.

»Wart mal«, sagte Grant, als Amélie auf Play drückte, um die VHS-Kassette abzuspielen, die sie in ihrer Wohnung gefunden hatte; auf ihrem Bildschirm erschien das Gesicht eines alten Mannes, der sie ermahnte, den Moment zu leben und ihr Leben zu genießen, statt sich von anderen Menschen fernzuhalten. »Wer ist der Typ da?«

»Mr Dufayel«, sagte ich und kuschelte mich an ihn. »Amélies Nachbar von unten, erinnerst du dich nicht?«

»Der Typ aus dem Lebensmittelladen?«, fragte Grant stirnrunzelnd.

»Nein, der, der die Bilder malt. Der mit der Knochenkrankheit.«

»Ach so!« Als es Grant dämmerte, war das Video auch schon zu Ende und die Szene lief weiter. »Könnten wir das noch mal zurückspulen? Sorry.«

»Du musst dich doch nicht entschuldigen«, sagte ich und spulte zurück. Diesmal vertiefte er sich richtig in die Szene und das schien seine ganze Aufmerksamkeit in Anspruch zu nehmen. Er hielt die Luft an, als Amélie zur Tür lief, sie öffnete und Nino davorstand, und ich musste kichern. Grant zog mich noch enger an sich, als sie Nino in ihre Wohnung führte und die beiden sich zum ersten Mal in die Augen sahen. Er küsste mich über meinem Ohr, als Amélie und Nino aufhörten, sich zu küssen, und man sah, wie sie auf ihren Fahrrädern die Straßen von Paris unsicher machten. Grant konnte nicht wissen, dass er mich auf meine Narbe geküsst hatte, aber ich spürte die taube Stelle und mich schauderte.

»Und?« Ich rückte ein wenig von ihm ab. »Wie fandest du den Film?«

»Hat mir gefallen«, sagte Grant langsam. »Ich glaub zwar nicht, dass ich ihn ganz verstanden habe, aber er hat mir gefallen.«

Ich drehte mich zu ihm und legte meine Beine auf seinen Schoß. Ich liebte meine Beine – sie waren der einzige Teil an meinem Körper, den ich schon immer weiblich gefunden hatte. Grant schienen sie auch zu gefallen, denn er biss sich auf die Lippen und lächelte.

»Danke, dass du gekommen bist. Nach dem Sportkurs-Skandal hab ich dringend ein bisschen Ablenkung gebraucht.« Ich seufzte.

Wie angekündigt, hatte Mr Kurjak Bee und mich am Wochenende angerufen und uns mitgeteilt, was jetzt geschehen würde, nachdem er uns am Ende eines ganzen Quartals ohne Kunstlehrer erwischt hatte. Er rügte uns zwar dafür, es nicht früher gemeldet zu haben, aber die Tatsache, dass wir die Zeit für unsere künstlerische Arbeit genutzt hatten, zählte offenbar, sodass wir nicht wirklich in der Klemme saßen. Allerdings mussten wir ab kommendem Montag ersatzweise am Sportunterricht teilnehmen.

»Gern geschehen«, antwortete Grant grinsend. »Jungfrau in Nöten und so.«

Ich rieb meine Zehen an seinem Bizeps und reckte mich. »Mein Dad kommt heute erst um zehn nach Hause«, übernahm ich die Führung.

Grant fuhr sich durch die Haare und sah an die Decke. »Ich möchte keinen schlechten Eindruck auf deinen Dad machen.«

»Keine Sorge. Er ist der totale Zeitfetischist. Ein Roboter geradezu. Er wird nicht mal merken, dass du da gewesen bist.«

Grant legte seine Hand auf meine Wade. »Wie lange lebt dein Dad eigentlich schon in Lambertville?«, fragte er.

»Seit ungefähr sechs Jahren. Wieso?«

»Ach, ich dachte nur gerade, wie komisch es ist, dass ich dir nie irgendwo begegnet bin. Keine Ahnung, wie ich dich übersehen konnte.«

»Ich hab ja auch nie hier gewohnt. Mein Dad und ich … wir haben nach der Scheidung eine Zeit lang keinen Kontakt mehr gehabt.« Ich sah durchs Fenster auf die Stelle, an der die Sonne hinter den Appalachen unterging. »Wir sehen uns jetzt zum ersten Mal, seit Mom und ich von zu Hause fortgegangen sind.«

»Und wieso das?«, hakte Grant nach. Er starrte mich an. »Warst du wütend auf ihn?«

»Irgendwie schon.« Ich wollte das Thema wechseln, aber es gab da einiges, worüber ich schon seit Jahren gern mit jemandem gesprochen hätte, mich aber nur Fremden gegenüber in den Chatboxes im Internet ausgelassen hatte. Und jetzt wollte ich es endlich laut aussprechen. »Aber da war noch was anderes. In gewisser Hinsicht ... war ich der Grund, weshalb sich meine Eltern haben scheiden lassen.«

»Wirklich?«, fragte Grant. Etliche meiner Internetfreunde und Mitglieder der Selbsthilfegruppe hatten mir versichert, dass es nicht meine Schuld gewesen wäre, dass Kinder sowieso nie an der Scheidung ihrer Eltern schuld wären, aber eigentlich hatte ich sie dafür gehasst. »Das ist echt scheiße.«

Ich seufzte. »Du bist der erste Mensch, der mich nicht mit einer Plattitüde abspeist, wenn ich das erzähle. Danke.«

»Kein Ding.« Er zuckte mit den Achseln. »Du bist clever. Du kennst dich aus mit deinen Gefühlen. Manchmal passiert einem was Schlimmes, das mit ein paar schönen Worten nicht einfach so geradegebogen werden kann. Ich kann das nachvollziehen.« Er nahm meine Hand. »Aber ... keine Ahnung, ob ich das überhaupt fragen darf ... was hast du denn angestellt, das zu ihrer Scheidung geführt hat?«

»Ich hatte ein Problem als Kind«, sagte ich und spürte, wie sich mir die Kehle zuschnürte. Schon wieder kam ich mir wie eine Lügnerin vor. »Und damit umzugehen muss so anstrengend für meine Eltern gewesen sein, dass sie total gestresst und sich nie darüber einig waren, wie mir am besten zu helfen sei.« Ich holte Luft und wischte mir die feuchten

Hände an der Jeans ab. »Aber ich kenne ja ihre Hochzeitsfotos und habe mir auch alte Alben angesehen. Vor meiner Geburt waren sie noch glücklich miteinander und danach nicht mehr.«

»Scheiße. Das ist echt hart. Aber weißt du, du magst ja der Grund für ihre Scheidung gewesen sein, aber das heißt noch lange nicht, dass du daran schuld bist.«

»Das vergesse ich manchmal.« Ich drückte seine Hand. »Danke, dass du mich daran erinnerst. Deshalb bin ich ja auch hierhergezogen: Ich brauchte dringend einen Neuanfang.«

Es wurde still zwischen uns. Grant starrte mich gedankenverloren an, offenbar dachte er intensiv über etwas nach. Ich wippte nervös mit dem Fuß und fragte mich, worüber.

»Jetzt habe ich so viel geredet und du hast mir noch gar nichts von deiner Familie erzählt. Sind deine Eltern denn noch zusammen?«

»Mehr oder weniger«, murmelte Grant und presste die Lippen zusammen. »Aber weißt du, meine Familie ist nicht besonders interessant.«

»Ach komm«, spornte ich ihn an. »Mir kannst du's doch erzählen.« Ich lächelte neckisch und rückte näher an ihn heran. »Wenn du willst, können wir es auch als eines deiner Geheimnisse verbuchen.«

»Wir müssen dieses alberne Spiel überhaupt nicht mehr spielen, wenn du mich fragst.« Er rieb sich die Nase. »Wir können uns doch auch ganz normal unterhalten. Es muss nicht immer alles tiefschürfend und dramatisch sein. Hast du denn keine Lust, mit mir über ganz normale Sachen zu reden und einfach Spaß zu haben?«

»Doch«, erwiderte ich. Ich streckte die Hand nach seinem Arm aus. »Tut mir leid.«

»Schon gut.« Er umarmte mich ein wenig halbherzig, dann schüttelte er den Kopf. »Ich bin einfach noch nicht so weit, okay?«

»Aber wieso denn nicht?« Ich sah ihn an und strich ihm eine Strähne aus der Stirn. »Vertraust du mir nicht?«

»Das ist es nicht, nur – lass es einfach, okay?« Er stand auf.

Auch ich stand auf und wollte gerade auf ihn zugehen, als sich der Schlüssel im Türschloss drehte. Wir standen beide wie versteinert da und starrten Dad entgegen. Er sah müde und schlecht gelaunt aus und hatte schon seine Krawatte gelockert.

»Hallo«, sagte er kühl und schloss die Tür hinter sich.

»Hi, Dad.« Meine Augen huschten zwischen ihm und Grant hin und her.

»Hallo!« Grant streckte Dad die Hand entgegen, um ihn zu begrüßen. Dad blickte auf Grants Hand, dann auf mich.

»Willst du uns nicht bekannt machen?«

»Doch, natürlich! Dad, das ist … Grant, ein Freund von mir. Grant, das ist mein Dad.«

»Grant«, sagte Dad, nahm endlich seine Hand und schüttelte sie zweimal kräftig, bevor er seine Aktentasche auf dem Küchentisch abstellte.

»Ich, äh …« Grant zog den Reißverschluss seiner Kapuzenjacke hoch, sah mich verlegen an und ging auf die Tür zu. »Ich wollte gerade gehen.«

»Stimmt«, sagte ich. Ich wandte Dad den Rücken zu und formte mit den Lippen ein lautloses *Tut mir leid.*

»Fahr vorsichtig«, sagte Dad.

Als sich die Tür hinter Grant geschlossen hatte, sah Dad mich finster an. »Ich hätte gern eine Erklärung.«

»Du hast doch gesagt, ich kann Besuch haben.« Ich zuckte mit den Achseln und wich seinem Blick aus. Ich wusste genau, wie wenig überzeugend das klang, andererseits war ich auch empört darüber, dass er einfach so dastand und über mich den Stab brach. Dass er sich urplötzlich – zum ersten Mal seit zehn Jahren – dafür interessierte, wie ich meine Zeit verbrachte, und mir Vorschriften machte.

»Jetzt tu nicht so.« Er ging auf die Vitrine zu, in der der Alkohol stand, nahm eine Flasche Whiskey und ein Glas heraus, schenkte sich ein und genehmigte sich einen kräftigen Schluck, ohne eine Miene dabei zu verziehen. »Du weißt genau, dass ich dabei nicht an männlichen Besuch gedacht habe.«

»Jedenfalls weiß ich es jetzt«, entgegnete ich, ging an ihm vorbei und auf meine Zimmertür zu. Mein letzter Satz hing herausfordernd in der Stille, aber so wie die Dinge zwischen Grant und mir gerade standen, war mir jetzt nicht nach einer Auseinandersetzung zumute. »Ich bin müde. Gute Nacht.«

»Warte«, sagte Dad. Er wollte auf mich zugehen, aber meine Tür fiel ins Schloss, bevor er ein weiteres Wort sagen konnte.

KAPITEL 14

Im Umkleideraum roch es nach Schimmel und Bleichmittel. Die Neonlichter surrten aggressiv, aber wenigstens dämpfte der Jahrzehnte alte braune Belag auf der Wandverkleidung ihr grelles Licht etwas. Ich dachte daran, wie oft mich die Jungen in meiner alten Schule außer Sichtweite der Lehrer gedrängt, mich geschlagen und an alle Stellen meines Körpers getreten hatten, die von Kleidung bedeckt waren. Ich dachte daran, wie sie »Schwuchtel!« gebrüllt und mich ausgelacht hatten. Wie ich mir sicher gewesen war, dass die Lehrer es mitbekommen hatten, aber nicht einschritten. Wie die Jungs mich gewarnt hatten, dass es niemanden interessieren würde, wenn ich sie verriet, sie mich aber krankenhausreif prügeln würden, wenn ich Ärger machte.

Völlig versteinert stand ich in der Tür. Zwei Dutzend Mädchen verstummten im Gespräch und sahen zu mir herüber. Ich räusperte mich und trat einen qualvollen Moment lang von einem Fuß auf den andern, bis Layla plötzlich vor mir stand, meine Hand nahm und mich zu ihrem Schließfach führte. Nach und nach wandten sich die anderen Mädchen wieder ihren eigenen Angelegenheiten zu.

Ich versuchte, ruhig zu atmen, und folgte Layla erleichtert. »Was machst *du* denn hier?«, fragte sie mich. »Ist Kunst heute ausgefallen?«

»Schon seit Anfang des Schuljahres«, sagte ich und begann, an meinen Nägeln herumzuknabbern. »Sie haben rausgekriegt, dass wir die ganze Zeit schon ohne Lehrer sind, und haben mich hierher verdammt. Keine Ahnung, was sie mit Bee vorhaben. Ich glaube, sie haben Angst, dass wir noch mehr Unruhe stiften, wenn sie uns wieder in den gleichen Kurs stecken.«

»Nicht ganz unbegründet«, meinte Layla lächelnd, während sie sich den Pullover über den Kopf zog. Instinktiv sah ich zur Seite und dachte daran, wie das Mädchen aus meiner alten Schule losgeschrien hatte, als sie mich auf der Damentoilette sah, und mit welcher Wut ihr Vater reagiert hatte. »Alles in Ordnung?« Layla sah mich besorgt an. »Du guckst so furchtbar ernst.«

»Alles gut.« Ich nickte und bearbeitete weiter meine Fingernägel. »Alles okay. Ich musste nur gerade an was denken.«

»An Grant wahrscheinlich«, sagte sie und stupste mich mit dem Ellbogen an. »Er hat dich doch am Freitagabend besucht, oder?«

»Ja«, sagte ich und begann, an den Knöpfen meiner Bluse herumzufingern. Ich wollte die Dinger endlich in den Griff kriegen. Lächerlich, dass ich nach wie vor nicht damit klarkam. Warum wurden Jungen- und Mädchenhemden nur unterschiedlich geknöpft? »Aber mein Dad kam früher als erwartet nach Hause, deshalb …«

»Ups!« Layla lachte. »Er hat euch aber nicht … bei was erwischt, oder?«

»Nein, Gott sei Dank nicht.« Ich hatte die ganze Zeit an diesen Abend und Grants peinlichen Abgang denken müssen. Zum Glück hatte er mir gleich, als er zu Hause ankam, eine Nachricht geschickt, sich für den abgebrochenen Abend entschuldigt und versprochen, dass wir uns bald wiedersehen würden. Aber irgendwie lag immer noch Spannung in der Luft.

Ich setzte mich auf die Umkleidebank. Inzwischen war ich beim letzten Knopf angelangt, viel länger würde ich die Sache also nicht hinauszögern können.

»Alles okay?«

»Ja«, sagte ich mit zittriger Stimme. Unmöglich, dass sie mir das abnahm, jedenfalls tat sie so und lächelte. Sie hatte sich inzwischen umgezogen und setzte sich, um ihre Schuhe zuzubinden, aber ich sah ganz genau, dass sie es immer wieder von vorne tat, um noch bleiben zu können.

Ich schloss die Augen und streifte mein Hemd ab. Als ich sie kurz darauf wieder öffnete, sah ich, dass Layla mir mit erhobenen Augenbrauen auf die Brust starrte.

»Du weißt schon, dass wir heute laufen müssen?«, fragte sie.

»Und?« Ich sah auf den wattierten BH herab, den ich seit meiner Hormoneinnahme trug.

»Spätzünder?« Sie stand auf und lächelte mir verständnisvoll zu. Ich lächelte unsicher zurück und nickte, obwohl ich absolut nicht wusste, was ich jetzt schon wieder falsch gemacht hatte. »Du hast ja erzählt, dass du bei deinem Dad lebst. Kein Wunder, wenn du von manchen Sachen keine Ahnung hast.« Sie sah sich um, und da die meisten Mädchen den Umkleideraum schon verlassen hatten, fuhr sie etwas leiser fort: »Deine Möpse sind zu groß. Die werden dir beim Laufen wehtun.«

»Echt?«, sagte ich. Auf den Gedanken war ich nie gekommen.

»Gibt Schlimmeres.« Sie streckte mir die Zunge raus und zwinkerte mir zu. »Besorg dir einen Sport-BH und alles ist in Ordnung.«

»Danke«, murmelte ich und errötete bestimmt zum einhundertsten Mal, seit ich hierhergezogen war. Wann würde ich endlich alles wissen, was man als Mädchen wissen musste?

*

Nach dem Unterricht – inklusive einer Stunde Dauerlauf – trottete ich langsam und mit schmerzenden Brüsten zum Parkplatz. Ich hatte mir nach dem Sport Zeit gelassen, und als ich dort ankam, fuhren die Busse gerade wieder einmal ohne mich ab.

Ich war zu müde, um mich darüber aufzuregen, und glücklicherweise war es kühler als beim letzten Mal. Ich hockte mich auf die Treppenstufen, schloss die Augen und fuhr mir durch die Haare. Layla hatte ein Auto und bestimmt war sie noch nicht weit gekommen. Aber dann fand ich, ich sei es Dad schuldig, ihn als Ersten anzurufen, nach allem, was in letzter Zeit passiert war. Ich schrieb ihm also eine SMS und fragte, ob er mich abholen könne. Erstaunlicherweise schrieb er fast umgehend zurück, er komme gleich. Ich stützte mein Gesicht in die Hände, glitt in einen Zustand erschöpfter Benommenheit und richtete mich erst wieder auf, als ich Bees Stimme hörte.

»Du siehst ja scheiße aus.« Sie hievte ihren Rucksack auf die Schulter und lehnte sich neben mir ans Treppengeländer.

»Fühlen tu ich mich noch schlimmer«, jammerte ich und rieb mir die Schläfen. »Ich komme gerade aus der Turnhalle.«

»Ah.« Bee verzog das Gesicht, als hätte sie auf etwas Saures gebissen. »Mich haben sie in den anderen Sportkurs gesteckt und dafür extra ein paar Kurse umgestellt; die wollen offenbar überhaupt nicht, dass wir zwei ›Rowdys‹ uns zusammen auf dem Schulgelände rumtreiben.«

»Dann bin ich also jetzt ein ›Rowdy‹?« Sie lachte und klopfte mir *welcome to the club*-mäßig auf die Schulter. »Wie war Sport denn bei dir?«, fragte ich.

»Ich hab ihn geschwänzt.« Sie straffte abwehrend die Schultern. Ich wollte ihr schon eine kleine Standpauke halten, aber sie ließ mich nicht zu Wort kommen. »Ich weiß. Ich bewege mich sowieso schon auf dünnem Eis.« Sie presste die Lippen aufeinander. »Aber in kurzer Sporthose rumzurennen, während die Neandertaler blöde Kommentare von sich geben, die die Lehrer ignorieren – das brauch ich wirklich nicht.« Ich sah sie erstaunt an, weil sie zugab, dass das Geschwätz der anderen ihr etwas ausmachte, aber da verkrampfte sie sich noch mehr. »Ich muss jetzt los. Soll ich dich mitnehmen?«

»Mein Dad kommt gleich.«

»Okay. Bis dann.« Sie winkte mir zu und ging rasch davon. Ich sah ihr nach und fragte mich, was Bee so hatte werden lassen, wie sie war, als Dads Wagen vor mir hielt.

»Danke, dass du mich abholst.« Ich sank auf den Beifahrersitz und gab einen erschöpften Seufzer von mir.

»Gern geschehen.« Er hob fragend eine Augenbraue. »Alles okay mit dir?«

»Ja.« Ich lehnte mich zurück und seufzte wieder, diesmal allerdings vor Wohlbehagen, denn mir tat jeder Knochen weh und der Sitz war unglaublich bequem. »Ach übrigens, könnten wir auf dem Heimweg kurz bei Walmart halten?«

»Was brauchst du denn?«

»Nichts«, sagte ich. Es war mir peinlich, ihm zu sagen, was ich kaufen wollte. Überraschenderweise lächelte er aber.

»Das hat sie auch immer gesagt«, meinte er kopfschüttelnd. »Deine Mom, meine ich. Ich glaube, euch ist der tiefere Sinn von ›nichts‹ nicht ganz bewusst: Vielleicht verwechselt ihr es ja mit ›alles‹?«

»Vielleicht.« Ich lächelte, obwohl mir die Vorstellung, mich wie einer meiner beiden Eltern zu verhalten, nicht ganz geheuer war. »Wahrscheinlich hast du recht. Tut mir leid, dass ich mich so albern benehme.« Ich atmete tief ein. »Ich brauche einen BH.« Ich dachte daran, wie Grant mich in dem schäbigen alten Ding gesehen hatte, das jetzt in meinem Rucksack steckte, und korrigierte mich. »Mehrere, meine ich. Ich brauche mehrere neue BHs.«

»Verstehe.« Seine Miene erstarrte und seine Hände klammerten sich fester um das Lenkrad. »Hör zu, Amanda, wir müssen dringend über neulich Abend sprechen.«

»So?« Jetzt erstarrte ich.

»Du musst vorsichtiger sein. Vor allem, was Jungen betrifft.«

»Ich dachte, das wäre ich«, erwiderte ich, wohl wissend, dass es weit entfernt von der Wahrheit war. Ich hatte Dad versprochen, dass ich nach Lambertville kommen wollte, um zu lernen und meinen Schulabschluss zu machen und um in Sicherheit zu sein. Ich wusste nicht genau, was ich mit Grant im Sinn hatte, aber mit meinem ursprünglichen Plan hatte es definitiv nichts zu tun.

»Herrgott noch mal. Und ich dachte, es wäre dir ernst damit. Davon bin ich einfach ausgegangen.«

»Inwiefern nehme ich es denn nicht ernst?« Ich spürte, dass ich genauso wütend wurde wie neulich Abend.

»Du bist doch immer ein so ängstliches Kind gewesen. Hast immer am Rockzipfel deiner Mutter gehangen, mit diesem ernsten Ausdruck im Gesicht. Und hast alles verabscheut, was nur im Ansatz gefährlich war.«

»Daran hat sich auch nichts geändert.«

»Und wieso gehst du dann mit Fundamentalisten in die Kirche?«, fuhr er mich mit einem harten Ausdruck in den Augen an. Ich zuckte zusammen. »Und triffst dich ganz allein mit Jungen – nicht irgendwelchen Jungen, wohlgemerkt, nein, mit Athleten, dem Aussehen dieses Typen nach zu schließen, diesem Grant …« Dad atmete tief ein und sagte etwas leiser, aber mit der gleichen Schärfe in der Stimme: »Ich hab darauf vertraut, dass du den Kopf einziehst.«

Ich spürte, wie mir die Tränen in die Augen schossen, aber ich blinzelte sie weg. »Ich will doch nur wie alle anderen leben.«

»Und ich will nur, dass du dein letztes Schuljahr überlebst«, sagte Dad mit zusammengebissenen Zähnen. »Menschen wie dich bringt man an Orten wie diesem um. Menschen wie du werden von Typen wie ihm umgebracht.«

»Grant ist nicht so«, antwortete ich kühl.

»Er ist ein Teenager.« Dads Stimme wurde wieder lauter. »Und die sind alle gleich!« Er schüttelte den Kopf und seufzte. »Du kannst das gar nicht nachvollziehen, oder? Mein Gott, ich weiß noch, wie du mir den Brief geschrieben hast, als du anfingst, die Hormontabletten einzunehmen; da sagtest du, du hättest dich schon immer wie ein Mädchen gefühlt. Damals habe ich das nicht verstanden, aber jetzt verstehe ich es, denn jetzt benimmst du dich auch wie ein Mädchen. Du benimmst dich wie ein Mädchen, das so verknallt ist, dass es nicht mehr gerade denken kann.«

Ich schloss die Augen und versuchte, ruhig zu atmen. »Ich werde besser auf mich aufpassen«, versprach ich leise.

»Das möchte ich dir auch geraten haben.« Er ballte die Fäuste auf dem Lenkrad. »Denn bei der nächsten falschen Bewegung schicke ich dich zu deiner Mutter zurück.«

Dad fuhr auf den Parkplatz von Walmart und hielt an. Ich knallte die Wagentür hinter mir zu und ging quer über den Asphalt, ohne einen Blick zurückzuwerfen. Ich wusste nicht, auf wen ich wütender war – auf ihn, weil er mich ständig kontrollierte, oder auf mich, weil ich mit ihm gestritten hatte, obwohl ich tief in meinem Innern wusste, dass er recht hatte.

KAPITEL 15

Den Freitagabend abzuwarten kam einer Tortur gleich, aber schließlich war es so weit. Die ganze Woche hatte ich über Dads Äußerung auf dem Parkplatz von Walmart nachgedacht: dass es eine Dummheit sei, mit Grant zusammen sein zu wollen. Aber als Grant meinte, er habe einen Plan für Freitagabend, konnte ich nicht widerstehen. Ich sagte zu.

Ich saß auf der untersten Treppenstufe unseres Apartmentblocks und wartete auf ihn, als er in einer Limousine aufkreuzte, die älter war als ich; der linke vordere Kotflügel war taubenblau, der Rest in unterschiedlichen Rostrottönen lackiert. Der Motor schepperte wie eine Rassel, und obwohl es schon dämmerte, konnte ich erkennen, dass die Sitzpolster durchhingen. Grant vergrub die Hände in den Hosentaschen und sah zu Boden, als er ausstieg. Ich ging ihm lächelnd entgegen. »Und, wie ist das werte Befinden, mein Herr?« Ich wollte nur die Spannung etwas abbauen, aber er lächelte nicht zurück, sondern biss sich auf die Lippen und scharrte mit den Füßen. Dann sah er mich beklommen an. »Wir müssen da nicht hin. Wir können auch einfach nur spazieren gehen.«

»Aber warum denn?« Ich ging um den Wagen herum und auf ihn zu.

»Weil mein Auto eine Schrottkarre ist. Es ist einfach nur peinlich.«

»Es ist schneller als die Lichtgeschwindigkeit«, kopierte ich Han Solo so gut ich konnte, und klopfte auf die Motorhaube. »Es macht vielleicht nicht viel her, hat aber echt was drauf, Junge.« Ich reckte mich, küsste Grant sanft auf die Lippen, grinste und zog eine Augenbraue hoch. »Ich selbst hab nämlich … 'ne ganze Menge Extras eingebaut.«

Ein kleines Lächeln blitzte in Grants Gesicht auf, aber offensichtlich beschäftigte ihn immer noch etwas. Ich gab schon fast die Hoffnung auf, als er sagte: »Na gut, dann steig ein, du eingebildeter, schwachsinniger, ungepflegter Nerf-Treiber.«

»Wer ist hier bitte ungepflegt?«, konterte ich mit gespielter Entrüstung und stieg ein. Der Sitz quietschte und kippte ein wenig nach vorn, sobald ich mich setzte, und als ich nach dem Sicherheitsgurt suchte, griff meine Hand ins Leere. Grant stieg auch ein, warf den altersschwachen Motor an und wir fuhren los.

»He, Moment mal«, sagte er plötzlich stirnrunzelnd. »Wieso bist du eigentlich Han und ich Leia? Müsste doch umgekehrt sein?«

»Ja, aber du hast geschmollt«, sagte ich nüchtern. »Und Han Solo schmollt nicht. Wenn sich deine Laune bessert, kommst du auch wieder in den Genuss deiner Han-Privilegien. Darf ich dich übrigens fragen, wo dich der Schuh drückt?«

»Du darfst«, sagte Grant, kratzte sich an der Schläfe und runzelte wieder die Stirn. »Aber du erfährst es ohnehin bald.«

»Was hast du eigentlich mit mir vor?«

»Ist eine Überraschung. Ich hoffe, sie gelingt auch.«

Ich musste schlucken und umklammerte den Türgriff, denn je weiter wir uns von zu Hause entfernten, desto größer wurde meine eigene Beklommenheit. Als Grant auf dem Highway Gas gab, schepperte der Wagen so heftig, dass ich Angst hatte, er könne jeden Moment auseinanderfallen.

»Ich wollte mich noch mal entschuldigen wegen neulich Abend«, sagte ich und drehte zerstreut eine Haarsträhne zwischen meinen Fingern.

»Du musst dich doch nicht entschuldigen.« Grant schüttelte den Kopf. »Ist ja nicht deine Schuld, dass dein Dad nicht besonders erfreut darüber war, mich zu sehen. Wäre ich auch nicht, wenn ich eine so hübsche Tochter hätte und sie allein in meinem Haus mit einem Jungen antreffen würde.«

»Nein«, widersprach ich. »Ich möchte mich dafür entschuldigen, dass ich dich so gedrängt habe, mir etwas über deine Familie zu erzählen.«

»Ach so. Das meinst du. Na ja, ich sollte eigentlich froh sein, dass du so was überhaupt wissen willst. Ich sollte richtig froh sein, dass du dich dafür interessierst. Und das bin ich auch.«

Grant bog von der Autobahn auf einen Highway ab, der meilenweit außerhalb der Stadt lag. Die Straßenbeleuchtung wurde immer spärlicher, bis er schließlich auf eine unbefestigte Straße fuhr, in der nur noch der einzige funktionierende Scheinwerfer seines Wagens Licht spendete.

Dann hielten wir auf einer Kiesfläche neben einem Mobilheim. Über der winzigen vergitterten Veranda ging ein Licht an und gab den Blick auf zwei dürre, müde aussehende Hunde frei. Sie waren in unmittelbarer Nähe eines Gartens angekettet, in dem ein Dutzend Hühner wegen der plötzlichen Ruhestörung aufgebracht herumflatterten und sich schließlich vor dem grellen Licht hinter den Trailer flüchteten.

Grant sah mich an und schnitt eine kleine Grimasse. Dann pfiff er langsam durch die Zähne. »Das Auto gehört meiner Mutter. Ich selber habe gar keins und das hier war auch nie in einer Werkstatt. Ich wollte einfach nicht, dass du es siehst, genauso wenig wie ich wollte, dass du siehst, wo ich wohne.« Er holte tief Luft und sah mich an. »Tut mir leid, dass ich nicht eher damit rausgerückt bin. Bist du sicher, dass du mit reinkommen willst?«

Ich drückte seine Hand und küsste ihn auf die Wange. »Ich würde deine Familie sehr gerne kennenlernen.«

Er ging auf die Veranda zu und ich folgte ihm, machte aber einen großen Bogen um die angeketteten Hunde. Die Fliegengittertür sprang auf und zwei kleine Mädchen flitzten heraus; eines der beiden hatte lange schwarze Haare, trug einen Overall und konnte nicht älter als acht Jahre sein, das andere hatte braune Haare, trug ein Trägerhemdchen und sah ein bisschen älter aus. Die beiden rannten fröhlich schnatternd auf uns zu.

»Ist sie das?«, wollte die Ältere wissen.

»Ja«, sagte Grant. Er kniete sich hin und umarmte die beiden.

»Du bist aber groß!«, sagte die Jüngere, zupfte an ihren Haaren und starrte mit Grants großen schwarzen Augen zu mir empor. »Wie bist du denn so groß geworden?«

»Ist einfach so passiert«, meinte ich achselzuckend.

»Beachte sie gar nicht.« Grant lächelte und fuhr der Kleinen durchs Haar. Sie schrie vergnügt auf, hüpfte davon und grinste so breit, dass ich sehen konnte, dass ein Drittel ihrer Zähne fehlte. »Das ist meine kleine Schwester Avery.«

»Hallo«, sagte ich. Sie kicherte wieder und rannte in den Wohnwagen. Grant sah ihr mit beinahe väterlichem Blick nach und mir wurde warm ums Herz.

»Und ich heiße Harper«, sagte das ältere Mädchen. »Grant redet schon seit Wochen nur von dir.«

»Dann will ich hoffen, dass ich euch nicht enttäusche.«

»Besser nicht.« Sie nickte und stemmte die Hände in die Hüften. »Jeder, der gemein zu meinem Bruder ist, kriegt nämlich den Arsch voll.«

»Herrgott, Harper, rein mit dir!« Grant zeigte zur Tür und sah sie streng an. Sie streckte ihm die Zunge raus und folgte ihrer Schwester.

»Entschuldige.« Er seufzte und ließ die Schultern hängen. »Wir haben nicht oft Gäste.«

»Kein Problem.« Ich hakte mich bei ihm ein und lächelte. »Die beiden sind bezaubernd. Ich bin bereit, wenn du es bist.«

»Dann bringen wir's hinter uns«, sagte Grant und wir gingen hinein.

Grants Wohnmobil war das exakte Gegenteil von Dads Wohnung. Waren Dads Wände weiß, weil er den Sinn und Zweck von Farbe nicht verstand, waren sie hier in leuchtendem Lindgrün und Lila gestrichen. Dads Möbel waren alle braun, damit sie immer sauber aussahen; hier passte kein Möbelstück zum andern und die Polster deckten die gesamte Farbskala ab. Dads Wände waren nackt und kahl, während sie hier hinter Dutzenden von Familienfotos und seltsamen psychedelischen Porträts eines Jesus verschwanden, der dem sterilen Jemand, der in Annas Kirche angebetet wurde, nicht im Entferntesten ähnelte. Eine dünne, grauhaarige Frau mit vielen Falten schaute zur Küchentür heraus und winkte uns zu.

»Hallo, Liebling!«, begrüßte sie Grant mit der rauen Stimme einer starken Raucherin. »Ist sie das? Mein Gott, Grant! Sie ist so hübsch, ich fass' es nicht!« Ich verdeckte mein Gesicht mit den Händen. »Ich bin Grants Mama, aber du kannst ruhig Ruby zu mir sagen. Ich würde euch ja gern umarmen, aber« – sie deutete auf ihre weißen, mehlbestäubten Hände und Unterarme – »ich hab vor dem Abendessen noch ein bisschen Abwasch zu erledigen. Grant, Liebling, könntest du dich bitte darum kümmern, dass deine Schwestern halbwegs besuchertauglich aussehen?«

»Tun sie nicht«, sagte Grant. »Aber ich kümmer mich darum. Amanda, kommst du mit? Ich kann ja eine kleine Führung für dich machen.« Er warf mir einen sarkastischen Blick zu und zeigte mit einer ausladenden Armbewegung auf den bescheidenen Rest des Wohnmobils. Ich schüttelte den Kopf.

»Sagst du mir bitte, wo die Toilette ist?«

»Klar.« Er wies auf die Tür in dem schmalen Gang, der zu den Schlafzimmern führte. »Das da ist das Bad.«

Das Badezimmer war winzig und ebenso skurril tapeziert wie der Wohnraum. Mein Blick fiel auf einige Tablettenfläschchen auf dem Waschbecken: Seroquel, 500 mg, für Ruby Everett. Als ich nach meinem Selbstmordversuch in der Psychiatrie gewesen war, hatte ein Patient mit Wahnvorstellungen und Halluzinationen Seroquel bekommen. Mir war bewusst gewesen, dass Grants Privatleben schwierig war, wenn man bedachte, wie viel er arbeiten musste, aber allmählich hatte ich den Eindruck, dass es viel schlimmer war, als ich vermutet hatte.

Als ich aus dem Bad trat, warf ich noch schnell einen Blick in den dahinterliegenden Raum. Er war klein, aber es gab genügend Platz darin für ein ordentlich gemachtes Doppelbett und einen Ständer mit einer schon leicht lädiert aussehenden Akustikgitarre; an der Wand hing ein Poster von Peyton Manning zu Collegezeiten, auf einem Schreibtisch stand neben einem Stoß DVDs ein kleiner Fernseher und auf dem Boden lag ein Stapel Taschenbücher. Ich nahm eins davon in die Hand und sah, dass es aus der *Sandman*-Serie war, die ich gerade las, als Grant und ich uns kennengelernt hatten. Eine Seite am Anfang von Band zwei war umgeknickt und ich musste lächeln.

»Hey«, hörte ich Grant hinter mir sagen. Ich drehte mich um und befürchtete, dass er ärgerlich war, weil ich herumgeschnüffelt hatte, aber er lächelte. »Das Abendessen steht auf dem Tisch.«

»Danke«, sagte ich und ging langsam auf ihn zu, »danke, dass du mich mit hierhergenommen hast.«

»Ist doch kein Ding.« Grant zuckte mit den Achseln. »Nur … tut mir leid, wenn Moms Essen ein bisschen merkwürdig schmeckt.«

»Das macht doch nichts«, sagte ich, als wir hinüber zum Küchentisch gingen. »Mit Merkwürdigkeiten komme ich gut klar.« Wir setzten uns an einen Tisch, der vor einer Wand mit Apfeltapete stand und auf dem eine verschossene Tischdecke mit grünem Apfelmuster und rote Sets lagen. Grant warf mir einen besorgten Blick zu. Auch der Kühlschrank war voller

Apfelsticker. Dampfende Schüsseln mit Blattkohl, gebratener Okraschote, Maisbrot und gebratenem Wels warteten auf uns. Ich griff nach meiner Gabel, aber Grant berührte mich am Arm und schüttelte unmerklich den Kopf. Als ich nach dem Grund fragen wollte, begann Ruby, das Tischgebet zu sprechen.

»Oh Herr, schenke uns das Mahl, das unseren Körper, das Haus unserer Seele, nähret«, sagte sie mit getragener Stimme. Ich legte mein Besteck nieder, schloss die Augen und spürte ein Kribbeln in meinem Nacken. »Schenke uns die honigsüße Milch, den Saft und den Duft der satten Farmen.«

Ich sah Ruby an. »Das ist wunderschön. Ist das aus der Bibel?«

»Ich weiß nicht, woher es stammt. Meine Mama hat es gebetet und ihre Mama hat es gebetet und deshalb tun wir's auch.«

»Ich find es blöd«, sagte Avery. Grant verzog ärgerlich das Gesicht und schien mit ihr schimpfen zu wollen, aber Ruby kam ihm zuvor.

»Weißt du, Avery«, sagte sie, »Jesus liebt dich so, wie du die Hunde, die Hühner und all die Vögel in den Wäldern liebst. Und die liebst du doch sehr, oder?« Avery nickte. »Stell dir vor, du würdest eins dieser kleinen Tierchen anfassen, um es zu trösten, und es würde dich kratzen – würde dir das nicht wehtun?« Avery dachte nach und nickte etwas langsamer. »Siehst du, genauso ist es für Jesus, wenn du so etwas sagst.« Averys Augen wurden groß. »Du willst doch Jesus nicht wehtun, oder?«

»Nein …«, gab Avery zu. Sie schlug beschämt die Augen nieder. Ich sah Ruby erstaunt an, dachte daran, wie oft ich als Kind von Dad angeschrien worden war, und wünschte mir, jemand hätte damals so mit mir gesprochen.

»Das sieht alles so gut aus«, sagte ich und griff erneut nach meiner Gabel.

»Ach, ist nichts Besonderes.« Ruby winkte ab und lächelte.

»Doch, wirklich! So ein Essen habe ich nicht mehr bekommen, seit ich hierhergezogen bin. Dad ist kein großer Koch.«

»Du bist also gar nicht von hier?« Harper hatte den Mund voller Maisbrot und die Krümel flogen beim Sprechen über den ganzen Tisch.

»Ursprünglich komme ich aus Tennessee«, erzählte ich zwischen zwei Bissen. »Aber ganz aus dem Westen, aus der Nähe von Memphis. Einer kleinen Stadt, eine Stunde weiter nördlich, die Jackson heißt. Dann haben sich meine Eltern getrennt, Mom und ich haben uns in einem Vorort von Atlanta niedergelassen und Dad ist hierhergezogen.«

»Aber wieso bist du in dieses blöde Kaff gezogen, wenn du an so tollen Orten hättest wohnen können?«, wollte Harper wissen.

»Hör verdammt noch mal auf, am Tisch zu fluchen«, ermahnte Grant seine Schwester und rieb sich die Schläfe.

»Du hast grad selbst geflucht!« Harper trommelte zur Bekräftigung auf den Tisch.

»Verflucht, verflucht, verflucht!«, sagte Avery kichernd und hüpfte auf ihrem Stuhl herum. Ruby entschuldigte sich bei mir, aber ich sah, wie ihre Kräfte sie verließen.

»Weil mein Dad hier wohnt und ich ihn eine ganze Weile nicht gesehen hatte«, sagte ich, aber die anderen übertönten mich.

»Und weil Atlanta gar nicht so toll ist«, versuchte ich mich durchzusetzen. Harper und Grant warfen mir erstaunte Blicke zu, während sich Averys Aufmerksamkeit dem Essen auf ihrem Teller zuwandte, aus dem sie mit ihrer Gabel interessante Formen bildete. »Ich weiß nicht. Manche Leute sehen das vielleicht anders, aber für mich war's nicht so toll.« Ich sah Grant an und drückte seine Hand.

»Es ist schön, dass du bei deinem Daddy wohnst«, sagte Avery plötzlich. Sie sah mich traurig an. »Ich vermisse meinen Daddy.«

Ruby, Harper und Grant erstarrten und wechselten einen schnellen Blick, den ich nicht deuten konnte. Grant räusperte sich und fing an, stillschweigend die Teller abzuräumen.

»Avery, Schätzchen«, sagte Ruby mit einem leichten Lallen. »Warum gehst du nicht spielen?«

»Okay, Mama«, sagte Avery, hüpfte von ihrem Stuhl und ließ sich neben einem Haufen nackter Barbiepuppen mit nur noch wenigen Haaren auf den Boden plumpsen.

»Hilfst du mit, Harper, oder willst du weiter da herumhocken?« Grant streckte den Kopf aus der Küche und sah Harper streng an. Sie streckte ihm die Zunge raus und stolzierte in ihr Zimmer.

»Achte nicht auf sie«, sagte Ruby leise. Sie sah mich aus halb geschlossenen, unkoordinierten Augen an. »Sie wird immer traurig, wenn die Rede auf ihren Daddy kommt.«

»Oh«, sagte ich, stand auf und räumte die übrigen Teller zusammen, um Grant zur Hand zu gehen. Schweigend wuschen wir das Geschirr ab; Grant starrte in die Ferne und ich traute mich nicht, ihn zu fragen, was los war.

»Brechen wir dann auf?«, fragte er, als er den letzten Teller in den Geschirrständer stellte.

»Ja«, sagte ich und Grant grinste mir zu.

Er gab seiner Mom einen Kuss auf die Wange und ging nach draußen.

»Vielen Dank für das Abendessen.« Ich griff nach meiner Tasche. Rubys Augen flatterten, als wache sie gerade auf, dann nahm sie mich in den Arm. Ich machte mich ein wenig steif, aber dann drückte ich sie auch. Sie roch nach Zigaretten, Pfefferminz und Zitronen.

»Danke«, sagte sie.

»Wofür denn?«

»Dass mein Junge mit dir wieder lernt zu lächeln.«

KAPITEL 16

Als wir auf die Hauptstraße abbogen, griff ich nach Grants Hand. Er erwiderte meinen Händedruck, aber seiner kam mir kraftloser vor als sonst. Er schwieg und ich wollte ihn nicht drängen, aber irgendwann nervte mich das scheppernde Geräusch des Motors.

»Grant.« Ich beugte mich zu ihm hinüber und küsste ihn leicht auf die Wange. »Wir sind hier ganz in der Nähe des Sees. Fahr doch mal rechts ran.«

Mithilfe meiner Handytaschenlampe entdeckte ich den kleinen Pfad wieder, nahm Grants Hand und führte ihn durch den Wald zu dem Baumhaus, auf dem wir nach unserer ersten gemeinsamen Party gewesen waren. Ich konnte mich noch an jeden einzelnen Schritt erinnern und hätte den Weg zum See im Schlaf gefunden, so oft hatte ich an jene Nacht gedacht. Grant schien abgelenkt oder auch nervös zu sein und überließ sich bereitwillig meiner Führung. Als wir beim Baumhaus ankamen, kletterten wir schweigend hinauf. Der See lag ebenso schön da wie beim letzten Mal, obwohl ein kalter Wind über seine Oberfläche fegte und mir die Haare zerzauste. Grant berührte von hinten meinen Arm und mir wurde schlagartig warm.

»Ich habe noch nie jemanden mit nach Hause gebracht. Du bist die Erste«, sagte er und zog mich an sich. Ich rang nach Luft und spürte, wie sich unterhalb meines Magens Druck aufbaute. Ich zitterte sogar. »Seit wir in dem Wohnmobil leben, war es mir immer zu peinlich.«

»Danke, dass du mir vertraust«, sagte ich und dann schwiegen wir beide.

»Als ich fünfzehn war …«, fuhr ich schließlich fort, weil ich das Gefühl hatte, eines meiner Geheimnisse gegen seines tauschen und ihm von meinem Selbstmordversuch erzählen zu müssen, aber da küsste er mich schon. Erst war es noch ein unschuldiger Kuss wie schon ein Dutzend Mal zuvor, aber dann öffneten sich unsere Lippen und bewegten sich miteinander, als wisperten wir lautlos Geheimnisse in den Mund des anderen. Ich spürte, wie seine Zungenspitze meine Zähne streifte, dann berührten sich unsere Zungen und ich hörte mich leise stöhnen, ohne es zu wollen. Meine Beine versagten, gemeinsam sanken wir auf die Knie, Hände und Münder ineinander verschlungen.

Seine Finger glitten über die Stelle unterhalb meines Bauchnabels. Ich wollte sie dort haben, aber jahrelange Ängste kamen in mir hoch und ich schob seine Hand zur Seite. Gleich darauf nahm ich ihn wieder sanft am Handgelenk und führte seine Finger zurück an dieselbe Stelle. Seine Hand glitt höher, dann hielt er plötzlich den Saum meines Hemds in beiden Händen und hob es an. Ich löste mich aus unserem Kuss und rutschte heftig atmend ein kleines Stück zurück, bemüht darum, auch nur ein einziges der Gefühle zu sondieren, die wie ein Wirbelsturm nach oben drängten. Ich schloss die Augen, dann warf ich zitternd mein Hemd auf die Seite. Wieder pressten wir uns aneinander und jetzt waren seine Hände überall zugleich, auf meinem Rücken, meinem Bauch, an meinen Seiten, spürten jeder einzelnen meiner Rippen nach. Er griff hinter mich, um meinen BH zu öffnen, während wir uns weiterküssten, doch ich wich instinktiv zurück, bevor es ihm gelang.

»Können wir nicht etwas langsamer machen?« Ich schlang die Arme um meinen Oberkörper.

»Natürlich«, sagte er und gab mir schnell mein Hemd. Ich zog es mir über den Kopf und sah, wie zärtlich er mich anlächelte. »Natürlich können wir das. Es tut mir leid, Amanda, ich hab mich einfach hinreißen lassen.«

»Das ist okay, aber ich glaube, ich bin noch nicht so weit – noch nicht. Können wir … ist es okay für dich, wenn wir nur kuscheln?« Ich strich mir die Haare aus dem Gesicht. »Weißt du, ich bin nicht wirklich oft berührt worden, bevor ich dich getroffen habe.« Den Rest des Satzes, *und dachte immer, ich würde es auch nie*, sagte ich nicht laut. »Ich muss mich … glaube ich … erst langsam dran gewöhnen, dass man mich berührt.«

»Ich denke, das kriegen wir schon hin.« Grant schlang den Arm um mich und zog mich eng an sich heran, sodass mein Kopf auf seinem Arm wie auf einem Kissen lag. Ich küsste ihn auf die Wange und wir sahen hinauf zu den Sternen. In der klaren Herbstluft waren sie noch deutlicher zu erkennen als im Sommer. Selbst die Milchstraße konnte ich ausmachen, ein blasser, weißer Streifen, der sich quer über den Nachthimmel zog.

»Ich habe gesehen, dass du den *Sandman* liest«, sagte ich. »Ich hätte dir doch meine Bände ausleihen können.«

»Ich hab sie mir gekauft, bevor wir anfingen, uns zu treffen. Ich wusste damals schon, dass ich dich mag, und hab gehofft, es würde vielleicht Eindruck auf dich machen, wenn ich die Bücher lese, die dir gut gefallen.«

»Wie süß von dir.« Ich schloss die Augen und kuschelte mich eng an ihn. »Du weißt, dass ich da längst schon schwer beeindruckt von dir war?«

»Damals noch nicht.« Er zog mich noch näher an sich heran. »Am Anfang hast du nämlich so getan, als fändest du mich gruselig.«

»Ich hatte es nicht leicht an meiner alten Schule und hatte Angst vor jeder Art von Nähe.«

Grant nickte. »Das hab ich schon aus einigen Bemerkungen von dir geschlossen. Willst du darüber reden?«

»Ich weiß nicht«, sagte ich. »Ich glaube schon, aber vielleicht nicht gerade jetzt.«

»Okay.« Wir schwiegen, dann fuhr er fort: »Ich weiß nicht mehr, wann Dad zu Mom gesagt hat, dass er jetzt endlich Arbeit hätte. Ich weiß auch nicht, ob sie's noch weiß, aber ich erinnere mich, dass es dabei um einen richtigen Job ging, und ich erinnere mich auch noch an den Tag, als wir herausfanden, dass er uns angelogen hatte. Da tauchte nämlich die Polizei bei uns auf – wir wohnten damals noch in einem Haus in der Stadt – und hatte Papiere vom Richter bei sich. Es stellte sich heraus, dass Dad schon seit Jahren in einem Campingwagen im Wald zusammen mit ein paar Kumpels Meth kochte. Avery war damals noch nicht einmal ein Jahr alt und Mom stand plötzlich mit drei Kindern und ohne jedes Einkommen da. Danach sind wir für kurze Zeit bei meiner Oma eingezogen, aber dann hatte Mom vor lauter Stress einen psychotischen Schub und hat wohl Dinge zu meiner Großmutter gesagt, die diese ihr bis heute nicht verziehen hat. Das Medikament, das sie Mom damals gegeben haben, hat ihr zwar geholfen, aber arbeiten kann sie nicht, deshalb …«

»Deshalb bist du derjenige, der die Familie über Wasser hält?«

Er nickte. »Alles, was ich wollte, war, dass Mom nicht in die Klapse und meine Schwestern nicht in eine Pflegefamilie kommen, und das hat mich so auf Trab gehalten, dass ich mir über nicht viel anderes Gedanken machen konnte. Aber wenn ich mit dir zusammen bin, dann fühl' ich mich so … völlig anders. So, als ob alles möglich wäre. Es ist beinahe beängstigend, weißt du? Ich komme mir so egoistisch vor, wenn ich das sage, aber am liebsten würde ich meine Familie verlassen und einfach … gehen, wohin ich will, und der sein, der ich sein will, verstehst du?«

»Ja. Ich weiß, was du meinst. Ich habe mein ganzes Leben lang immerzu daran gedacht, abzuhauen. In den Norden zu gehen und in irgendeiner großen Stadt wie New York oder Boston unterzutauchen. Oder mit etwas Glück vielleicht sogar in Paris zu leben.«

»Oh.« Grant rollte sich auf den Rücken. »Das wusste ich nicht.«

»Ja. Ich will mich an der NYU bewerben. Ich glaube auch, dass sie mich dort nehmen werden. Aber es ist schon komisch. Es ist genau das, was ich immer wollte, aber gleichzeitig macht es mir auch Angst. Es macht mir Angst, wenn ich mir vorstelle, dass ich von hier fortgehe, so weit entfernt von meinen Eltern und allem, was mir vertraut ist. Und andererseits weiß ich, dass ich nur so wirklich frei sein und endlich an einem Ort leben kann, an dem man mich versteht.«

»Was soll das heißen?« Grant runzelte die Stirn und richtete sich auf. Ich legte den Kopf auf die Seite, sah zu ihm hinauf und plötzlich wurde mir flau im Magen.

»Nur, dass es da einiges in meinem Leben gibt, das nicht jeder versteht«, sagte ich und wusste im selben Moment, dass es ein Fehler gewesen war.

»Was bedeute ich dir eigentlich?« Er drehte den Kopf zur Seite und blickte auf den See hinaus.

»Du bist mein Freund.« Ich kniete mich hinter ihn und schlang meine Arme um ihn, aber Grant machte sich steif. »Im Moment vielleicht, ja. Bis du jemanden an deiner noblen Uni triffst, der kein Problem mit Filmen hat und die gleichen schrägen Bücher liest wie du.«

»Grant«, sagte ich und küsste seinen Nacken. »Ich hab dich gern, okay?«

»Aber du glaubst, dass ich dich nicht verstehe.«

»So einfach ist das nicht.« Ich drehte seinen Kopf in meine Richtung, aber er wich meinem Blick aus. Ich gab nicht nach und küsste ihn. »Ich mag dich mehr als jeden anderen auf der Welt. Es ist nur – über manche Dinge kann ich nicht so richtig sprechen.« Grant starrte mich jetzt an; ich kam mir plötzlich nackt vor, so sehr durchbohrten seine Augen mich. Es war, als könne er alles sehen: das, was er wissen, und das, was er nicht wissen durfte.

»Du kannst mir alles anvertrauen, Amanda, das weißt du doch. Habe ich dir das nicht bewiesen?«

Ich vergrub mein Gesicht in seinem Nacken und sog seinen Geruch ein. Ich wusste, dass ich ihm alles sagen konnte – zumindest glaubte er das. Aber solange er die Wahrheit noch nicht kannte, wusste ich auch nicht, wie er reagieren würde, und das war ein Risiko, das ich noch nicht bereit war, einzugehen. »Ich versuche es, okay? Das bist du mir wert. Ich verspreche dir, dass ich es versuche.«

KAPITEL 17

Während Layla auf die I-75 in Richtung Norden fuhr, drückte ich meine Stirn an die Wagenscheibe, in der sich Chloes Spiegelbild geradezu gespenstisch von den Bergen draußen am Horizont abhob. Mit leerem Blick und hängenden Schultern saß sie zu meiner Rechten und schien keine Lust zu haben, sich zu unterhalten.

»Wohin fahren wir gleich wieder?«, fragte ich. Ich warf einen Blick auf das Handy in meinem Schoß und las eine neue Nachricht von Grant: *Tut mir leid wegen gestern Abend.* Eigentlich hatte ich ihn heute treffen wollen, um die Sache zwischen uns zu bereinigen, aber dann waren die Mädels mittags laut hupend bei mir aufgetaucht und meinten, es sei Zeit, sich einzumischen: Ich sei süchtig nach meinem Freund und damit sei jetzt Schluss.

»Zum Labyrinth der Verdammten!«, riefen Anna und Layla mit schaurigen Stimmen.

»Wie, einem Geisterhaus?«, fragte ich und tippte gleichzeitig eine Antwort an Grant: *Du musst dich doch nicht entschuldigen! Ich bin froh, dass wir geredet haben. Du fehlst mir.*

»Nein«, sagte Anna, »zu einem Maislabyrinth südlich von Knoxville, in dem es spukt.«

Ich verdrehte lächelnd die Augen.

»Es wird dir gefallen.« Layla schwenkte theatralisch die geballte Faust und sagte mit tiefer Stimme: »Ein makabres Fest für die Sinne.«

»Und anschließend gibt's da die weltbesten Donuts«, sagte Anna, die begeistert auf ihrem Sitz herumhopste.

Während der gesamten einstündigen Fahrt kicherten Anna und Layla über irgendwelche Klatschgeschichten, zankten sich wegen einer Bemerkung, die die blasphemische Layla von sich gegeben hatte, und sangen laut bei einem *Taylor Swift*-Song mit. Ich kannte den Text nicht und erfand meinen eigenen, worauf die Mädels – ausgenommen Chloe, deren lautes Schweigen nicht zu überhören war – mit einem hysterischen Anfall reagierten. Erst gegen Ende der Fahrt erhielt ich endlich Antwort von Grant: *Du fehlst mir auch.*

*

Gerade als die Sonne sich endgültig verkroch, näherten wir uns dem Labyrinth der Verdammten. Wir kamen an einem Getreidespeicher und einer Scheune mit rotem Dach vorbei, auf der in weißer Schrift BESUCHEN SIE ROCK CITY stand, erhellt nur durch den Schein eines Freudenfeuers ganz in der Nähe, und weiter an einem alten Farmhaus mit dunklen Fenstern, das gut hundert Jahre alt war. Auf der gegenüberliegenden Seite erstreckten sich wogende Felder, auf die der orangefarbene Schein vereinzelter Feuerstellen fiel.

In ihrer Mitte erhob sich wie eine Festung das Maislabyrinth.

Als wir es betraten, geschah die ersten dreißig Meter erst einmal gar nichts, aber dann ging es los mit dem Gegiggel und Gegacker. Anna schrie auf und zeigte nach oben, wo menschliche Gestalten in langen Kutten über die Wände des Labyrinths sprangen und mit glühenden Augen auf uns herabsahen, um gleich darauf wieder zu verschwinden. Wir bogen auf eine versteckt liegende Lichtung ab und sahen mehrere bleiche Gestalten, die sich, wie Ärzte aus dem Bürgerkrieg gekleidet, über einen Soldaten beugten, der wegen des drohenden Verlustes seiner Gliedmaßen laut schrie. Layla und Anna kreischten vor Entsetzen auf und rannten weiter. Ich packte Chloe an der Hand und zog sie durch eine Lücke zwischen den Maisstängeln, die auf ein bei der täglichen Farmarbeit benutztes Geflecht von Nebenpfaden führte.

»Oje«, sagte ich. »Ich fürchte, jetzt haben wir uns verlaufen.«

»War ja wohl Absicht.« Chloe pflückte einen langen Grashalm und begann, darauf herumzukauen.

»Wie bitte?«, erwiderte ich ein wenig zu schrill. »Das würde ich nie tun.«

»So?« Chloe sah plötzlich wie versteinert aus.

»Nein, wirklich. Ich habe keine Ahnung, wo wir sind. Findest du zum Hauptweg zurück?«

Chloe verschränkte die Arme vor der Brust. »Glaubst du vielleicht, ich hab den sechsten Mais-Sinn, nur weil meine Eltern Farmer sind?«

»Hm … wäre doch möglich?« Ich biss mir auf die Lippen

und zuckte mit den Schultern. Chloe lachte leise auf, was mich mit einer gewissen Genugtuung erfüllte.

Der Pfad teilte sich jetzt vor uns und sie seufzte und sah zu den Sternen hinauf. »Frag mich ruhig, was du fragen willst.«

»Wie? Was meinst du?« Ich hob einen dünnen, biegsamen Stock vom Boden auf und ließ ihn über die Maisblätter am Rand des Pfades sausen. Chloe sah mich erstaunt an. »Falls wir umkehren müssen, wissen wir, wo wir losgegangen sind.«

»Clever«, sagte Chloe und nickte.

»Danke. Und, was gibt's Neues bei dir, Chloe?«

»Hier kommen wir nicht weiter«, sagte sie statt einer Antwort, machte auf dem Absatz kehrt und stürmte an mir vorbei. »Der Pfad hier führt vom Hauptweg ab.« Wir gingen ein paar Meter, dann blieb sie stehen, seufzte wieder und ließ die Schultern hängen. »Du willst es also gar nicht wissen?« Ich zuckte mit den Achseln und setzte eine ahnungslose Miene auf. »Sie hat mich abserviert.«

»Oooh«, sagte ich leise, ging auf sie zu und nahm sie in den Arm. »Das ist ja scheiße!«

»Ja, nicht?« Sie bückte sich und riss sich auch einen der langen, biegsamen Stängel ab. Wir gingen weiter und ich sah ihr dabei zu, wie sie wild auf die Maispflanzen am Wegrand eindrosch. Um zurückzufinden, waren eigentlich nur wenige Markierungen notwendig, aber ich wusste, manchmal musste man einfach so richtig auf etwas einprügeln. »Ja, echt scheiße.«

»Was ist denn passiert?« Wieder kamen wir an eine Weggabelung, und da keine von uns eine spontane Eingebung hatte, warf ich eine Münze und wir nahmen den rechten Pfad. »Du musst mir nicht antworten.«

»Nein«, sagte Chloe. »Ist schon okay. Ich rede nur sonst nie darüber.« Sie ging hinter mir, kickte einen Erdklumpen vor sich her und starrte dabei in die Sterne. Sie hatte mehr als fünf Worte auf einmal gesagt, was normalerweise bedeutete, dass sie etwas Wichtiges mitzuteilen hatte. »Du bist erst die Zweite, die über mich ... Bescheid weiß.«

»Dann war Bee die Erste?«, fragte ich. »Das muss ja fürchterlich einsam gewesen sein.«

»Ja. Als ich klein war, hatten wir auf der Farm kein Internet und so. Es gab nur mich, meine Eltern, meine Brüder, die Tiere und die Farmarbeiter. Nichts, wo ich etwas über Leute wie mich hätte erfahren können. Als Kind dachte ich immer, ich wäre die Einzige auf der Welt.«

»Du Arme«, sagte ich und strich ihr leicht über die Schulter.

»War vielleicht besser so. Bevor ich wusste, was bei mir anders als bei anderen war, hatte ich nur eine vage Ahnung. Und die ließ sich viel leichter ignorieren.«

»Aber dann tauchte Bee auf?«

»Ja.« Chloe schniefte laut und warf ihren Stock weg. »Komm, hier entlang.« Sie nahm meine Hand und zog mich durch eine der Maiswände. Der neue Pfad führte von dem alten weg, aber ich ging davon aus, dass Chloe wusste, was sie tat.

»Wie lange wart ihr beiden denn zusammen?«, fragte ich ein wenig stockend, weil ich nicht stolpern wollte.

»Ein Jahr ungefähr.«

»Wow!« Ich dachte daran, wie sehr mir Grant schon in der kurzen Zeit, die wir zusammen waren, ans Herz gewachsen war. Dann schwieg ich einen Augenblick, denn meine nächste Frage überlegte ich mir sehr genau. »Liebst du sie denn?«

»Das dachte ich.« Sie stieß einen der Maisstängel so heftig zur Seite, dass er wie ein Baum umfiel. »Bis gerade eben dachte ich es noch.« Sie wischte sich ihre schmutzigen Hände an der Jeans ab. »Aber was hatten wir denn schon gemeinsam?«

»Mal ehrlich?« Ich schob mich durch den Spalt in der Maiswand, den sie für mich aufhielt. »Ich würde sagen, gar nichts.«

»Eben«, sagte Chloe. »Ich dachte halt, sie wäre meine einzige Chance, und in dieser Stadt ist sie das vielleicht ja auch; aber vorläufig ist die Alternative, allein zu sein, vollkommen okay für mich.« Sie blieb stehen und drehte sich zu mir um. Ihre Augen leuchteten wunderschön im Mondlicht. »Und außerdem hab ich ja Freunde.«

»Das hast du allerdings.« Dieses Mal umarmte Chloe mich. »Übrigens«, sagte ich, als wir uns voneinander lösten, »du gehst bald von der Schule ab. Und draußen wartet schon die große weite Welt auf dich.« Mir fiel ein, was ich erst am Tag zuvor zu Grant gesagt hatte – dass ich schon immer in den Norden ziehen und mit Leuten zusammen sein wollte, die mich verstanden. Aber gerade wurde mir klar, dass ich hier, in Lambertville, nicht mehr den gleichen verzweifelten Drang verspürte, davonzulaufen wie früher. Zum ersten Mal lebte ich mein eigenes Leben, genau das Leben, das ich leben sollte – endlich war ich die wahrhaftigste Version meiner selbst. Nur dass ich gleichzeitig ein riesiges Geheimnis für mich behielt.

»Das stimmt, ich weiß. Da draußen wartet schon die weite Welt«, sagte Chloe, während sie die letzte Maiswand auseinanderhielt, hinter der der Imbissbereich am Ende des Labyrinths sichtbar wurde.

»Siehst du«, sagte ich. »Wir haben den Weg gefunden.«

Chloe lächelte matt. »Sieht ganz so aus.«

DREIZEHN JAHRE VORHER

In diesem Jahr wünschte ich mir von Santa weiße Weihnachten, aber dann war der Himmel blau und die Luft so trocken, dass mein Gesicht anfing zu jucken. Und draußen war es so warm, dass es sich gar nicht richtig wie Weihnachten anfühlte. In den Liedern im Autoradio sangen sie immer von *weißen* Weihnachten, aber ich hatte noch nie weiße Weihnachten erlebt, noch nicht einmal Schnee, außer vielleicht einem winzig kleinen bisschen ab und zu, und das war nicht gerecht. Vieles an Weihnachten war nicht gerecht. Dass ich zu Opa und Oma auf die Farm musste, obwohl es da nach Dreck und Pferdekacka roch und Mommy und Daddy nachher immer stritten, war nicht gerecht. Dass ich in den Kindergarten musste, wo die Kinder sich über mich lustig machten, und nicht bei Mommy zu Hause bleiben durfte, war nicht gerecht. Dass ich ein Junge sein musste, war nicht gerecht. Und dass Santa mir nie die Geschenke brachte, die auf meinem Wunschzettel standen, war auch nicht gerecht.

Aber vielleicht gab es Santa ja auch gar nicht wirklich. In diesem Jahr sagte meine Lehrerin, dass ich schon sehr weit wäre, denn ich konnte vollständige Sätze und ganz allein an

Santa schreiben; ich schickte meinen Wunschzettel nämlich direkt an ihn, weil ich ihn Mom gezeigt und sie gemeint hatte, Daddy würde nie erlauben, dass ich mir solche Sachen von Santa wünsche, aber ich fand, das sollte Santa selbst entscheiden. Ich wünschte mir weiße Weihnachten von ihm und bekam sie nicht, aber vielleicht war das ja etwas, worüber Gott bestimmte und nicht Santa, und ich versuchte es zu verstehen. Außerdem wünschte ich mir, dass ich mich entweder wie ein richtiger Junge fühlte oder dass endlich alle begriffen, dass ich ein Mädchen war, ohne sich darüber lustig zu machen. Ich wusste nicht, ob das bis zum nächsten Jahr klappen würde, aber ich glaubte nicht. Dann wünschte ich mir noch, dass Mommy und Daddy nicht mehr stritten, aber wir waren noch nicht mal ins Auto eingestiegen, da fingen sie schon wieder an, und zwar wegen einer Luftpistole, die Santa mir gebracht hatte und die ich gar nicht haben wollte. Ich hatte mir auch Kleider, einen Spielzeugherd und eine neue *Mulan*-DVD gewünscht, weil die alte schon ganz abgenutzt war, und ein paar neue Folgen von *My Little Pony* und einen Nintendo 64, auf dem ich *Super Mario* spielen konnte.

Ich bekam den Nintendo 64, der sowieso mein allergrößter Wunsch gewesen war. Außerdem noch die Luftpistole, einen Fußball, einen Fanghandschuh, Wanderstiefel, ein Zweimannzelt und eine große Tüte mit grünen Plastiksoldaten. Alles Sachen, die Daddy bestimmt hatte. Ob er meine eigentlichen Santageschenke heimlich weggenommen und durch diese ersetzt hatte? Oder brachte Santa mir immer Sachen, die Daddy sich für mich ausgedacht hatte, anstatt die, die ich mir wünschte? Wenn Santa wirklich zaubern konnte und vielleicht sogar alles wusste, mir aber immer wieder Jungenspielzeug schenkte, hieß das dann, dass ich tatsächlich ein Junge war, wie alle sagten?

Nein. Wenn Santa das glaubte, dann täuschte er sich. In der Schule tat ich so, als ob ich ein Junge wäre, damit sie mich nicht mehr verspotteten, und Santa sah das wahrscheinlich, wusste aber nicht, dass es nur vorgetäuscht war, und brachte mir deshalb Sachen für Jungs. Es war also nur ein Missverständnis. Santa hatte magische Kräfte, aber er war auch ein Erwachsener und Erwachsene machten eine Menge Dinge, aus denen man nicht schlau wurde.

Ich berührte die Luftpistole, die neben mir auf dem Sitz lag, und seufzte. Daddy stellte das Radio leiser und sah mich im Rückspiegel an.

»Stimmt was nicht, Andrew?«

»Nein«, sagte ich und merkte sofort, dass das unhöflich gewesen war, weil Dads Augen sich zu kleinen Schlitzen verwandelten.

»Nein was?«

»Nein, Sir«, verbesserte ich mich, denn ich wollte mich nicht schlecht benehmen, was manchmal gar nicht einfach war.

Mommy drehte sich zu mir um und sah mich strahlend an.

»Frohe Weihnachten!«, sagte sie. »Jetzt lassen wir mal alle schön das Seufzen sein. Und haben ganz viel Spaß zusammen, okay?«

»Wette, du kannst es kaum erwarten, deine neue Pistole an ein paar Vögeln auszuprobieren, stimmt's?«, meinte Daddy nach einer Weile.

Ich dachte an die schönen roten Vögel, die immer auf unserem Futterhäuschen saßen und die Mommy Kardinale nannte, und dann stellte ich sie mir so verkrüppelt vor wie die Vögel, die unsere Katze manchmal mit nach Hause brachte, und nahm schnell meine Hand von der Luftpistole.

»Er muss das nicht tun, wenn er nicht will«, sagte Mommy böse zischelnd wie eine Schlange.

»Die hören erst auf, ihn zu mobben, wenn er ein bisschen härter wird und sich nicht so benimmt.«

»Wie benimmt?«, fragte ich mit heißen Wangen. Ich beobachtete Dad genau im Spiegel.

Er fingerte an seiner Brille herum und starrte ins Leere, wie immer, wenn ich richtig böse gewesen war und er nicht wusste, was er sagen sollte. Plötzlich hatte ich Angst, dass ich an Weihnachten Ärger kriegen würde, und meine Wangen fühlten sich noch heißer an als vorher und mir war, als würde ich gleich ersticken, und auch meine Augen waren heiß, aber Daddy wurde immer so wütend, wenn ich weinte, und dann musste ich noch viel mehr weinen und …

»Hör nicht auf ihn«, sagte Mommy. Ihre Stimme klang so stark und ernst, dass alle Traurigkeit mit einem Mal verschwand. Mommy warf Daddy einen sehr ärgerlichen Blick zu, langte nach hinten und tätschelte mein Knie. Den Rest der Fahrt schwiegen die beiden.

KAPITEL 18

Ich öffnete die Tür und vor mir stand Grant mit zerzausten Haaren. Er trug einen schwarzen Pullover, schwarze Jeans und schwarze Turnschuhe und hatte sich das Gesicht wie der Typ auf den Misfits-Alben angemalt.

»Happy Halloween!« Seine weißen Zähne sahen irgendwie deplatziert in dem nachlässig geschminkten Gesicht aus.

»Das glaub ich jetzt nicht!«, rief ich entgeistert. Grant blickte mit großen Augen auf mein Kostüm – Schulterpatronengurt, Tunika in Hell- und Dunkelbraun, Lederhose und kniehohe Stiefel. »Willst du ernsthaft so gehen?«

»Ja, warum?« Er sah plötzlich verlegen aus, was nicht wirklich zu dem Gesicht eines Todbringers passte. »So gehe ich jedes Jahr.«

»No way!« Ich schüttelte den Kopf. »Dieses Jahr nicht. Komm mit.« Ich nahm seine Hand und zog ihn in Richtung meines Zimmers.

»Hallo, Mr Hardy.« Er winkte Dad zu, als wir durchs Wohnzimmer gingen, und wäre dabei fast über den Couchtisch gestolpert.

»Happy Halloween, Grant.« Dad sah nicht mal von seinem Buch auf und blätterte weiter. Grant hatte mich in letzter Zeit öfters zu Hause abgeholt oder war nach der Arbeit kurz vorbeigekommen, um Hallo zu sagen. Dad und ich hatten nach unserem Streit auf dem Walmart-Parkplatz nicht mehr viel miteinander gesprochen, aber immerhin herrschte ein, wenn auch leicht angespannter, Waffenstillstand zwischen uns; wir gingen beide unserem Leben nach, machten uns für die Arbeit und die Schule fertig und das Abendessen fand vor dem Fernseher statt.

»Und als was gehst *du*?«, fragte Grant, als ich ihn auf mein Bett lotste und in der Schachtel herumzuwühlen begann, die Mom mir ein paar Wochen zuvor hatte schicken lassen.

»Erinnerst du dich daran, wie Leia sich in *Die Rückkehr der Jedi-Ritter* verkleidet und zu Jabbas Palast kommt, um Han zu befreien?« Ich deutete auf das zweiteilige Mundstück und das Visier, die beide an meinem Bettpfosten hingen, und Grant grinste wie ein kleiner Junge.

»Geil«, sagte er, staunte aber noch mehr, als ich ihm den *Boba Fett*-Helm zeigte, den ich gerade aus der Schachtel nahm. »Wahnsinn! Wo hast du das denn alles her?«

»Selbst gemacht.« Ich reichte ihm den Helm und holte die dazugehörigen Accessoires – bemalte Motorradjacke, Hose, Stiefel und Handschuhe – aus dem Karton.

Grant hielt sich den Helm vor und fragte ehrfürchtig: »Und wo hast du gelernt, so Zeug zu machen?«

»Weiß auch nicht.« Ich warf ihm die Jacke zu und zuckte mit den Achseln. Natürlich wusste ich es: Kostüme anzufertigen hatte ich mir in dem gleichen Jahr beigebracht, in dem ich lernte, Sushi zu machen. »Ich hatte früher einfach viel mehr Zeit.«

»Meinst du, die Sachen passen mir?« Er hielt sich die Jacke an. Sein Gesicht war bereits hinter dem undurchsichtigen, T-förmigen Visier des rot-grünen Helms verschwunden.

»Sie werden vielleicht ein bisschen eng sein«, sagte ich, »aber doch, ich glaub schon. Wir sind ja fast gleich groß.« Ich zuckte verlegen mit den Schultern. »Tut mir leid, dass ich so eine Riesin bin.«

»Keine Sorge.« Er klemmte sich den Helm unter den linken Arm und griff mit seiner rechten nach meiner Hand. »Ich mag das. Du bist wie … eine Amazone.«

»Auf keinen Fall!« Ich knuffte ihn in die Rippen, setzte meinen Helm auf und sagte: »Ich bin keine Amazone. Ich bin Kopfgeldjägerin.«

Wir waren schon auf dem Weg nach draußen, als ich Dad nach mir rufen hörte. Grant winkte mir beruhigend zu und lief schon mal die Treppe hinunter, während ich ins Wohnzimmer zurückging.

»Ich habe über das, was ich neulich im Auto zu dir gesagt habe, nachgedacht«, sagte Dad. Er klappte sein Buch zu und seufzte. »Du bist ein so kluges Mädchen und nach allem, was ich von dir und deiner Mutter gehört habe, hast du in den letzten Jahren eine ganze Menge verpasst. Es ist okay, wenn du dich *ein bisschen* austoben möchtest. Schließlich ist es auch mir nicht entgangen, dass du ein Teenager bist.«

»Tatsächlich?« Ich konnte mir ein Lächeln nicht verkneifen.

»Aber pass auf dich auf«, mahnte er und deutete mit seinem Buch auf mich.

»Natürlich.« Ich nickte und ging frohen Herzens auf die Tür zu. Aber ehe ich die Wohnung verließ, drehte ich mich noch einmal um und blickte in seine blassblauen Augen. »Und Dad? Danke.«

*

Unsere Kostüme waren eine Sensation auf Laylas Halloweenparty.

Die Hälfte der Gäste kam unkostümiert, aber Layla hatte vorgesorgt und gleich neben dem Bier Gesichtsschminke auf dem Küchentisch ausgelegt, sodass sich innerhalb einer Stunde jeder, der nicht verkleidet gekommen war, wenigstens eine Maske ins Gesicht geschminkt hatte. Layla ging als Morticia Addams und trug ein hautenges Kleid mit allen Finessen. Sie hatte sich genau wie Grant und ich auf den Style-toppt-Funktion-Kompromiss eingelassen, das merkte ich sofort daran, wie sie sich mühsam durch die Gegend schob. Mit unseren flächendeckenden Helmen und den Lederjacken war das Tanzen nämlich auch ein eher schweißtreibender Albtraum. Anna trug kein Kostüm, denn ihre Eltern hätten sie umgebracht, wenn sie gewusst hätten, dass sie auf eine Halloweenparty ging. Chloe hatte sich einen Totenschädel ins Gesicht geschminkt und trug schwarze Jeans und Stiefel. Der einzige Unterschied zwischen ihrem Kostüm und Grants ursprünglichem war, dass er einen schwarzen Pulli angehabt hatte und sie ein Flanellhemd trug.

»Bist du nicht froh?«, fragte ich Grant. Wir machten eine Verschnaufpause und ich lehnte mich an ihn. Unsere Helme hatten wir auf einen Beistelltisch neben uns gelegt. Grant war bereits bei seinem vierten Bier, während ich gerade mein erstes getrunken hatte und mir wie ein Leichtgewicht vorkam, so schwummrig war mir schon. »Bist du nicht froh, dass ich dir die Peinlichkeit erspart habe? Es gibt nichts Schlimmeres, als bei einer Party im gleichen Outfit aufzutauchen wie ein anderes Mädchen.«

»Ist das so ein Problem?«, fragte er.

»Und wie! So was kann ein totales gesellschaftliches *Desaster* sein!«

»Für Mädchen scheint es ja ziemlich viele Regeln zu geben.« Er klang plötzlich nachdenklich.

»Oh, absolut.« Ich dachte an die zahllosen Details, die ich zu lernen hatte, um dazuzugehören. »Ist viel schwieriger, als ein Junge zu sein.«

»Was?«, sagte Grant. »Auf keinen Fall. Wann hast du dich zum Beispiel das letzte Mal geprügelt? Hast du schon je eins auf die Nase gekriegt?«

Ich dachte daran, wie oft ich von andern Jungen geschlagen und getreten worden war, weil sie mich ablehnten, erwähnte es aber lieber nicht. »Egal, du tougher Typ, du.« Ich stieß ihn vor die Brust und stemmte eine Hand in die Hüfte. »Als Junge ziehst du dir vielleicht mal ein blaues Auge zu, wenn du dich prügelst, aber Mädchen können sich gegenseitig mit wenigen gezielten Worten vernichten. Jungs würden mit dem, was wir aushalten müssen, nie und nimmer klarkommen.«

»Herausforderung angenommen!« Grant grinste, stellte sein Bier ab und griff nach seinem Helm. »Komm mit.« Er packte mich am Handgelenk, zog mich in das Bad im Flur von Laylas Haus und schlug die Tür hinter sich zu.

»Was soll denn das?«, fragte ich verwirrt.

»Du hast mich provoziert«, sagte er. Er öffnete den Reißverschluss seiner *Boba Fett*-Jacke und warf sie mir zu. »Und jetzt tauschen wir Kostüme.«

»Wie bitte?« Der Raum schwankte ein wenig und ich lehnte mich ans Waschbecken, um nicht das Gleichgewicht zu verlieren. Grant stand schon in Unterhemd, Boxershorts und Socken vor mir. »Warum denn das?«

»Du hast gesagt, ich trau mich nicht, ein Mädchen zu sein«, sagte er. »Und vor einer Herausforderung drücke ich mich nicht. Her mit deinem Kostüm.«

Ich zog mich bis auf die Unterwäsche aus und sah zu, wie er sich unbeholfen in das Kostüm von Leia, der Kopfgeldjägerin, zwängte. Als alle Reißverschlüsse geschlossen waren und der Helm auf seinem Kopf saß, musste ich zugeben, dass kein Unterschied bemerkbar war, sah man mal von den breiteren Schultern und einer gewissen Flachheit im Brustbereich ab – vorausgesetzt natürlich, er setzte den Helm nicht ab.

»Und was soll ich jetzt anziehen?«, fragte ich.

»Du gehst als Boba Fett«, sagte er. »Mal sehen, ob *du* dich traust, ein Junge zu sein.«

Ich sah an mir herab, dann in den Spiegel und musste plötzlich so sehr lachen, dass ich die Arme um den Oberkörper schlang und fast vornübergefallen wäre.

»Was ist denn so lustig?«, fragte Grant.

»Ach nichts.« Ich schnappte nach Luft, fing mich aber wieder. Ich wischte mir eine Lachträne aus dem Gesicht und zog kopfschüttelnd Boba Fetts Kostüm an. So viele Jahre lang hatte ich versucht, aus meiner Haut zu schlüpfen, dass die Vorstellung, mich jetzt als Junge verkleiden zu sollen, durchaus etwas Komisches hatte. »Nichts. Geh schon mal vor. Ich komme nach, sobald ich angezogen bin.«

Wenige Minuten später verließ auch ich die Toilette. Die Party war in vollem Gang und es ging noch wilder zu als vorher. Das Bier war schon fast ausgetrunken, und als ich sah, wie die Partygäste sich in den Armen lagen und *Monster Mash* und *Thriller* mitgrölten, war mir schnell klar, worauf das Ganze hinauslaufen würde. Einen Moment lang stand ich etwas hilflos da und wusste nicht, wohin mit mir. Auch wenn die Jungenkleidung an mir nur ein Kostüm war, fühlte sie sich wie eine Haut an, die ich schon vor langer Zeit abgeworfen hatte.

»He, Grant!«, rief jemand, der in der Nähe der Küche stand. Ich sah mich nach Grant um, aber dass ich gemeint war, begriff ich erst, als derjenige zum zweiten Mal Grants Namen rief. Zwei Jungen, die ich aus dem Footballteam kannte, standen mit ein paar anderen neben dem Backofen und winkten mich zu sich heran. Hinter ihnen stand Parker mit einem Bier in der Hand, scheinbar völlig unbeteiligt. Ich ging auf die Gruppe zu, merkte aber schon nach wenigen Schritten, dass meine Handgelenke viel zu schlaff herunterhingen, dass ich die Ellbogen angewinkelt hatte und mich leicht in den Hüften wiegte. So gingen Jungen nicht. Ich drückte daher Ellbogen und Knie nach außen und versuchte mich so steifbeinig wie möglich zu bewegen. Als ich in der Küche ankam, sahen Grants Freunde mich verblüfft an.

»Alles klar?«, fragte einer der beiden. Er hatte sich Schnurrhaare und eine Katzennase ins Gesicht gemalt.

»Ja.« Ich versuchte meine Stimme so tief wie möglich klingen zu lassen und war froh, dass der Helm meine Worte dämpfte.

»Du hattest gerade einen Gang drauf, als ob du dir in die Hose geschissen hättest«, sagte Katzengesicht und sah mich ernstlich besorgt an.

»Ja, und ich weiß auch, warum«, meinte der andere. Mit der gefakten Narbe, die von seinen Mundwinkeln bis zu den Wangenknochen verlief, sah er aus wie eine Flickenpuppe. Er beugte sich vor und boxte fest gegen meinen Arm, aber ich gab keinen Laut von mir. »Ich hab nämlich gesehen, wie du vorhin mit der Tusse auf der Toilette verschwunden bist.«

»Die ist ja richtig geil, Kumpel«, sagte Katzengesicht. »Was habt ihr denn da drin getrieben?«

»Ja, genau«, sagte Flickenpuppe. Er beugte sich dicht an mich heran. »Hat sie dich rangelassen?« Ich sah, dass Parker tat, als ob er nicht zuhören würde. Er schnaubte bloß und rollte mit den Augen.

Als ich keine Antwort gab, meinte Flickenpuppe: »Hat sie dich wenigstens ihre Titten sehen lassen?«

Ich boxte fester als beabsichtigt gegen seinen Arm und marschierte auf das Bierfass zu. »Ich hol mir noch ein Bier.«

»Wer hat denn dem ins Hirn geschissen?«, hörte ich Katzengesicht noch sagen, als ich mich von den beiden entfernte und durch das Gedrängel im Wohnzimmer schob.

Ich ging nach draußen, stieg in Dads Auto und schaltete den Klassiksender ein, der aber schlechten Empfang hatte. Nachdem ich den Helm abgenommen und das Fenster heruntergelassen hatte, konnte ich wieder normal atmen, aber mein Magen revoltierte vor Abscheu. Ich presste die Stirn aufs Lenkrad und versuchte, meine Mitte zu finden. Natürlich wusste ich, wie Jungs über Mädchen redeten, wenn sie nicht dabei waren. Es hätte mich nicht überraschen sollen. Aber die beiden eben erinnerten mich zu sehr an die Typen, die mich früher, als ich noch jünger gewesen war, gequält hatten, und auch wenn sich inzwischen vieles verändert hatte, traf es immer noch einen wunden Nerv bei mir. Jemand klopfte ans Autofenster und ich fuhr hoch.

»Schon kapituliert?«, fragte Grant. Seine Haare klebten an seinem Kopf und sein Atem ging schnell, als er sich neben mich auf den Beifahrersitz setzte.

»Ja.« Ich drehte den Kopf so weit in seine Richtung, dass ich die Stirn auf dem kühlen Lenkrad liegen lassen und ihn gleichzeitig ansehen konnte. »Deine Freunde sind übrigens ziemlich fiese Typen.«

»Welche Freunde?«

»Der Typ mit dem Katzengesicht und der andere, der sich wie eine Flickenpuppe geschminkt hat.«

Er überlegte einen Moment. »Ach die. Ja, das sind Arschlöcher. Das sind nicht meine Freunde, die sind nur auch im Team.«

»Gut.« Ich drückte seine Hand und lächelte. »Und wie ist es bei dir gelaufen?«

»Weiß nicht. Chloe hat mich umarmt und sich ›für die Sache neulich im Maisfeld‹ bedankt.« Ich lachte. »Und dann, äh …« Er murmelte etwas Unverständliches.

»Wie?«

»Und dann hat mich eine ganze Gruppe angeflirtet!«, gestand er mit glühenden Wangen.

»Eine Gruppe Typen?« Ich richtete mich auf.

Grant verschränkte die Arme vor der Brust. »Die haben mich doch für dich gehalten!«

»Hast du zurückgeflirtet?«, neckte ich ihn.

»Mann, nein, ich bin doch nicht schwul!«

»Aber es hat dir gefallen!« Er verdrehte die Augen, aber seine Wangen waren immer noch leicht gerötet. »Komm schon, gib's zu. Es hat dir Spaß gemacht. Ist doch okay. Der Witz an Halloween ist doch, dass man so tut, als sei man jemand anderer.«

»Ja«, sagte er nachdenklich. »Ist schon ganz witzig, mal für eine Weile in die Haut von jemand anderem zu schlüpfen und mitzukriegen, wie die Leute mit ihm umgehen. Man sieht dann manches anders.«

»Stimmt.« Ich rutschte näher an ihn heran und lehnte den Kopf an seine Brust. Aus dem Haus drangen der gleichförmige Rhythmus des tiefen Basses der Stereoanlage und das ausgelassene Gejohle der Partygäste durch die offenen Fenster zu uns herein.

»Als ich ein Kind war und zum ersten Mal *Star Wars* gesehen habe, kam es mir so vor, als würde sich mir eine ganz neue Welt eröffnen«, sagte Grant plötzlich, und ich genoss es, das Heben und Senken seiner Brust zu spüren. »Das klingt vielleicht jetzt komisch – ich meine, schließlich ist es nur ein Film, der irgendwo im Weltraum spielt, aber wenn man noch klein ist, kann man sich manchmal keine andere Welt als die eigene vorstellen. Und als ich dann die Typen mit ihren irren Outfits und die ganzen krassen Raumschiffe sah, kam mir zum ersten Mal der Gedanke, dass es da draußen in der Welt vielleicht noch mehr zu tun gibt, als Fußball und im Matsch zu spielen.«

Ich nickte und erinnerte mich daran, wie ich den Film zum

ersten Mal gesehen hatte. Ich hatte es immer schon geliebt, mich in Science-Fiction- und Fantasy-Welten zu flüchten, hatte alle Filme geliebt, in denen die Charaktere anders aussahen als die Menschen, mit denen ich zu tun hatte, und ganz besonders solche, in denen es um Toleranz und soziale Ungerechtigkeit ging. Aber meine Beziehung zu Sci-Fi war etwas komplizierter als die von Grant, weil sie eine der typisch männlichen Eigenschaften an mir war. Ich wusste, dass die meisten Mädchen keine Comics lasen, und seit meiner Geschlechtsumwandlung war ich mir nie sicher gewesen, ob ich es nicht lieber für mich behalten sollte. Ich war so froh, dass es Grant gegenüber nicht nötig war.

»Ich weiß nicht genau, worauf ich eigentlich hinauswill«, fuhr Grant fort, »aber du hast recht: Es kann ganz sinnvoll sein, wenn man gelegentlich so tut, als ob man etwas oder jemand anderes wäre, genauso wie es Sinn macht, sich andere Universen vorzustellen. Man lernt, den eigenen Blick zu erweitern und sich vorzustellen, dass man auch anders leben könnte.«

Ich richtete mich auf und küsste ihn lange und leidenschaftlich, um damit alles auszudrücken, was ich nicht aussprechen konnte – dass er einer der klügsten Menschen war, die ich kannte, obwohl er in der Schule selten mehr als ein C bekam und seine größte Leistung seiner eigenen Meinung nach darin bestand, seine Kumpels auf dem Footballfeld umzurempeln.

Ich legte meinen Kopf zurück auf seine Brust, wir atmeten im gleichen Rhythmus und hörten den Geräuschen der Party zu, die jetzt ohne uns weiterlief. Und als ich Grants Herzschlag spürte, schlich sich ein Gefühl von meinem Bauch bis in die Fingerspitzen hinein, ein Gefühl, das mich zugleich erregte und erschreckte: Ich war dabei, mich in ihn zu verlieben.

KAPITEL 19

»Sorry, dass ich dich letzte Woche versetzt habe«, sagte ich, als ich die schiefen, alten Stufen des Plantagenhauses hinaufstieg. Der Wind wehte mir die Haare ins Gesicht und ich band sie mir rasch zusammen. Bee blickte kurz auf und sah dann wieder in den Sucher ihrer Kamera.

»Schon okay.« Sie rutschte zur Seite, um mir neben sich auf der Treppe Platz zu machen. Ich fegte die trockenen Blätter mit der Hand zur Seite und setzte mich. »Ich weiß doch, wie's läuft.«

»Ja. Wie geht's dir eigentlich?«, fragte ich. Ich stellte den Rucksack zwischen meinen Knien ab und nahm meine Chemiehausaufgabe heraus.

»Gut.« Sie sah mich etwas befremdet an, als sie meinen besorgten Tonfall hörte. »Wieso?«

»Na ja, das zwischen dir und Chloe war ja schon eine ziemlich ernste Sache, oder?«

»Weiß nicht.« Sie drehte an einem Knopf an ihrer Kamera und richtete das Objektiv auf den Horizont. »Hey, ich hab übrigens noch gar keine Porträts in meiner Mappe.« Sie ließ die

Kamera sinken und sah mich an. »Was dagegen, wenn ich ein paar Fotos von dir mache?«

»Nein, ist okay«, sagte ich. Ich klopfte mit dem Stift auf meinen Block und sah nach unten ins Gras. »Chloe hat jedenfalls gedacht, dass es was Ernsteres war.«

»Ja.« Bee kratzte sich an der Schläfe. »Das war ja das Problem. Ihr war unsere Beziehung viel wichtiger als mir. Wäre sie ein Typ, wäre ich ausgestiegen, als ich merkte, dass sie mehr von mir wollte als Sex und ab und zu gemeinsam abhängen.«

»Und was hat die Tatsache, dass sie ein Mädchen ist, daran geändert?«

Bee sah von ihrer Kamera auf und starrte vor sich hin. »Als wir uns zum ersten Mal geküsst haben, hat sie in meinem Arm geweint, weil sie diese Gefühle ihr ganzes Leben lang abgewehrt hat. Sie sagte, sie wüsste nicht, ob sie angewidert oder stolz auf sich sein solle, weil sie endlich die Stärke hatte, zu tun, was sie eigentlich wollte. Und sie habe immer gedacht, sie sei die Einzige, die so fühlt.«

»Das ist so traurig«, sagte ich und versuchte mir Chloe weinend vorzustellen.

»Ja, aber genau das stimmt eben offensichtlich nicht«, fuhr Bee fort. Sie nahm ihr Handy aus der Tasche und sah einen Moment darauf, bevor sie weitersprach. »In Lambertville leben zirka siebentausendvierhundert Menschen, und Homosexuelle machen etwa zehn Prozent der Gesamtbevölkerung aus. Hier wären das dann also, warte, siebenhundertvierzig Leute. Und wenn man davon ausgeht, dass die Hälfte davon Frauen sind, dann leben in dieser Stadt vermutlich dreihundertsiebzig bisexuelle oder lesbische Frauen.«

»Klingt viel«, sagte ich und fragte mich unwillkürlich, ob wohl auch Leute wie ich hier im Verborgenen lebten.

»Es klingt viel, weil Homosexuelle im Süden in den Keller verbannt werden«, sagte sie stirnrunzelnd und suchte in der Kameratasche nach einer anderen Linse. »Mann, hier haben doch selbst die Heteros genügend Leichen im Keller. Die haben hier alle eine solche Angst davor, in die Hölle zu kommen oder sich zum Gespött zu machen, dass sie sich nicht trauen, dazu zu stehen, was sie wollen und wer sie sind; sie können es sich ja nicht mal selbst eingestehen. Das ist schon traurig.«

»Ja.« Ich nickte, fragte mich aber, wie Bee reagieren würde, wenn ich ihr die Wahrheit sagte – dass nämlich ich zu denen gehörte, die sich nicht trauten, ehrlich zu sein. Und zum ersten Mal dämmerte mir, wie mutig es von Bee war, sich so zu geben, wie sie war.

»Na ja, jedenfalls wurde mir klar, dass ich nur noch mit ihr zusammen war, weil ich mich verpflichtet fühlte, was sonst absolut nicht mein Ding ist, und deshalb hab ich Schluss gemacht.«

»Aber das muss dir doch schon länger klar gewesen sein … ihr wart doch eine ganze Weile zusammen, oder? Warum also erst jetzt? Gab es jemand anderen?«

»Themawechsel?« Bee sah mich erschöpft an. »Ich weiß, dass ich sie verletzt habe, aber das wäre so oder so passiert und … Schwamm drüber, okay?«

»Ja, klar«, sagte ich. Ich knabberte an meinem Daumennagel. »Tut mir leid.«

»Du kannst es wiedergutmachen, indem du dich gerade hinsetzt und auf diesen komischen Baum da drüben siehst.« Sie deutete auf die andere Seite der Lichtung.

»Das ist eine Bradford-Birne«, sagte ich und straffte die Schultern. Die Kamera rührte sich nicht. »Die werden so gezüchtet, dass die Äste schmal und nach oben gerichtet wachsen. Das entspricht aber nicht dem natürlichen Wachstum von Bäumen und deshalb sehen sie so komisch aus. Aber sie wachsen so schnell, dass Immobilienmakler sie gerne pflanzen, weil sie dann nämlich ihre Grundstücke schneller loswerden und die Stämme sich erst ein paar Jahre später verzweigen.«

»Woher zum Teufel weißt du denn das alles?« Bees Kamera klickte vor sich hin.

»Meine Mom ist Immobilienmaklerin.«

Bee lächelte. »Verstehe«, sagte sie. »Auf den ersten Fotos siehst du noch wie ein verstopfter Roboter aus, aber eben gerade sind mir ein paar ziemlich gute Aufnahmen gelungen.«

»Ich sehe wie ein verstopfter Roboter aus?«, wiederholte ich stirnrunzelnd.

»Du doch nicht, dein Gesichtsausdruck. Lächle doch mal.« Ich tat ihr den Gefallen. »Okay, wow, jetzt siehst du aus, als ob dir jemand die Pistole auf die Brust drücken würde. Du bist einer von diesen Menschen.«

»Was für Menschen denn?«

»Den völlig unverstellten«, antwortete sie, als würde mir das irgendetwas sagen. »Du bist so fürchterlich ehrlich, dass du nicht mal Gefühle vortäuschen könntest, wenn du es wolltest.«

»Ich glaube, da irrst du dich.« Ich musste an meine Beziehung zu Grant denken, und dass ich manchmal das Gefühl hatte, ihm alles über mich zu sagen bis auf das Allerwichtigste.

»Wie auch immer«, sagte Bee. »Ich weiß, wie man mit Leuten wie dir umgehen muss.« Sie drehte am Fokusring ihres Objektivs und richtete es wieder auf mich. »Gegen Ehrlichkeit kann man nur mit Ehrlichkeit angehen. Erinnerst du dich noch, wie wir gleich am Anfang, als wir uns kennenlernten, das Ehrlichkeitsspiel gespielt haben?«

»Ja«, sagte ich. Mein Mund war plötzlich wie ausgetrocknet.

»Tja, mein größtes Geheimnis ist nämlich gar nicht, dass ich bi bin.« Bee beugte sich ein wenig vor und ich neigte den Kopf zur Seite und hörte ihr zu. »Sondern dass ich in der zehnten Klasse vergewaltigt worden bin.«

»Mein Gott«, sagte ich und hielt mir die Hand vor den Mund. »Das tut mir leid.«

»Schon gut.« Sie wischte meine Mitleidsbezeugung mit einer Handbewegung zur Seite und fotografierte mich ein paarmal hintereinander. »Ist kein … ich meine, natürlich war's ein Riesenproblem. Ich musste eine Therapie machen und all den Scheiß. Aber deshalb bin ich nicht so, wie ich heute bin. Und außerdem ist das noch gar nicht das Geheimnis.« Sie ging ein paar Schritte zurück und kniete sich hin, ohne die Kamera von mir zu wenden. »Das eigentliche Geheimnis kommt erst noch.«

Ich nickte und sah in die Ferne, wo der Wind in sanften Wellen über das Gras strich. Ich dachte, Bee würde es vielleicht leichter fallen, über ihr Geheimnis zu sprechen, wenn ich sie dabei nicht ansah.

»Der Typ, der es getan hat, war einer aus der Oberstufe in einer der Privatschulen in Knoxville. Seinem Dad gehören fünfundsiebzig Prozent in diesem Scheißkaff, weshalb der Kerl da auch zur Schule ging. Natürlich wollte meine Familie, dass ich es der Polizei melde. Sie regten sich wahnsinnig auf, weil ich mich nicht dazu entschließen konnte. Aber … da mich ohnehin seit der Sechsten alle eine Schlampe nannten, nur weil ich das Pech hatte, als Allererste Brüste zu bekommen, und die Familie dieses Scheißkerls so viel Kohle hatte, dass es sowieso nichts gebracht hätte, und weil ich außerdem die ganze Sache hinter mir lassen wollte, machte ich eine Therapie, kam darüber hinweg und lebte weiter.«

»Und dann?« Am liebsten wäre ich auf sie zugegangen und hätte sie in den Arm genommen. Aber ich spürte, dass ihre Geschichte noch nicht zu Ende war, und blieb sitzen.

»Zwei Jahre später wurde er verhaftet«, sagte sie mit brüchiger, distanziert klingender Stimme. »Er hatte nach mir noch vier weitere Mädchen vergewaltigt. Eine von ihnen war erst verfluchte zwölf Jahre alt.« Sie ließ die Kamera sinken und rieb sich die Augen. »Die Vergewaltigung konnte ich irgendwie wegstecken, meistens zumindest. Ich denke eigentlich kaum noch daran. Aber wenn ich damals mit der Wahrheit rausgerückt wäre … gut, ins Gefängnis wäre er vielleicht nicht gekommen, aber sie hätten es in allen Nachrichten gebracht, und die Mädchen und ihre Eltern hätten vielleicht verhindern können, was danach geschah. Darüber komme ich viel schwerer hinweg.« Sie biss sich auf die Lippen und hob langsam die Kamera wieder an. »*Dabei* hat mir die Therapie nicht wirklich geholfen.«

»Bee«, sagte ich leise.

Die Kamera klickte bestimmt ein halbes Dutzend Mal hintereinander. Bees Hände zitterten. Ich hätte sie so gern getröstet, wusste aber nichts zu sagen. Alles, was mir einfiel, kam mir schal vor. Ich wollte etwas tun, das echt war und ihr bewies, dass sie mir zu Recht vertraute und dass auch ich ihr traute. Nur eines kam mir in den Sinn.

»Letztes Mal, als wir das Ehrlichkeitsspiel gespielt haben, war ich kurz davor, dir etwas zu erzählen«, sagte ich leise.

»Soso.« Bees Stimme klang immer noch ein wenig aufgewühlt.

»Nein, im Ernst«, sagte ich und hob die Augenbrauen, um meinen Worten Nachdruck zu verleihen. Die Kamera klickte unermüdlich weiter. »Wirklich. Ohne Scheiß. Und es geht nicht darum, dass es mir peinlich ist oder ich mir Sorgen mache, was die Leute von mir denken. Es geht um einiges mehr.« Bee sah vom Sucher auf und blinzelte. »Wenn du irgendjemandem verrätst, was ich dir jetzt erzähle, bin ich erledigt.«

»Ich verrate es niemandem«, sagte Bee leise. So ernsthaft hatte ich sie noch nie erlebt.

»Versprochen?«

»Versprochen.«

»Okay«, sagte ich und blickte auf das im Wind wehende, schon spröde Gras, das sich endgültig in das Unausweichliche des Winters fügte. Ich atmete die kühle Luft durch die Nase ein und stieß sie langsam durch die Zähne wieder aus. Noch konnte ich zurück. Aber ich tat es nicht. »Ich bin transsexuell.«

Einen Augenblick lang war es still. Dann sagte Bee: »Erlaubst du mir, dass ich noch ein paar mehr Fotos mache? Ich möchte dich danach gern einiges fragen, aber gerade ist mir dein Gesichtsausdruck sehr wichtig und ich will ihn auf keinen Fall verlieren.«

Ich nickte. Die Kamera klickte noch schneller, dann schwieg

sie plötzlich und Bee ließ sie sinken. Sie starrte mich an und ich spürte, wie eine warme Welle durch meinen Körper lief. »So jemanden wie dich hab ich noch nie getroffen«, sagte sie.

»Das haben die meisten Leute nicht.« Ich wunderte mich selbst, dass meine Stimme nicht viel stärker zitterte. Ich warf einen Blick auf meine Hände, aber auch sie lagen relativ ruhig in meinem Schoß. »Zumindest ist es ihnen nicht bewusst.«

»Okay«, sagte Bee und nickte langsam. »Ich habe … was ist das Wort dafür? Transgender-Leute?«

»Transsexuelle ist das beste Wort dafür«, erwiderte ich beinahe flüsternd.

»Ich habe Transsexuelle in Filmen und TV-Shows gesehen, aber angesichts dessen, wie realitätsfern und beschissen sich Bisexuelle oft verhalten, gehe ich mal davon aus, dass ich keine Ahnung habe. Was darf ich also fragen und was nicht?«

»Stell mir keine Fragen über meine Genitalien«, sagte ich. Ich raffte meinen Rock zwischen den Knien zusammen und sah nach oben in die Wolken. »Tu's einfach nicht.«

»Unwichtig«, sagte Bee und zuckte mit den Achseln.

»Danke.« Ich biss mir auf die Lippen. »Auch nicht über die Operationen. Und frag mich nicht, wie ich mal hieß. Das wär so ziemlich alles.«

»Okay«, sagte Bee. Sie legte die Kamera zur Seite, faltete den Riemen sorgfältig zusammen und starrte auf einen Punkt hinter dem Gehäuse. »Du hättest es mir nicht erzählen müssen.«

»Ich wollte es aber.« Ich ließ meinen Rock los und musste zu meiner eigenen Überraschung lächeln. »Ich wollte es unbedingt.«

»Übrigens, vorhin, da hab ich dich nur verarscht«, sagte Bee. »Von wegen verstopfter Roboter und so.« Sie rieb sich den Nacken und ich war mir fast sicher, dass sie rot wurde, aber dann drehte sie sich hastig um, um etwas vom Boden aufzuheben.

»Hab ich mir schon gedacht«, sagte ich und musste noch mehr lächeln. Bee so wehrlos zu erleben war fast so merkwürdig für mich wie eine Gefühlsregung bei meinem Vater.

»Aber du weißt schon, dass du ganz wunderbar bist, oder?«, sagte sie, hängte sich die Tasche über die Schulter und drehte sich wieder zu mir um. Die Röte auf ihren Wangen – falls sie denn wirklich errötet war – war jetzt verschwunden. Ich steckte meine Chemiehausaufgabe ein und wir standen beide auf.

»Danke. Und was den anderen Mädchen da passiert ist – das war nicht deine Schuld!« Ich tat, was ich schon vorher hatte tun wollen, ging auf sie zu und nahm sie in die Arme. Lange standen wir eng umschlungen da, länger vielleicht, als ich es je mit jemand anderem erlebt hatte.

»Bee, ich bin sehr froh, dass wir uns kennengelernt haben.«

»Ich auch.«

OKTOBER, SECHS JAHRE VORHER

Am Montag nach unserem Übernachtungswochenende hielt Marcus mir keinen Platz im Bus frei.

Da wir auch sonst nicht immer nebeneinandersaßen, machte es mir nichts aus; er war so nett und clever und hatte viele

Freunde, mit denen er sich oft und gerne traf. Das war der eigentliche Grund, weshalb mir unsere Freundschaft so viel bedeutete – er hätte mit jedem befreundet sein können, wollte aber eben auch mit mir zusammen sein. Unsere Freundschaft war für mich mit das Beste gewesen, was ich in der siebten Klasse erlebt hatte, wenn nicht sogar das einzig Gute. Aber als ich jetzt im Bus saß und auf seinen Hinterkopf starrte, wusste ich, dass etwas nicht in Ordnung war. In Mathe hatte er mich nicht mal angesehen, und als ich ihn nach dem Unterricht abfangen und fragen wollte, ob wir nächstes Wochenende wieder was zusammen unternehmen wollten, sah er einfach weg und ging schneller. Irgendetwas stimmte nicht.

Während die sanften Hügel hinter dem Busfenster in perfekt gepflegte Rasenflächen übergingen, starrte ich vor mich hin und überlegte, womit ich ihn verärgert haben könnte. Er stieg immer an derselben Haltestelle aus wie ich und ich wollte noch mal versuchen, mit ihm zu sprechen, sobald wir alleine waren.

Ich stand schon, bevor der Bus hielt. Marcus sprang auf den Gehweg, blieb stehen und starrte mich schweigend an, während der Bus rumpelnd davonfuhr.

»Hey«, sagte ich unsicher. »Na, wie war dein Tag so?«

»Ich will nicht mit dir reden«, erwiderte er mit finsterem Gesicht, ohne mich dabei anzusehen. Er packte den Riemen an seinem Rucksack und wollte gehen.

»Hab ich was falsch gemacht?« Ich hasste mich dafür, dass ich so jämmerlich und so verzweifelt klang. Aber ich musste es einfach wissen.

Marcus stellte seinen Rucksack auf dem Boden ab und zog ein zerknicktes schwarzes Notizbuch daraus hervor.

»Das ist ja mein Tagebuch!« Blankes Entsetzen packte mich.

»Jungen haben so was nicht, du Schwuchtel«, sagte er mit leiser, bedrohlich klingender Stimme und fing an, mir aus dem aufgeschlagenen Buch vorzulesen. *»Bin so froh, dass ich noch nicht in der Pubertät bin. Vielleicht habe ich ja Glück und sie kommt nie oder alles läuft ganz anders und ich werde danach eine Frau, so wie es eigentlich sein sollte. Ich glaube es zwar nicht, aber zumindest kann ich davon träumen.«*

»Hör auf«, sagte ich und sah mich um, ob jemand in der Nähe war. »Bitte hör auf.«

»Marcus ist umwerfend«, las er etwas leiser weiter. Er sah mich mit zusammengezogenen Augenbrauen an. *»Ich wünschte, es würde mehr zwischen uns passieren, wenn wir zusammen übernachten, aber allein in seiner Nähe zu sein, ist schon schön.«*

Marcus blätterte weiter. Ich rannte auf ihn zu und versuchte, ihm das Tagebuch aus den Händen zu reißen. Er rang einen Moment mit mir, dann boxte er mich in den Bauch. Ich würgte, ohne einen Laut von mir zu geben, fiel vor ihm auf die Knie und hielt mir meinen schmerzenden Leib. *»Vielleicht werde ich ja eines Tages ein Mädchen, und dann merkt er, was ich für ihn empfinde, und empfindet vielleicht das Gleiche für mich.«* Er blätterte weiter. Ich stand nicht wieder auf, weil ich spürte, wie mir die Tränen aus den geschlossenen Augen rannen.

»Aber es ist nicht mal, weil er so cool ist«, las Marcus weiter. *»Sondern weil er so wahnsinnig nett ist.«* Hier stockte er. »Den Teil hab ich noch nicht gelesen.« Er schwieg einen Moment und fuhr dann fort. *»Er ist so klug und witzig und nie gemein zu anderen.«* Marcus' Stimme war jetzt leiser geworden, er

flüsterte beinahe. *»Noch nie ist jemand so nett zu mir gewesen. Vielleicht ist ja die Welt doch nicht so schlecht, weil es ihn gibt.«*

»Oh Gott«, sagte ich und wiegte mich mitten auf dem Gehweg mit dem Oberkörper hin und her. »Entschuldige, bitte entschuldige. Es tut mir so leid.«

»*Was* bist du eigentlich?«, fragte er. Er wich vor mir zurück. Ich konnte ihm nicht in die Augen sehen. Ich starrte auf die Risse im Bürgersteig und schüttelte langsam den Kopf.

»Ich weiß nicht«, sagte ich. »Ich weiß es nicht.«

»Was immer du bist, wag dich ja nie mehr in meine Nähe«, sagte er, schmiss mir das Tagebuch vor die Füße und ging davon.

KAPITEL 20

Virginia kam zu spät.

Ich saß an der Theke des Sartoris, las *Absalom, Absalom!* für die Schule und überlegte, welcher der Charaktere mich am meisten anwiderte. Die Bedienung füllte meine Cola light nach und ich checkte zum x-ten Mal meine Nachrichten, da Virginia mir eine Stunde zuvor geschrieben hatte, dass sie in der Nähe von Lambertville sei und mich sehen wollte.

Wo steckst du denn?, tippte ich in mein Handy.

Biege gerade auf den Parkplatz vom Diner ab, antwortete sie. *Sorry, GPS bringt in der Provinz nicht viel.*

Ich drehte mich im gleichen Moment zum Fenster um, als ihr Bronco vor dem Diner hielt. Die Türglocke läutete, als sie hereinkam. Ich lief auf sie zu und schlang schon die Arme um sie, ehe die Tür wieder zufiel.

»Immer mit der Ruhe, Mädel«, sagte sie lachend und schob mich halbherzig von sich. »Mein Gott, du scheinst ja regelrecht ausgehungert nach Gesellschaft zu sein.«

»Das ist es nicht«, erwiderte ich, trat einen Schritt zurück und wippte auf den Zehen. »Ich hab schon eine ganze Menge

Freunde hier.« Sie hob erstaunt die Augenbrauen. »Aber ich hab *dich* vermisst.«

»Geht mir genauso, Kleines«, sagte sie lächelnd, als wir uns an die Theke setzten. »Wir haben uns alle schreckliche Sorgen um dich gemacht.«

»Wie geht's den andern denn?« Die Bedienung kam auf uns zu und wir unterbrachen unser Gespräch. Ich bestellte eine Waffel, Virginia einen Teller Bratkartoffeln.

»Alles beim Alten.« Virginia verdrehte die Augen und trank einen Schluck Wasser. »Hab ich zumindest gehört. Ich bin nämlich schon fast so lange in Knoxville wie du hier.«

»Wie das?«

»Zuerst nur wegen eines Tinder-Dates.« Ich wandte schnell den Blick ab und sie lachte. »Wie prüde du bist! Jedenfalls stellte sich heraus, dass er einer der vermutlich fünf einzigen Typen auf diesem Planeten ist, die bereit sind, sich mit Transfrauen zu verabreden, ohne sich dann wie Arschlöcher zu verhalten.« Mein Herz fing plötzlich an zu rasen und ich warf einen nervösen Blick auf die Bedienung und den Koch, um zu sehen, ob sie Virginia gehört hatten. Aber der Koch kratzte gerade den Fettbelag vom Grill und die Bedienung schnitt Zitronen auf. »Was ist?«, wollte Virginia wissen und wedelte mit der Hand vor meinem Gesicht.

»Nichts.« Ich konzentrierte mich wieder auf meine Waffel, aber der Appetit war mir vergangen.

»Ich kenne dich kleine Neurotikerin jetzt lange genug und weiß, wenn bei dir was nicht stimmt.«

»Es ist nur …« Ich unterbrach mich und holte Luft. Ich kam mir wie die schlechteste Freundin der Welt vor, aber sie wollte es ja wissen. »Es ist nur … ich versuche, es geheim zu halten.«

»Ach so«, sagte Virginia. Sie spritzte scharfe Sauce über ihre Bratkartoffeln und zuckte mit den Achseln. »Verstehe. Ich werde das T-Wort nicht wieder in den Mund nehmen.«

»Okay.« Ich zwang mich zu einem Lächeln. »Danke.«

»Kein Thema. Jedenfalls, der Typ war cool, aber es hat trotzdem nicht hingehauen.«

»Und warum nicht?« Ich streckte den Rücken und sah sie wieder an.

»Er meinte, er käme zwar damit klar, dass ich bin … wie ich bin, aber er wolle irgendwann Familie haben, und da ich das nicht bieten kann, schien mir die Sache aussichtslos zu sein.«

»Oh weh«, sagte ich. Bei der Vorstellung, dass ein erwachsener Grant das Gleiche zu mir sagen könnte, wurde mir ganz übel.

»Was soll's. So ist es nun mal. Wie läuft's denn so mit deinem Typen?«

»Gut«, sagte ich und rieb mir den Arm. »Wir hatten zum ersten Mal so was wie einen Streit, aber wir haben's wieder hingekriegt und seitdem läuft es richtig gut.«

»Schön!«

Ich sah sie an und holte tief Luft. »Meinst du, ich soll es ihm sagen?«

»Auf keinen Fall!« Sie hob eine Augenbraue und rückte ein Stück von mir ab. »Warum solltest du?«

»Ich weiß nicht.« Ich rümpfte die Nase und seufzte. »Vielleicht sollte er wissen, wer ich bin …«

»Du bist es ihm nicht schuldig, falls du *das* glaubst. Du bist ein Mädchen, bist immer eins gewesen, du hast im genetischen Lotto gewonnen und er muss es nie erfahren, es sei denn, er sieht aus irgendeinem Grund mal deine Geburtsurkunde.«

»Oder will heiraten und eine Familie gründen«, sagte ich und stieß mit meinem Strohhalm gegen die klirrenden Eiswürfel in meinem inzwischen leeren Glas. »Aber darum geht es mir gar nicht.«

»Du bist erst achtzehn«, sagte Virginia mit vollem Mund und zeigte mit ihrer Gabel auf mich, um ihren Worten mehr Gewicht zu geben. »Und du solltest jetzt erstmals in deinem Leben Spaß haben und nicht davon träumen, dich mit Mr Right irgendwo häuslich niederzulassen.«

»Wie auch immer!« Ich warf die Haare zurück und streckte Virginia die Zunge raus. »Ich mag ihn sehr … vielleicht liebe ich ihn sogar.« Virginia verdrehte die Augen, was ich geflissentlich übersah. »Und offensichtlich ist das nicht alles, aber … *so zu sein, wie ich jetzt bin,* ist enorm wichtig für mich. Es ist einfach, so zu tun, als ob ich keine Vergangenheit hätte, aber irgendwie habe ich immer das Gefühl, als wäre da eine Mauer um mein Herz, die verhindert, dass ich mich wirklich auf ihn einlasse.«

»Du weißt aber auch, dass wir nicht grundlos Mauern bauen, oder?«, bemerkte sie, während sie sich sorgfältig die scharfe Sauce von den Fingern wischte. »Sie geben uns Sicherheit und sorgen dafür, dass nicht alles auseinanderbricht.« Ich wollte etwas erwidern, aber sie hob die Hand. »Das ist nur meine Meinung. Fang damit an, was du willst.«

»Na schön.« Ich winkte der Bedienung, um zu zahlen. »Wie lange bist du noch in der Stadt?«

»Liegt ganz bei mir«, sagte Virginia achselzuckend, während sie nach ihrer Brieftasche kramte. »Was läuft denn heute Abend so? Sollen wir mal deine Freunde anrufen?«

»Oh.« Ich erstarrte. Ich musterte Virginia und sah mit einem Mal zwei ganz verschiedene Personen vor mir. Die eine war der wunderschöne, statuengleiche Engel, der mich während der schwierigsten Stadien meiner Geschlechtsumwandlung begleitet und unterstützt hatte. Die andere war eine Frau, deren Kiefer eine Spur zu kräftig, deren Stirn eine Spur zu hoch, deren Schultern eine Spur zu breit und deren Hände eine Spur zu groß waren. Ich kam mir wie ein undankbares Miststück vor, aber eine kleine, gehässige Stimme rief mir zu, dass meine Freunde, sollten sie mich mit Virginia sehen und dahinterkommen, dass sie transsexuell war, auch mich verdächtigen könnten.

»Was ist?« Virginia blickte hinter sich, dann sah sie mich an, straffte die Schultern und knabberte an ihrem Fingernagel. Als keine Antwort von mir kam, wurde ihre Miene finster. »Oh«, sagte sie schließlich. »Oh, ich verstehe. Amanda, hey, guck nicht so schuldbewusst. Es ist okay, wenn du nicht willst, dass ich deine Freunde treffe. Auf meine Gefühle musst du keine Rücksicht nehmen.«

»Nein!« Ich schüttelte den Kopf und schloss die Augen. »Ich meine … doch! Es ist schwierig, aber …« Ich verstummte, weil ich verwirrt war und es wehtat. Virginia bedeutete mir seit Langem schon so viel und natürlich wollte ich, dass sie auch die Menschen kennenlernte, die hier in Lambertville immer wichtiger für mich wurden. Da kam mir plötzlich eine Idee und ich zog mein Handy aus der Hosentasche. »Es gibt da jemanden, den ich dir vorstellen möchte«, sagte ich mit einem Lächeln.

*

»Und was macht man hier in der Gegend so, wenn man Spaß haben will?«, fragte Virginia, als wir aus Bees Einfahrt fuhren.

»Meist Meth«, erwiderte Bee von der Rückbank. Ich drehte mich zu ihr um und sah, wie sie in ihrer Tasche kramte. »Was dagegen, wenn ich eine rauche?«

»Weiß nicht so recht.« Virginia griff nach einem der herunterhängenden Streifen der verschlissenen Innenverkleidung ihres Wagens. »Ich möchte auf keinen Fall, dass der Rauchgeruch zum Wertverlust meines Autos beiträgt.«

Bee musste so lachen, dass ihre noch unangezündete Zigarette in hohem Bogen in den vorderen Teil des Wagens flog.

»Die gefällt mir!«, sagte sie. Sie beugte sich vor, um die Zigarette aus der Becherhalterung zu fischen, in der sie gelandet war. »Wie heißt du gleich wieder?«

»Virginia.«

»Und woher kennt ihr euch?«

»Virginia ist meine Trans-Mentorin«, erwiderte ich.

Virginia hob eine Augenbraue. »Ich dachte, du wolltest es geheim halten?«

»Bee ist die Einzige, die es weiß«, erklärte ich.

Virginia sah lange in den Rückspiegel, dann auf die Straße, dann wieder zu mir.

Sie schien etwas abzuwägen, sagte aber nichts mehr.

»Wohin entführt ihr Mädels mich denn nun?«, fragte Bee und schnippte die Asche ihrer Zigarette aus dem Fenster.

Virginia zögerte nicht lang. »In eine Schwulenbar namens Mirages in Chattanooga.« Sie grinste in den Rückspiegel.

»Hey! Cool!«, rief Bee und klopfte mit der Hand auf die Rückbank. »Sind alle deine Transfreunde so abgefahren wie sie?«

»Nein!«, erwiderte ich vergnügt. »Virginia ist was ganz Besonderes.«

Die Meilen auf der Autobahn flogen nur so dahin, Virginia stellte genau die richtigen Fragen und brachte Bee zum Lachen. Ich musste lächeln. Sie war wirklich etwas ganz Besonderes – sie war die Schwester, die ich nie gehabt, und das wachsame Auge, das mich beschützt hatte, und ich hasste mich dafür, je an ihrer Schönheit gezweifelt zu haben. Ich dachte daran, dass jeder Mensch zwei Seelen in seiner Brust haben konnte und wie schwierig es manchmal war, sein Inneres und Äußeres in Einklang zu bringen.

Bee und Virginia unterhielten sich angeregt über ihre Collegepläne, frühere Beziehungen und diverse Ausschweifungen.

»Ich bin froh, dass ihr beiden euch so gut versteht«, sagte ich nach einer Weile lächelnd. Ich hatte etwas gebraucht, um meinen Gefühlen auf die Schliche zu kommen, aber jetzt begriff ich es: Die beiden Seelen in meiner Brust hatten zusammengefunden. Und es fühlte sich echt an. »Tut mir leid, dass ich so still bin«, sagte ich. »Aber ich bin einfach … glücklich. Und ich hätte nie gedacht, dass ich das noch mal erleben würde.«

Virginia warf mir ein warmes, weises Lächeln zu. »Erleben kannst du alles«, sagte sie, »du musst nur daran glauben, dass du es verdienst.«

KAPITEL 21

Ich saß mit meinem Laptop und einem Glas Süßtee auf dem Balkon, genoss das frische Herbstwetter und laborierte an den Überresten meines Katers herum, während ich mich vergebens damit abquälte, einen Essay über *Absolom* zu schreiben. Es war am Abend zuvor spät geworden und Virginia war heute Morgen schon früh aufgebrochen, noch ehe Dad wach war. Einerseits hätte es mir gefallen, wenn die beiden sich kennengelernt hätten, andererseits war ich froh, dass es sich nicht ergeben hatte. Der Abend mit Bee war cool gewesen, aber nicht jeder war so wie sie.

Ich nippte an meinem Tee und starrte auf das leere Word-Dokument auf dem Bildschirm. Die Sonne ging gerade unter und warf einen orangefarbenen Schimmer über den Parkplatz unter mir und den dahinterliegenden Wald. Ich dachte an die Zikaden, die nun schon so lange von der Bildfläche verschwunden waren, und lauschte dem Säuseln und Rauschen des Windes, das an die Stelle ihres zirpenden Gesangs getreten war. Grants Schicht im Krystal endete in etwas mehr als einer Stunde. Der Gedanke, der schon seit Wochen in mir brodelte, drang wieder einmal ungebeten an die Oberfläche: *Was wäre, wenn ich Grant die Wahrheit sagte?*

»Unmöglich«, sagte ich vor mich hin. Bee hatte ich die Wahrheit sagen können, weil ich mich von der Situation hatte hinreißen lassen und weil ich wusste, dass sie versuchen würde, mich zu verstehen, auch wenn es ihr nicht leichtfiel. Aber Grant? War es verrückt, ihm alles sagen zu wollen? War es verrückt, zu meinen, dass ich ihn nicht mehr sehen könne, wenn ich es nicht wenigstens versuchte? Ich setzte mich gerade hin, atmete tief ein und blickte auf das leere Word-Dokument, das nach wie vor auf mich wartete. Der Cursor blinkte unaufhörlich, wie ein Versprechen oder eine Drohung.

Dann schrieb ich: *Lieber Grant. Das ist meine Lebensgeschichte. Als ich vor achtzehn Jahren geboren wurde, gaben mir meine Eltern den Namen Andrew Hardy und die Ärzte schrieben ›männlich‹ in meine Geburtsurkunde. Sie hatten keine Ahnung, zu wem ich eines Tages heranwachsen würde.*

*

Ich saß in Daddys Wagen auf dem Personalparkplatz hinter dem Krystal und hatte Bauchkrämpfe. Seit einer Stunde wartete ich hier, aber genauso gut hätten es zehn Stunden oder fünf Minuten sein können. Der Briefumschlag in meiner Hand war dick und an den Ecken schon zerknittert, weil ich die ganze Zeit an ihm herumfingerte.

Innen steckte ein Brief, in dem alles über mich stand: mein Geburtsname, mein Selbstmordversuch, wie lange ich Hormone eingenommen und welche Wirkung sie gehabt hatten, wie ich damals im Waschraum tätlich angegriffen worden war, wie dieser Zwischenfall mich in Grants Leben katapultiert und schließlich dorthin geführt hatte, wo ich heute war. Alles eben.

Die Tür des Hintereingangs öffnete sich jetzt und Licht fiel rautenförmig auf das Pflaster. Ich umklammerte den Umschlag noch fester.

»Nacht, Greg«, hörte ich Grant sagen und sah die Schweißflecken auf seinem Rücken. Ich erinnerte mich daran, wie er an unserem ersten Abend ohne Hemd ausgesehen hatte und immer nach Erde, Salz und etwas anderem, Undefinierbarem roch, wenn er schwitzte.

»Hallo!«, rief ich. Er atmete einmal tief ein und blieb stehen und ich sah seine Augen im Scheinwerferlicht eines vorbeifahrenden Autos funkeln. Ich öffnete die Fahrertür, damit sich die Innenbeleuchtung einschaltete und er mich erkennen konnte, und winkte ihm zu. Dann stieg ich aus, kam mir entsetzlich schlaksig und tollpatschig vor, während ich durch das Dunkel auf ihn zuging, und drückte ihm sanft den Umschlag an die Brust.

»Du hast mir einiges von dir anvertraut, jetzt möchte ich dir etwas von mir anvertrauen«, sagte ich leise.

»Danke.« Ich sah, wie sich die Umrisse seines Kopfes senkten und hoben. »Was ist das?«

»Alles«, sagte ich mit trockenem Mund und trockener Kehle. »Alles, was ich dir immer schon hätte sagen müssen, aber wozu mir der Mut gefehlt hat. All die Dinge, die für das Ehrlichkeitsspiel zu gewichtig sind.« Wir schwiegen beide. »Schon mal im Voraus … ich möchte, dass du weißt: Falls du es mir übel nimmst, dass ich die Dinge einfach habe laufen lassen, nur um mit dir zusammen zu sein … tut mir das leid und ich kann es verstehen.«

Lange stand er da, ohne dass ich im Dunkeln in seinen Augen hätte lesen können. Mein Herz fing wieder einmal an zu rasen und mir wurde schlecht, weshalb ich mich auf das Pflaster unter uns konzentrierte und die unzähligen Risse darin verfolgte. Als ich wieder aufsah, war Grant gegangen. Einen grauenhaften Moment lang hämmerte mein Herz wie wild, aber dann sah ich ihn mit dem noch ungeöffneten Umschlag und einem Metalleimer aus dem Haus kommen.

Die kleine Flamme eines Butanfeuerzeugs flackerte auf. Ihr orangefarbener Schein loderte hell, als Grant das Feuerzeug an den Umschlag hielt und er in Brand geriet. Ich rang nach Luft, wollte ihn fragen, was er da tat, aber da ließ er den Umschlag schon in den Eimer fallen und beide wurden wir in das warme Licht der Flamme getaucht. Ich spürte, wie mir die Tränen kamen, bis ich ihn ansah und merkte, dass er lächelte.

»Ich werde nie bereuen, dass wir zusammen sind«, sagte er und griff nach meiner Hand. »Und egal, was geschieht, ich könnte dich niemals hassen.«

»Aber …«

»Ich habe es nie wirklich wissen wollen«, sagte er kopfschüttelnd. »Ich wollte nur spüren, dass du dazu bereit bist, es mir zu sagen. Das hast du mir heute Abend bewiesen und mehr ist nicht nötig.«

Er zog mich um den brennenden Eimer herum zu sich heran und umarmte mich so innig wie nie zuvor und sein Kuss brannte so heiß auf meinen Lippen wie das lodernde Feuer neben uns.

SECHS MONATE VORHER

Nachdem ich die Dilatation hinter mich gebracht hatte, nahm ich eine Hydrocodon. Der gesamte Bereich zwischen Oberschenkeln und Hüften fühlte sich an, als wäre er durch einen Häcksler gejagt worden, das Dilatationsritual war eine demütigende Pflicht und die Schmerztabletten erinnerten mich an meinen Selbstmordversuch – und trotzdem hätte ich nicht glücklicher sein können. Endlich war ich auch äußerlich ein Mädchen; nichts trennte mich mehr von meinem Körper. Die Tabletten fingen an zu wirken, trotzdem zuckte ich vor Schmerz zusammen, als ich die Beine vom Bett hob und langsam in den Flur hinausschlurfte. Auf halbem Weg zum Bad blieb ich stehen, weil ich am anderen Ende des Flurs leises Weinen hörte. Ich ging ins Arbeitszimmer und sah Mom, die neben einer Lampe mit trübem Licht auf dem Boden kauerte, umgeben von lauter aufgeschlagenen Fotoalben.

»Mom?« Sie fuhr zusammen und gab einen kleinen Schrei von sich, legte eine Hand auf ihr Herz und schloss die Augen, als sie sah, dass ich es war. »Was ist denn?«

»Nichts.« Sie schüttelte den Kopf und wischte sich die Nase an ihrem Ärmel ab. »Ich ordne nur noch unsere Fotos, bevor ich schlafen gehe. Jetzt aber wieder ab ins Bett mit dir, du musst dich ausruhen.«

»Nein.« Obwohl ich mich ganz langsam auf die Knie niederließ, zuckte ich zusammen. Mom sah aus, als würde sie die Alben am liebsten auf der Stelle zuklappen, aber sie ließ sie liegen, wie sie waren. In einem davon sah ich Fotos von Mom,

Dad und mir im Alter von drei oder vier Jahren. Wir waren an einem Strand und ich lief glücklich durch Scharen von Möwen und kreischte vor Wonne auf, weil ich den Wellen entkam, die mir damals so riesig erschienen. Ein anderes Foto zeigte mich als Vorschulkind mit wirren Löckchen und zahnlosem Lächeln. Auch auf den Fotos in den anderen Alben war immer ich zu sehen; als Gewinner eines Buchstabierwettbewerbs; am Ende der Grundschule; an dem Tag, an dem wir Dad verließen und ich verstört auf Rock City und die Ruby Falls in Chattanooga blickte, und schließlich auf den letzten Aufnahmen, auf denen ich noch wie ein Junge aussah.

»Ich vermisse ihn so«, flüsterte Mom, ohne mich anzusehen.

»Dad?«

»Nein.« Ich hörte, wie sie schluckte. Eine Träne lief ihr über die Wange, aber es kamen keine weiteren. »Nein, ich vermisse meinen Sohn.«

»Oh!« Ich ließ das Album sinken, das ich gerade in der Hand hielt. »Oh.«

»Entschuldige.« Mom schüttelte rasch den Kopf und schluckte wieder. »Es tut mir leid. Wirklich. Ich dachte, du schläfst schon.«

»Aber ich bin doch immer noch ich«, sagte ich und versuchte, ihren Blick auf mich zu lenken.

»So einfach ist das nicht.« Sie öffnete ihre feuchten Augen und sah mich endlich wieder an. »Ich weiß, ich sollte jetzt das Gegenteil sagen, aber es wäre nicht ehrlich. Du siehst anders aus, du verhältst dich anders, du hörst dich anders an, deine Hände fühlen sich anders an. Herrgott noch mal, du *riechst* sogar anders. Weißt du, wie wichtig Gerüche sein können? Wie sich der Geruch des Babys in deinem Arm für alle Zeiten in deinem Kopf einnistet?«

Ich ballte die Finger in meinem Schoß zur Faust. »Warum hast du mir das alles nie gesagt?«

»Du hast versucht, dir das Leben zu nehmen.« Sie sah an die Decke und biss sich auf den Fingerknöchel. »Andrew Hardy war so oder so dazu bestimmt zu sterben, und es gab nur zwei Alternativen: Die eine schenkte mir eine Tochter als Ersatz, die andere hätte mir mein Kind genommen.«

»So habe ich das nie gesehen«, begann ich. »Ich habe nie darüber …«

»Es ist auch nicht deine Aufgabe, deine Eltern zu trösten.« Sie schüttelte den Kopf. »Jedenfalls so lange nicht, bis *ich* jemanden brauche, der mir die Windeln wechselt.« Sie fing an, die Alben nacheinander zuzuklappen. »Es ist ja nicht das erste Mal, dass ich meinem Baby nachweine.« Sie holte zitternd Luft.

»Wie meinst du das?« Ich wollte ihr helfen, die Alben ins Regal zurückzustellen, aber sie gab mir einen Klaps auf die Finger und tat es schnell selbst.

»Keinerlei anstrengende Aktivitäten!«, ermahnte sie mich, ließ sich in einen dicken Polstersessel neben dem Bücherregal sinken und schloss wieder die Augen. »Als du ein Jahr alt warst, habe ich mir deine Babyfotos angesehen und musste weinen. Als du drei Jahre alt warst, habe ich mir die Fotos angesehen, auf denen du eins warst, und musste weinen. Als du in den Kindergarten kamst, habe ich mich an deine Babyzeit zurückerinnert und musste wieder weinen. Kinder wachsen und verändern sich ständig; von einem Augenblick zum andern werden sie zu jemand Neuem und das Kind, das du eben noch zu haben glaubtest, ist nur noch eine Erinnerung.« Sie rieb sich die Augen und seufzte. »In fünf Jahren wirst du eine erwachsene Frau mit Collegeabschluss sein und dann werde ich mir deine Fotos von heute anschauen und meiner Teenager-Tochter nachweinen.«

»Dann muss ich also kein schlechtes Gewissen haben?«

»Doch, natürlich!«, sagte sie mit einem breiten Grinsen. »Du hast ja keine Ahnung, was du mir angetan hast! Ausgesaugt hast du mich! Angefangen von den Wehenschmerzen über die Schwangerschaftsstreifen bis hin zu dem Darlehen, das ich für deine Operation aufnehmen musste.«

»Eines Tages mache ich das alles wieder gut«, sagte ich mit Entschiedenheit, während ich mich am Bücherregal abstützte, um vom Boden aufzustehen.

»Wenn du einmal reich und berühmt bist?« Sie lächelte jetzt.

»Genau«, sagte ich schon im Gehen. Als ich in den Flur trat, drehte ich mich noch einmal zu ihr um. »Reich auf alle Fälle. Berühmt werden wollen nur Idioten.« Vor der Badezimmertür rief ich ihr zu: »Übrigens, ich hab dich lieb!«

»Bist du etwa auf der Toilette?«, rief sie zurück. Ich antwortete nicht, aber Mom schickte mir für alle Fälle noch ein »Igitt, Amanda« hinterher.

KAPITEL 22

»Wo stecken denn Layla und Anna?« Ich hatte das Glück, dass meine Lunchpause an den meisten Tagen mit der der drei anderen Mädchen zusammenfiel und sie mir immer einen Platz an unserem Tisch freihielten. Zum ersten Mal in meinem Leben freute ich mich jedes Mal, wenn ich die Cafeteria betrat.

»Alumni-AG«, nuschelte Chloe mit vollem Krokettenmund. Sie schluckte hinunter und warf mir einen verlegenen Blick zu. »Entschuldige. Schlechte Angewohnheit.«

»Ist doch in Ordnung«, sagte ich und nahm meine Tupperdose aus der Tasche. »Ich meine, schließlich bist du ja in einer Scheune groß geworden.«

»Sei bloß still!«, sagte sie und warf mit einer Krokette nach mir. Sie prallte an meinem Schlüsselbein ab und rutschte in den Ausschnitt meines Hemds. »Hast du verdient.« Ich fischte die Krokette aus meinem BH und lachte.

Chloe rollte ein rechteckiges Stück Pizza zusammen und aß es wie einen Burrito. Dieses Mal schluckte sie allerdings erst herunter, bevor sie sagte: »Hat Grant dich eigentlich schon gefragt, ob du mit ihm zum Alumniball gehst?«

Ich stocherte in meinem Salat herum. »Nein!« Die Plakate hingen seit Wochen in der Schule und jedes Mal, wenn ich an einem vorbeikam, spürte ich kleine Nadelstiche auf meiner Haut. Grant hatte mich gern, das wusste ich genau, aber gerade deshalb verstand ich nicht, wieso er mich noch nicht gefragt hatte. All die alten, unterschwelligen Ängste rührten sich wieder. »Allmählich glaube ich schon, er will gar nicht mit mir gehen.«

»Kommt sicher bald was Besseres nach«, sagte Chloe, aber ihre Stimme klang irgendwie merkwürdig.

Ich wollte gerade etwas darauf erwidern, als sie aufsprang und laut durch die ganze Cafeteria rief: »*Hier* ist sie!« Ich drehte mich um und sah sechs Typen mit Football-Schulterpolstern und schwarz-weißen Papp-Stormtroopermasken auf mich zustürmen. Aufgrund meiner jahrelangen Mobbingerfahrung geriet ich sofort in Panik, als sie mich packten und von meinem Stuhl hochhoben.

»Ganz ruhig«, flüsterte mir einer der Jungs zu, dessen Stimme wie die von Grants Freund Rodney klang. »Ganz ruhig. Wir tun dir nichts.«

Vor uns tauchte Chloe mit einer Kamera auf und filmte die ganze Szene. Ich zwang mich dazu, entspannt zu bleiben – denn ganz offensichtlich wusste sie ja Bescheid über das, was hier abging. Zwei der Jungs nahmen mich zwischen sich, hievten mich auf ihre Schultern und trugen mich unter allgemeinem, wenn auch leicht erstauntem Gelächter aus der Cafeteria und auf die Turnhalle zu.

Dort stießen meine Geiselnehmer die große Doppeltüre mit den Füßen auf und vor mir stand Grant in einem langärmeligen weißen Hemd und schwarzer Hose mit weißen Seitenstreifen. Auf der einen Seite wurde er von einem Typen mit *Darth Vader*-Maske und billig aussehendem, schwarzem Cape flankiert, auf der anderen von einem, der das *Boba Fett*-Kostüm trug, das ich Grant nach Halloween geschenkt hatte.

»Leia!« Grant tat so, als wolle er auf mich zustürzen, werde aber von Vader und Fett daran gehindert, die ihn an beiden Armen festhielten.

»Han!«, erwiderte ich lachend, als die zu Stormtroopers mutierten Footballspieler mich vor ihm absetzten.

»Und wenn er stirbt?«, fragte Boba Fett ziemlich hölzern.

»Wenn er stirbt, wird dich das Imperium dafür entschädigen«, antwortete eine trottelig klingende, tiefe Stimme, die ich als Parkers zu erkennen glaubte, obwohl ich mir nicht sicher war. »Willst du noch letzte Worte sprechen, Solo?«

»Leia!«, rief Grant. Er versuchte sich mit theatralischer Geste von seinen Wärtern loszureißen. »Gehst du mit mir zum Alumniball?«

»Aber ja!« Ich faltete die Hände über meinem Herzen und machte einen Schritt auf ihn zu. Ich wollte schon »Ich liebe dich!« rufen, denn das wäre die nächste Dialogzeile gewesen, stockte aber. Diese Worte hatten wir noch nie zueinander gesagt, obwohl sie mir in letzter Zeit andauernd in den Sinn kamen. Stattdessen rief ich beteuernd aus: »Ich … ich mag dich! Sehr!«

»Ich weiß«, sagte Grant mit perfektem *Han Solo*-Grinsen. Ich überlegte gerade, was wohl als Nächstes geschehen würde, denn eine Karbongefrierkammer kam ja wohl kaum infrage, als die Stormtrooper Sprühdosen aus ihren Taschen zogen und Grant und mich von oben bis unten mit Luftschlangenspray besprühten.

*

Als ich mir endlich das Spray von Händen und Gesicht geschrubbt hatte, wartete Darth Vader vor dem Waschraum auf mich.

»Lord Vader«, sagte ich. »Ich hätte es wissen müssen. Nur Euch zeichnet eine solche Kühnheit aus.«

»Hmm.« Vader zog sich die Maske herunter und Parkers verwirrtes Gesicht kam zum Vorschein. »Ich weiß den nächsten Satz nicht mehr. Sorry.«

»Macht nichts«, sagte ich und zwang mich zu einem Lächeln. Parker war oft mit uns auf Partys oder gelegentlich auch mal in kleineren Gruppen mit dabei, hatte aber seit meiner ersten Zeit in Lambertville nicht mehr viel mit mir gesprochen. »Danke, dass du bei der ganzen … Chose mitgemacht hast.«

»Beim Alumniantrag?« Er verzog das Gesicht. »Denke, so nennen wir ihn ab jetzt.«

»Na ja, ›Ehemaligenballantrag‹ geht einem ja auch nicht so leicht von der Zunge«, stellte ich fest. Er kicherte und schüttelte den Kopf.

»Ganz sicher nicht.« Er blickte stirnrunzelnd auf seine Füße und rieb sich den Nacken, dann sah er mich wieder an, was ihn einige Mühe zu kosten schien. »Ich wollte dir die ganze Zeit schon sagen, dass es mir leidtut.«

»Was denn?«

»Dass ich mich auf der Party damals wie ein Idiot benommen habe.« Schnell wandte er den Blick wieder ab. »Ich hab mich damals nur so … Scheiße, egal, wie ich mich gefühlt hab. Es tut mir einfach leid.«

»Oh«, sagte ich überrascht. »Danke.«

»Kein … Problem.« Er atmete tief ein, schloss die Augen und ich fragte mich, was ihm wirklich unter den Nägeln brannte. »Kann ich dich zu deinem Klassenzimmer begleiten?«

»Klar«, sagte ich und wir gingen im Gleichschritt nebeneinander her. Eine Weile lang schwieg er, aber ich sah ihm an, wie sehr er um Worte rang.

»Ich hab da eine Frage«, sagte er schließlich.

»Leg los.«

»Was stimmt eigentlich nicht mit mir?« Seine Stimme klang ungewohnt weich.

»Ich versteh nicht ganz«, sagte ich.

»Was hat Grant an sich, das ich nicht habe?«

»Ohhhh.« Ich biss mir auf die Lippe und sah auf meine Füße. »Ich weiß nicht, was ich dazu sagen soll, Parker.«

»Liegt es nur daran, dass er dich zuerst angesprochen hat?«, fragte er mit großem Ernst. Ich zuckte mit den Schultern und sah ihn so liebevoll an, wie ich konnte. »Woran liegt es, dass Mädchen nicht auf mich stehen? Woran liegt es, dass *du* nicht auf mich stehst?«

»Na ja, bei Grant und mir hat es einfach gefunkt«, versuchte ich zu erklären, »und bei dir und mir … eben nicht. Ich weiß nicht, wie ich es dir sonst erklären soll.« Wir kamen vor meinem Klassenzimmer an und ich lehnte mich an die Wand, um ihn anzusehen. Er starrte immer noch vor sich hin und ich sah, wie seine Kiefermuskeln arbeiteten. »Macht das Sinn?«

»Ja«, meinte er schließlich. »Ja, das macht Sinn.«

Ich deutete auf das Chemielabor und sagte, da ich ohnehin bereits zu spät kam: »Ich hab da drin jetzt Unterricht.« Parker steckte die Hände in die Hosentaschen und wollte gehen. »Parker?« Er drehte sich mit erhobenen Augenbrauen zu mir um. »Ich bin froh, dass wir geredet haben.«

Er warf mir ein kleines Lächeln zu und nickte, bevor er ging.

KAPITEL 23

Es wurde Zeit, sich um ein Kleid für den Alumniball zu kümmern.

Natürlich war diese Situation neu für mich, und als ich vorschlug, uns bei Walmart danach umzusehen, löste der bloße Gedanke schon einen hysterischen Anfall bei Layla aus. Sie bestand darauf, unsere Kleider auf irgendeiner Webseite zu bestellen, aber da waren sie viel zu teuer. Schließlich einigten wir uns darauf, in die nächstgelegene Mall eine halbe Stunde südöstlich von Lambertville zu fahren, und wagten uns zu JCPenny.

Layla trug eine Kapitänsjacke und eine dunkle Jackie-O-Sonnenbrille; wahrscheinlich befürchtete sie, ihre Glaubwürdigkeit als Trendsetterin könnte infrage gestellt werden, wenn man sie zu genau sähe. In Erwartung stundenlanger Umziehorgien hatten wir anderen uns lieber an unsere Kapuzenpullis und Jeans gehalten.

»Lasst uns doch erst mal was essen«, schlug ich vor, als wir durch den Food-Court gingen.

»Meinetwegen«, stimmte Layla widerwillig zu, »aber übertreibt es nicht. Und esst bloß nichts Salziges! Wenn ihr einen Blähbauch habt, sitzen die Kleider nicht richtig und dann seht ihr beim Ball wie die Trutschen aus.«

»Ach was«, meinte Chloe und zog sich den Stuhl neben mir heran.

»Seit acht Jahren warte ich schon auf eine Gelegenheit, dich endlich mal zu einem Kleid zu überreden.« Layla sah Chloe wild entschlossen an. »Und jetzt bist du in *meiner* Welt.«

»Mir egal«, entgegnete Chloe. »Ich hol uns was bei Taco Bell.«

»*Kein Salz,* hab ich gesagt!«, schrie Layla und lief ihr eilig hinterher.

»Alles okay?«, fragte Anna, die mir gegenübersaß, mit ihrer kleinen Piepsstimme.

»Ähem, ja.« Seit dem Vorfall auf der Damentoilette damals hielt ich mich erstmalig wieder in einer Mall auf und versuchte, die Gedanken daran zu verscheuchen. »Ehrlich gesagt freue ich mich richtig.« Das war nicht *völlig* gelogen; schließlich war ich mit meinen Freundinnen hier, um ein Kleid für einen Ball mit meinem Freund zu kaufen. Ich hatte mich tatsächlich schon die ganze Fahrt über gefreut und würde es bestimmt auch gleich wieder tun, wenn wir erst mal im Laden waren. »Und du?«

»Bisschen nervös.« Anna wickelte eine Haarsträhne um ihren Finger und verzog besorgt das Gesicht.

»Deine Eltern?«

»Ja. Ich hab ein Jahr lang das Mittagessen ausgelassen und alles Geld gespart, das sie mir dafür geben, ohne dass sie es mitgekriegt haben. Und jetzt habe ich ein schlechtes Gewissen.«

Deine Eltern sind Idioten und verdienen dich gar nicht, hätte ich am liebsten erwidert, sagte aber: »Mann, du bist fast achtzehn und es geht lediglich um ein Kleid.«

»Eben nicht. Du solltest mal hören, wie sie über Layla herziehen, weil sie Sachen trägt, bei denen man ihr *Schlüsselbein* sieht.« Anna vergrub das Gesicht in den Händen und seufzte. »Ich glaube, ich mache einen großen Fehler. Was ist, wenn sie das Kleid vor dem Ball entdecken?«

»Es ist kein Fehler«, sagte ich. »Hier geht es doch um dein Leben und deinen Körper. Und damit kannst du anstellen, was du willst.«

Ich sah Chloe mit einer Tüte Tacos zurückkommen, gefolgt von Layla, die resigniert die Schultern hängen ließ, und musste lächeln. »Außerdem kann ich dein Kleid bis zum Ball bei mir zu Hause verstecken.«

»Danke.« Anna lächelte erleichtert.

»Ist doch das Mindeste«, sagte ich und dann setzten sich Chloe und Layla zu uns an den Tisch und alle außer Layla stürzten sich auf die köstlichen, natriumreichen Tacos.

*

»Okay, dann hört mal alle zu«, sagte Layla, als wir uns in der Damenabteilung um sie scharten. »Das ist jetzt ganz grob vereinfacht, aber – bitte nehmt's mir nicht übel – mit euch muss man bei null anfangen. Amanda ist der Frühlingstyp, Chloe der Herbsttyp und du, Anna, bist der Sommertyp.«

»Ich bin aber auch Skorpion«, sagte ich und schenkte ihr mein schönstes Zahnpastalächeln.

»Keine Frechheiten, bitte«, sagte Layla, aber dann zögerte sie und fügte hinzu: »Moment mal, echt? Dann hast du ja bald Geburtstag.«

»Ihr wisst schon, dass Astrologie als eine Form der Hexerei gilt, oder?« Anna runzelte die Stirn.

»Anna«, sagte Layla, »ich mag dich furchtbar gern, aber *pst* jetzt!« Sie schloss die Augen, holte Luft und fuhr fort: »Chloe, du merkst dir bitte das Wort ›Erdtöne‹. Halt dich an Grün und Braun. Blau oder Rot geht auch, aber es sollten gedeckte Farben sein.«

»Kann man Farben denn decken?«, fragte Chloe.

Layla seufzte und wandte sich als Nächstes an Anna. »Anna, du bringst mir irgendwas in hellen Lilatönen – Lavendel, Fuchsie, Malvenfarben, du verstehst?« Anna nickte und machte sich auf ihren kleinen Füßen energisch auf die Suche. »Und du, Amanda, hältst nach allen Farben Ausschau, die in die Richtung Edelstein und Abendrot gehen. Nachvollziehbar?«

»Alles klar, Coach!«, blaffte ich zurück, drehte mich auf dem Absatz um und trabte auf die Kleiderständer zu.

»Du wolltest doch nicht frech werden!«, rief sie mir nach.

Zehn Minuten später kam ich mit einem halben Dutzend Kleidervarianten über dem Arm bei den Umkleidekabinen an. Chloe schlurfte gerade mit kläglicher Miene aus einer der Kabinen und tauschte einen Haufen brauner und grüner Kleider gegen ein Dutzend neue aus.

Ich ging in die Kabine neben Chloes, wo ich sie in einer Tour stöhnen hörte, und streckte einem orangefarbenen Kleid, das auf der Stange vielversprechend gewirkt hatte, aber in dem ich wie ein Leitkegel aussah, die Zunge raus.

Eine Weile schwiegen wir beide: ich, weil ich völlig absorbiert von der Umzieherei war, und Chloe, weil sie sich wahrscheinlich wünschte, es wäre Frühling und sie könnte ein Softball-Trikot tragen. Aber dann hörte ich sie plötzlich sagen: »Wo hast du eigentlich vergangenes Wochenende gesteckt? Wir haben dich vermisst.«

Ich erschrak und wiederholte mit spröder Stimme »Vergangenes Wochenende?«, während ich nach meiner letzten Hoffnung griff – einem lilafarbenen Kleid mit spektakulärem Wasserfallkragen. »Eine Freundin aus Atlanta war da und wir haben mit …« Ich zögerte, wollte sie aber nicht anlügen. »Mit Bee zusammen abgehangen.«

»Oh«, sagte Chloe tonlos. Das violette Kleid war zauberhaft, aber mir war die Freude daran vergangen.

»Chloe …«, wollte ich fortfahren, aber sie ließ mich nicht ausreden.

»Lass gut sein«, sagte sie. »Ist schon okay.«

»Chloe, warte.« Hastig hängte ich die Kleider auf ihre Bügel zurück und verließ die Kabine. »Ich bin doch auch mit Bee befreundet – das war ich schon, bevor ich von euch beiden wusste.«

»Egal.« Sie trat aus ihrer Kabine. »Sie mag dich, weißt du?«

»Wie? Na ja, wir sind halt Freundinnen.«

»Aber sie empfindet mehr für dich«, sagte Chloe mit ausdrucksloser Stimme.

»Ach, komm schon, Chloe.« Ich schüttelte den Kopf. »Sie weiß doch, dass ich hetero bin.«

»Ich bin auch schon in Heteromädchen verknallt gewesen«, murmelte sie so leise, dass ich sie kaum verstand.

»Nein ... wirklich«, sagte ich und schüttelte wieder den Kopf, um den Gedanken daran zu vertreiben. »Wir sind einfach nur Freundinnen, Chloe. Und haben lediglich zusammen abgehangen. Es ist mir gar nicht in den Sinn gekommen, dass es dich verletzen könnte.«

»Tja, tut es aber.« Plötzlich sah sie entsetzlich einsam aus, wie sie da im grellen Neonlicht neben dem zerwühlten Kleiderhaufen stand. Ich ging auf sie zu, um sie in den Arm nehmen, auch wenn ich mir nicht sicher war, ob sie es zulassen würde, als Layla mit mehreren Kleiderbügeln über dem Arm um die Ecke bog.

»Wow!« Sie packte mich an der Hand, zog mich vor den Spiegel und begutachtete das violette Kleid. »Dreh dich mal«, befahl sie und ich tat ihr den Gefallen.

»Sehen meine Schultern in dem Wasserfallausschnitt nicht zu breit aus?«, fragte ich, als ich stehen blieb. Ich betrachtete mich von der Seite und war froh, mich auf etwas anderes als Chloes verletzten Blick konzentrieren zu können.

»Nein, ganz im *Gegenteil,* er macht sie sogar *noch* schmaler.« Layla verdrehte die Augen, lächelte aber. »Ganz ehrlich, mit euch beiden muss man echt bei null anfangen. Ich sollte eigentlich einen Kurs geben, in dem man lernt, wie man ein Mädchen wird.« Sie griff nach meinen abgelegten Kleidern, um sie zurückzubringen, und Chloe zog sich in ihre Kabine zurück.

Ich stand einen Augenblick da und starrte auf die geschlossene Tür. Laylas Worte klangen noch in mir nach. Ich hatte mich nie leicht damit getan, ein Junge zu sein, und war auch nie gern einer gewesen, aber manches daran leuchtete mir ein –

wenn Jungen wütend waren, zeigten sie es mit ihren Fäusten, und damit war die Sache erledigt. Bei Mädchen lief es anders, das wusste ich inzwischen. Ich hatte Chloe verletzt, ohne mir dessen im Geringsten bewusst zu sein, und im Gegensatz zu einem blauen Flecken würde ihr Schmerz nicht in wenigen Tagen verschwunden sein.

KAPITEL 24

Ein paar Tage später winkte mir Anna grinsend aus der Nische zu, in der sie mit Chloe saß. »Happy birthday!«

»Danke«, sagte ich und setzte mich neben Chloe. Seit unserer Auseinandersetzung in der Umkleidekabine hatten wir kaum miteinander gesprochen, aber selbst sie schenkte mir heute ein kleines Lächeln und wirkte nicht mehr ganz so gekränkt. Und irgendwann, so hoffte ich, würde sie über ihren Schmerz ganz hinwegkommen.

»Na, wie fühlt man sich mit achtzehn?«, fragte Anna. Der Schreck fuhr mir in alle Glieder, denn mir fiel ein, dass meine Freundinnen ja nichts von meinem schulfreien Jahr wussten. Ich war schon im vergangenen Jahr achtzehn geworden, aber das konnte ich ihnen auf keinen Fall sagen. Es war schon merkwürdig, zum ersten Mal im Leben richtige Freundinnen und trotzdem so viele Geheimnisse zu haben.

»Ja«, sagte Layla, »hast du schon Zigaretten gekauft?«

»Ich rauche doch nicht«, sagte ich achselzuckend, eine weitere Halblüge, bei der mir ganz schlecht wurde. Wenn man, wie ich, Hormone einnahm und obendrein noch rauchte, konnte das zu fatalen Blutgerinnseln führen, doch das konnte ich ihnen ebenso wenig sagen.

»Ich auch nicht«, sagte Layla und machte eine wegwerfende Handbewegung, »aber 18 Jahre … das ist doch ein Meilenstein. Was mich daran erinnert …« Sie griff unter den Tisch und brachte ein kleines, in Silberpapier gewickeltes Geschenk zum Vorschein.

»Wir haben alle zusammengelegt«, piepste Anna und sprang vor Aufregung von ihrem Stuhl auf.

»Mensch, Mädels!« Ich war vollkommen überwältigt, als ich das Geschenkband löste. »Das war doch nicht nötig.«

»Doch«, sagte Chloe. Ich sah zu ihr hinüber und versuchte, ihren Blick auf mich zu lenken, da ich ganz sicher sein wollte, dass wieder alles beim Alten war, aber wie immer war aus ihrer Miene nichts zu schließen. »Happy birthday.«

Ich öffnete das Kästchen und hob ein Paar in der Morgensonne schimmernde Amethyst-Ohrstecker heraus, die perfekt zu dem Kleid passten, das ich beim Alumniball tragen würde. »Die sind wunderschön!«, sagte ich und fügte traurig hinzu: »Aber leider sind meine Ohren nicht gepierct.«

»Das wissen wir doch. Aber das wird sich gleich ändern«, sagte Anna strahlend. »Wir haben Grant versprochen, dich ein bisschen zu beschäftigen, während er dein Geschenk vorbereitet.«

»Wie? Grant bereitet ein Geschenk für mich vor?«, fragte ich neugierig. »Was ist es denn?«

»Jetzt lenk nicht ab.« Layla packte mich an der Schulter. »Und glaub mir, es ist besser, du kommst mit, ohne Widerstand zu leisten.«

*

Das *Rebel Yell*-Tattoostudio befand sich in einem kleinen Backsteinkubus auf einem Schotterparkplatz. Eine Glocke läutete fröhlich, als wir es betraten, aber da Molly Hatchet in voller Lautstärke durch den Laden dröhnte, hörte man sie kaum.

»Hallo, Riley!«, rief Layla. Ein spindeldürres Mädchen mit kurzgeschorenem Haar und gedehnten Piercings in den Ohren umarmte Layla ungestüm.

»Das ist meine Cousine Riley«, erklärte Layla lächelnd. Sie legte einen Arm um ihre Schulter. »Sie ist das coolste Mädchen, das ich kenne.«

»Ach, Unsinn«, sagte Riley und lächelte zurück. Dann wandte sie sich an uns. »Und wer von euch ist heute dran?«

Layla hakte mich unter. »Steht vor dir. Amanda.«

»Hallo, Amanda. Rod übernimmt das – und der passt gut auf dich auf.« Riley rief quer durchs Studio nach Rod und ein Mann mit rasiertem Schädel und Flanellhemd kam auf uns zu.

»Hi!« Rod lächelte und deutete auf einen Stuhl. »Und was darf's bei dir sein? Vielleicht fangen wir mit einem gedehnten Piercing am oberen Knorpel an?«

»Oh, nein«, sagte Layla. »Sie hat noch gar keine Piercings.«

»Ah, eine Jungfrau also!« Rod lächelte wieder und ich bekam einen roten Kopf. »Keine Sorge, bei uns bist du genau richtig. Wirkt alles ein bisschen einschüchternd hier, ich weiß, aber du bist in guten Händen.«

Layla blickte forschend in mein nervöses Gesicht und zeigte erst auf mich, dann auf den Stuhl. Ich setzte mich, klammerte mich an den Armlehnen fest, als säße ich in der Achterbahn, schloss die Augen und versuchte, so ruhig wie möglich zu atmen.

»Nicht sagen, wenn es so weit ist«, murmelte ich und hörte es knistern, als Rod die Nadel aus der Kunststoffverpackung nahm. Ich konzentrierte mich auf alles Schöne, das mir einfiel – dass der Junge meiner Träume genau in diesem Augenblick eine Geburtstagsüberraschung für mich vorbereitete, zum Beispiel, und dass meine Freundinnen, die mich so gut kannten, trotz meines Protestes felsenfest entschlossen gewesen waren, mir etwas zu schenken, was ich mir wirklich wünschte. Ich konnte mich gar nicht mehr daran erinnern, wann ich zum letzten Mal Lust gehabt hatte, meinen Geburtstag zu feiern, aber zum ersten Mal seit Langem hatte ich das Gefühl, dass es auch etwas zu feiern gab. »Könnt ihr mich nicht ein bisschen ablenken?«

»Okay«, sagte Layla. Ihre Stimme klang verschmitzt. Einen Moment lang blieb es ruhig, dann sagte sie: »Willst du wissen, wie Anna und ich es ins Alumni-Komitee geschafft haben?«

»Ja?«

»Tja, wir haben dich zur Königin des Alumniballs nominieren lassen.«

Ich merkte nicht einmal, als die Nadel in mein Ohr drang.

KAPITEL 25

Meine Ohren brannten immer noch, als die Mädchen mich in der Nähe des Pfades absetzten, der zum Baumhaus führte. Ich hatte mich gehütet, nachzubohren, was Grant für mich geplant hatte, stieg deshalb ohne groß zu protestieren aus dem Auto, lächelte aber vor mich hin, als Layla einen durchdringenden Pfiff von sich gab und mit kreischenden Bremsen davonfuhr. Als ihr Wagen außer Sichtweite war, lief ich fröstelnd den Pfad entlang, denn mein Kapuzenpulli bot kaum Schutz vor dem vom See herüberblasenden frischen Wind.

Das Laub des Unterholzes war Ende November schon großteils abgestorben und eine mehrere Zentimeter hohe Blätterschicht bedeckte den Pfad. In der Ferne hörte ich Musik und ging ihr nach. Als ich zwischen den Bäumen hervortrat und den ersten Blick auf den See warf, der wie Kristall in der spätnachmittäglichen Sonne glitzerte, sah ich nicht gleich, dass Grant an unserem Baum lehnte und geistesabwesend an einem Feuerzeug hantierte.

Er trug einen schwarzen Anzug mit schimmernden Knöpfen, seine Haare waren ordentlich zurückgekämmt und er hatte sich rasiert. Eigentlich liebte ich es, seine Bartstoppeln an meinem Gesicht zu spüren, aber ich musste zugeben, dass er mit glatten Wangen wie ein Märchenprinz aussah. Zögernd machte ich einen Schritt auf ihn zu.

»Wow«, sagte ich. »Ich meine, hallo! Hast du hier etwa was vorbereitet?« Im Hintergrund spielte der Soundtrack von *Die fabelhafte Welt der Amélie* und ich musste grinsen.

»Ja, dein Geburtstagsgeschenk.« Er rieb sich den Nacken und lächelte verlegen, dann deutete er mit einer Kopfbewegung auf die Leiter. Ich kletterte ins Baumhaus, wo eine Decke auf dem Boden ausgebreitet war, auf der zwei Teller mit verschiedenen Gerichten standen. Auf dem Fenstersims flackerten Kerzen. »Überraschung!«

Ich umarmte ihn und gab ihm einen Kuss. »Es riecht ja so wunderbar hier – was ist denn das?«

»Sole meunière«, sagte Grant. »Hoffe, ich habe das richtig ausgesprochen.« Das hatte er zwar nicht, dafür war sein Akzent sehr süß. »Außerdem gibt es warmen Kartoffelsalat und gebratene Zucchini in Olivenöl.« Er schlang seine Finger um meine und mich durchströmte ein ähnlich wohliges Gefühl, wie wenn ich an einem Frühlingsnachmittag in der Sonne lag oder nach dem Training in kaltes Wasser sprang. »Mir war eingefallen, dass du neulich, nachdem wir *Amélie* gesehen hatten, meintest, du würdest gern mal in Paris leben – da dachte ich, für einen Abend hole ich uns Frankreich hierher.«

»Grant, das ist wundervoll. Ich weiß nicht, was ich sagen soll.«

»Ja.« Ich merkte, wie er mich anstarrte. »Das geht mir auch oft so mit dir.«

Seine Lippen öffneten sich leicht und plötzlich verschlangen wir uns mit unseren Blicken.

Er kam näher und küsste mich. Ich schloss die Augen, lehnte mich an ihn, strich sanft mit den Fingerspitzen über das Revers an seiner Jacke und wir küssten uns heftiger. Ich lächelte, biss ihn sanft in die Lippe und wollte seine Jacke aufknöpfen. Aber er wehrte meine Hände ab, löste sich von mir und hängte sein Jackett behutsam über einen Ast.

»Entschuldige«, sagte er. »Aber ich hab nur diesen Anzug und will ihn auf keinen Fall ruinieren. Ich brauche ihn doch noch auf dem Alumniball.«

Schweigend legte ich einen Finger um seine Krawatte und zog ihn daran bis zum Baumstamm. Er jammerte ein bisschen, das Essen würde kalt, aber ich hatte keinen Hunger. Ich band die Krawatte los und warf sie über den Ast, auf dem die Anzugjacke hing. Er legte seine Hand auf meinen Schenkel, ich legte meine auf seine Brust und genoss es zu spüren, wie hart die Muskeln unter seinem Hemd, mehr noch, wie unterschiedlich unsere Körper waren, so unterschiedlich, wie nur zwei Menschen sein konnten; doch als er mich jetzt wieder küsste, verschmolzen alle Unterschiede, es gab keine starken Brustmuskeln, weichen Schenkel, Brüste oder Bartschatten mehr, wir wurden eins, erforschten uns in unserem Einssein und zitterten vor Wonne.

Er fasste unter meinen Rock und ich versteifte mich ganz unwillkürlich, noch immer nicht daran gewöhnt, dass diese Stelle jetzt nicht mehr gefährlich war. Er sah mich fragend an und meine Zurückhaltung schwand. Ich nickte, und während wir uns weiter küssten, fuhren seine Finger tänzelnd über meinen Schenkel, erreichten den oberen Rand meiner Leggings und streiften sie mir langsam ab. Wir blickten beide auf meine winterblassen, aber langen, wohlgeformten Beine und sie gefielen mir umso mehr, weil er sie ansah. Seine Hand glitt über meine Wade bis hoch zur Kniekehle, dann weiter über meinen Schenkel und ich rang nach Luft, weil ich zum ersten Mal spürte, wie schön es war, berührt zu werden. Ich dachte an das arme Mädchen, das versucht hatte, sich umzubringen, und wünschte mir, sie könnte das hier sehen und nachempfinden, um zu verstehen, dass auch sie eines Tages ihren Körper nicht nur annehmen, sondern all die wunderbaren Empfindungen spüren würde, die er in sich barg.

Grant küsste meinen Nacken, ich öffnete die Knöpfe an seinem Hemd und streifte es ihm ab. Sein Körper war so schlank und stark und echt; er hatte nicht den Körper eines Models oder Filmstars, ja nicht mal den eines Athleten; seine Muskeln stammten von schwerer körperlicher Arbeit. Ich streifte mir den Pullover über den Kopf und spürte keine Angst mehr. Ich hatte keine Angst. Wir sahen uns in die Augen und trafen eine stille Übereinkunft. Ich schob meinen Rock nach unten, er beugte sich nach vorn und zog die Hose aus. Als wir uns wieder ansahen, stockte mir der Atem.

Ich biss mir auf die Lippen, öffnete meinen BH und ließ ihn auf den Boden fallen. Seine Augen waren so weit geöffnet, dass ich mein Spiegelbild in ihnen sehen konnte, und das Mädchen in dem Spiegel lächelte und es war schön. Er griff nach meinen Armen und zog mich auf den Boden. Ich kicherte, als er sich auf mich legte, und strich mit meinen Fingern über seinen Bauch.

Er küsste mich wieder und ich schlang die Arme um ihn. Seine Hände glitten über meine Seiten, aber es kitzelte und ich musste meine ganze Willenskraft aufbringen, um mich nicht unter ihm zu krümmen und zu kichern. Sie glitten weiter über meinen Hüftknochen und tiefer. Ich wehrte ihn nicht ab, aber ich hielt die Luft an und versteifte mich. Er öffnete die Augen, schob sich von mir herunter und blickte mich beunruhigt an.

»Ist es dein erstes Mal?« Ich drehte den Kopf zur Seite, aber er legte einen Finger auf meine Wange und schob ihn sanft zurück, sodass ich ihn ansehen musste. »Natürlich ist es dein erstes Mal. Du sagtest ja, es wäre dein erster Kuss gewesen. Entschuldige.«

»Nicht schlimm«, sagte ich. Ich biss mir auf die Lippe. Ich hatte ganz genau gewusst, wie weit ich heute Abend mit Grant gehen wollte, doch plötzlich hatte ich Angst.

»Okay.« Er rollte sich auf die Seite und legte seine Hand auf meine Wange. »Möchtest du, dass wir es langsamer angehen lassen?«

»Ja.« Ich war so dankbar, dass er es merkte und verstand. »Es ist wunderschön, aber … ja.«

»Ist doch in Ordnung«, sagte er. »Ist absolut und voll in Ordnung.« Er rollte sich auf den Rücken. Wir verschränkten unsere Finger ineinander, sahen zu, wie der Himmel seine Farbe von Orange über Violett zu Schwarz veränderte, spürten unsere Wärme und lauschten unseren Atemzügen.

»Ich habe über meine Zukunft nachgedacht«, sagte er. Ich wandte ihm den Kopf zu und sah ihn an, aber er blickte immer noch in den Sternenhimmel über uns. »Natürlich werde ich es nicht in die NYU oder so schaffen, aber ich hatte kürzlich ein

Gespräch mit der Berufsberaterin an unserer Schule und sie meinte, ich könnte vielleicht eine Ausbildungsförderung bekommen und an ein staatliches College gehen, wenn ich meine Noten verbessere. Vielleicht schaffe ich es sogar aufs Community College, ohne ein Darlehen aufnehmen zu müssen.«

»Wow.« Ich schmiegte mich enger an ihn, legte meine Hand auf seine Brust und spürte, wie schnell sein Herz schlug. Ich fragte nicht, was dann aus seiner Familie würde – ich wollte, dass er wenigstens ein einziges Mal nur an sich dachte.

»Und dann, hab ich mir überlegt ...« Er drehte jetzt den Kopf zu mir, sodass unsere Nasen sich berührten und sein Gesicht vor mir verschwamm. »Dann könnte ich mir von einem Teil der Unterstützung einen Computer kaufen und wir könnten skypen, wenn du in New York lebst.«

»Vielleicht kannst du mich auch besuchen.«

»Vielleicht. Das wäre schön.«

»Und vielleicht könntest du ja später«, sagte ich, bewegte meine Lippen ganz dicht vor seinem Mund und schloss die Augen, »wenn du hier lauter Einsen geschafft hast, auf meine Uni wechseln und wir könnten zusammenwohnen.«

»Im Moment ist erst mal das hier voll okay.« Er zog mich an sich und gab mir einen Kuss.

Ich nickte, um ihm zu zeigen, dass ich der gleichen Meinung und dankbar dafür war, hier und jetzt mit ihm zusammen zu sein. Aber mein Verstand eilte schon meilenweit voraus und malte sich eine für mich bis vor Kurzem noch unvorstellbare Zukunft aus: Wie Grant und ich Hand in Hand durch die Straßen von New York City liefen, wie wir auf einer Decke im Central Park lagen und ich für meine Kurse las, während er ein

Schläfchen machte. Ich wusste ja, dass wir erst ganz am Anfang unserer Beziehung standen, aber ich konnte nicht anders: Ich musste mir einfach vorstellen, wie es sein würde, mit ihm den Rest meines Lebens zu verbringen.

»Ich möchte, dass du der Erste bist. Wenn ich so weit bin, möchte ich es mit dir zusammen erleben.«

»Hat keine Eile«, sagte Grant. Er vergrub sein Gesicht an meiner Schulter. »Wir haben alle Zeit der Welt.«

AUGUST, ZWEI JAHRE VORHER

»Willst du wirklich mitkommen?«, rief Mom aus dem Wohnzimmer. »Ich bin mir ziemlich sicher, dass ich inzwischen weiß, was dir gefällt.«

»Ich hab das Haus den ganzen Sommer nicht verlassen«, rief ich zurück, bewegte dabei aber aus Versehen den Kopf, sodass der Lidstrich von der Mitte meines Lids bis hoch zur Augenbraue verrutschte.

»Scheiße.« Ich holte Luft und schloss die Augen, um nicht die Nerven zu verlieren. Der Lidstrich hätte eine leichte Übung für mich sein sollen, denn schließlich zeichnete und malte ich schon seit dem Kindergarten. Aber leicht war überhaupt nichts in dieser Übergangszeit. Die Hormone, die ich einnahm, hatten ihr Soll noch nicht erfüllt und für die Operation war ich erst nächsten Sommer alt genug.

Ich öffnete die Augen wieder und betrachtete mich in dem Spiegel, der auf meinem Schreibtisch stand. Meine Haare waren noch jungenhaft kurz, obwohl sie dank der Hormone inzwischen deutlich schneller wuchsen. Mein rechtes Auge war nackt und ungeschminkt, das linke mit zu dick und ungeschickt aufgetragenem Lidschatten und verschmiertem Eyeliner umrandet. Auf meinen Wangen prangten zwei leuchtend rote Flecken wie bei einer sehr, sehr verlegenen Animefigur. Ich sah, wie ich den Mund zusammenkniff und meine Augen zuckten. Mir kamen die Tränen und ich wusste, dass ich noch einmal ganz von vorn anfangen musste, wenn ich sie laufen ließ, fühlte mich aber so hilflos und unfähig, dass ich mich fragte, was das Ganze überhaupt sollte. Mom klopfte leise an meine Tür.

»Ich hab's mir anders überlegt.« Ich bemühte mich, normal zu klingen, brachte aber nur ein klägliches Winseln zustande.

»Du weinst ja.«

»Alles g-gut.«

»Mir kannst du nichts vormachen«, sagte sie. »Du hast genau zehn Sekunden und dann komme ich in dein Zimmer; wenn du dich also salonfähig machen willst, dann bitte jetzt sofort.«

Ich schlurfte zu meinem Bett und kauerte mich schniefend auf den Rand. Meine Katze Guinevere kam auf mich zugetapst und knuffte ihr Gesicht in meine Schulter, aber nicht mal ihr Geschnurre konnte mich aufheitern. Dann sah ich Moms weiße Sandalen mein Zimmer betreten. Mom setzte sich neben mich und drückte mit ihrer weichen, rundlichen Hand meine Schulter.

»Ich sehe so bescheuert aus. Ich bin weder Junge noch Mädchen. Ich bin ein Nichts. Wenn ich gestorben wäre, wäre alles einfacher.«

»Einfacher? Für wen?« Moms Griff an meiner Schulter wurde fester. Ich blickte sie an und sah eine Härte in ihren Augen, die gar nicht zu ihren sonst so weichen Zügen passte.

»Für alle außer dir wahrscheinlich«, flüsterte ich. Ich sah wieder zur Seite und der Griff an meiner Schulter wurde sanfter.

»Du würdest deiner Mama doch nicht wehtun wollen, oder?«

»Nein«, murmelte ich.

»Und du versprichst mir, dass du es nicht … noch mal …?«

»Versprochen.«

»Braves Mädchen«, sagte sie. Sie nahm mich an beiden Schultern, drehte mich zu sich herum und ihr Gesicht sah wieder ganz nach Rosenblüten-Plätzchen-Mischung aus. »Die Mason-Mädchen geben nicht auf.«

»Ich bin noch immer eine Hardy.«

»Schön, aber die Mama deines Dads war ein hartgesottenes, altes Weib, also zählt die auch.« Ich musste gegen meinen Willen lächeln. »So, und jetzt wollen wir mal sehen, worum's hier eigentlich geht.« Sie schob einen Finger unter mein Kinn, drehte mein Gesicht in alle Richtungen und sah mich dabei aufmerksam an. »Mein Gott, Amanda, du hast dir die Schminke aber auch zentimeterdick aufgetragen. Wer hat dir denn gesagt, dass es so viel sein muss?«

»Hab ich im Internet gelesen«, sagte ich verlegen. Mom räusperte sich skeptisch.

»Im Internet steht jede Menge dummes Zeug, Liebling. Erinnerst du dich noch an Hank?«

»Den Typen mit den Salben?«

»Genau. Im Internet stand, er würde perfekt zu mir passen, und weißt du noch … das Resultat war, dass ich am Ende überall auf meinem Teppich Salbenflecken hatte und nach wie vor ein Single bin.«

Ich lachte und vergaß für einen Moment meine geschwollenen, brennenden Augen. Mom griff nach einem Abschminktuch auf meinem Schreibtisch und begann mir damit sanft übers Gesicht zu reiben, wie früher, als ich klein war. »Makeup verwendet man aus ganz verschiedenen Gründen. Einmal, um Augen, Wangen und Lippen so zu betonen, dass du eine feminine Ausstrahlung bekommst, die Jungen für natürlich halten. So.«

»Und warum noch?«

»Um jünger auszusehen«, sagte sie. »Aber wenn *du* jünger aussähst, würden sich die Leute fragen, wieso ich dich schon aus deinem Ställchen rausgelassen habe.«

Ich lachte. Das hier mit Mom, das passte. Es war eine Situation, wie ich sie mir immer schon gewünscht hatte, eigentlich schon, seit ich alt genug war, um zu wissen, dass ich mir überhaupt etwas wünschte.

»Jetzt nicht bewegen! Bleib so.« Ich gehorchte. Ihre Zungenspitze kam zum Vorschein und sie schielte sogar ein bisschen, als sie mit dem Eyelinerstift in einem langen, eleganten Strich an meinem Augenlid entlangfuhr. »Jetzt beide Augen öffnen und nach oben sehen.«

Wieder malte sie mit dem Stift an der Wasserlinie beider Augen entlang. »Weißt du eigentlich, dass ich dachte, ich würde ein Mädchen bekommen, als ich schwanger mit dir war?« Meine Augenbrauen schossen nach oben. Sie schnaubte durch die Nase und gab einen missbilligenden Laut von sich, und ich zwang mich, eine entspanntere Miene aufzusetzen. »Als du dann ein Junge wurdest, war ich fast ein bisschen traurig. Ich wusste, dass ich die ganze Tortur nicht noch mal durchstehen wollte, und hatte Angst, dass ich nie die Gelegenheit haben würde, jemandem das ganze Zeug hier beizubringen.«

»Ging mir genauso«, sagte ich. Ich schloss die Augen, während sie einen Hauch von Rouge auf meinen Wangen auftrug. »Ich meine, ich hatte auch Angst.«

»Jetzt immer noch?«, fragte sie. Ich schlug die Augen auf. Das Lächeln war aus ihrem Gesicht verschwunden und sie sah mich besorgt an.

»Ja. Aber nicht mehr ganz so sehr. Und anders. Früher hatte ich Angst davor, zu leben, jetzt eher, dass andere mich verletzen könnten.«

»Zum Glück bist du so klug geworden, wie ich immer gehofft habe. In dieser Welt muss man als Mädchen Angst haben. Aber die Angst schützt einen auch. Sie erhält einen am Leben.«

»Ist es denn wirklich so schlimm?«

Sie trug jetzt Lippenpflege auf und machte mir ein Zeichen, dass ich die Lippen spitzen sollte. »Vielleicht auch nicht. Wer weiß? Die Welt hat sich verändert. Als du mir von … deinem Zustand erzählt hast, fand ich trauriger, dass du damit klarkommen musst, ein Mädchen zu sein, als alles andere. Und jetzt sieh dich im Spiegel an.«

»Oh.« Ich strich mit den Fingern über den Spiegel. Burgunderfarbener Lidstrich um die Augen, zartes pfirsichfarbenes Rouge auf den Wangenknochen und bräunlich-rotes Lipgloss – das Gesicht, das mir aus dem Spiegel entgegenblickte, hatte ich noch nie gesehen. Aber es war das Gesicht, das ich immer gern gesehen hätte.

Plötzlich fühlte ich mich schwindlig. Ich lehnte mich an die Wand und hielt mich an dem Bücherregal neben mir fest. Meine Wangen taten mir weh und meine Augen tränten wieder, aber dieses Mal war etwas anders.

Mom kam auf mich zu. »Alles in Ordnung?«, fragte sie.

»Ich weiß nicht, vielleicht habe ich eine Allergie oder so. Ich fühle mich so komisch … als ob ich schweben würde, und ein bisschen schwindlig.«

»Du bist nicht krank, Liebling«, sagte Mom. Sie küsste mich auf die Wange und umarmte mich so fest, dass ich um meine Rippen fürchtete. »Das ist die reine Freude.«

KAPITEL 26

»Na, dann viel Spaß heute Abend«, sagte Dad, als wir auf den Schulparkplatz einbogen. Das Alumni-Spiel, bei dem unser Team im Schlussviertel einen Sieg eingefahren hatte, lag schon einige Stunden zurück und ich war glücklich, wenn auch heiser, weil ich Grant von der Tribüne aus angefeuert hatte. Ich trug das knielange, violette Kleid mit dem Wasserfallkragen, die Amethyst-Ohrringe, die die Mädchen mir zum Geburtstag geschenkt hatten, und goldene Schuhe mit kleinen Absätzen. Ich war darin bestimmt so groß wie Grant, wenn nicht sogar ein wenig größer, aber ausnahmsweise war mir das egal.

»Danke fürs Fahren«, sagte ich, die Hand schon am Türgriff. Anna hatte mich aufgehalten, als sie bei mir vorbeigekommen war, um ihr Kleid abzuholen, danach hatte ich zu viel Zeit mit Haaren und Make-up vertan und war jetzt spät dran, um Grant, die Mädchen und ihre Ballpartner für den Fototermin auf dem Schulrasen zu treffen – eine Tradition der Lambertville High, wie ich zuvor erfahren hatte.

»Amanda, warte kurz«, sagte Dad, als ich aussteigen wollte. Seine Stimme klang ernst und ich fürchtete schon, dass er mir wieder einmal einen Vortrag in puncto Sicherheit halten wollte.

»Aber ich muss jetzt los.« Ich sah Anna, die mir auf dem Parkplatz entgegengehüpft kam, schon von Weitem winken.

»Ich wollte dir nur sagen …«, setzte er stotternd und verlegen an und fuhr dann fort, ohne mich dabei anzusehen: »Du siehst heute Abend wirklich wunderschön aus.«

»Oh. Danke.« Ich spürte, wie ich vor Stolz und Freude rot wurde.

»Und pass gut auf dich auf«, hörte ich ihn noch sagen, als ich ausstieg und die Tür hinter mir zuwarf, aber dieses Mal klang es eher wie eine typische Vaterfloskel.

»Amanda!« Anna kam auf mich zu und lächelte spitzbübisch. »Amanda, sieh dir das an! Chloe trägt ein Kleid.«

Auf dem Rasen stand Chloe in einem roten, ärmellosen Kleid, das perfekt mit der Farbe ihrer Haare harmonierte – es hatte genau den Ton, zu dem Layla ihr geraten hatte. Ich staunte, wie schlank und muskulös ihre Arme waren und wie hübsch sie mit den geglätteten Haaren und dem Hauch von Make-up auf Augen und Wangen aussah – besser gesagt, wie hübsch sie hätte aussehen können, wenn sie nicht ein so finsteres Gesicht gezogen hätte und wie ein missmutiges Kleinkind durch die Gegend gestapft wäre. Aber ich wusste genau, wie ihr zumute war, denn so hatte ich mich an jedem einzelnen Tag gefühlt, an dem ich Jungenkleidung tragen musste.

»Sei bloß still«, sagte Chloe.

Grant erschien ein paar Minuten später in einem tadellos sauberen Anzug. Er pfiff, als er mich entdeckte, und sah mich bewundernd an und ich fühlte mich so schön wie nie. Ich küsste ihn und dann stellten wir uns alle für die Fotos auf, die Arme umeinandergeschlungen wie Bänder um das schönste Geschenk aller Zeiten, und lächelten, bis uns der Kiefer wehtat.

*

Unter Annas und Laylas sachkundiger Leitung hatte sich das Alumni-Komitee für das Ballmotto »Helden« entschieden und unsere trostlose, schäbige Turnhalle in eine Szenerie aus der *Odyssee* verwandelt. Die Wände waren mit Leinwänden ausgekleidet, hinter denen sich die hochklappbare Tribüne verbarg; darauf hatte man die Porträts Ungeheuer tötender griechischer Helden gemalt. Die Decke war mit blauen Kreppbändern abgedeckt, zwischen denen Hydras und Seemonster aus Pappe herabhingen. Der DJ auf der Bühne am anderen Ende der Turnhalle trug sogar eine Toga.

Ich zog Grant in die Menge und tanzte mit ihm zu *All Night* von Icona Pop. Immer wenn die Sängerin »We got the keys to open paradise« sang, schwang etwas in mir mit und ich war überglücklich, mich gemeinsam mit dem Jungen zu bewegen, den ich so gernhatte. Ich zog ihn an mich, vergrub mein Gesicht an seinem Hals, schnupperte seinen Geruch ein und auf einmal spürte ich, dass ich ihn nicht nur gernhatte.

Ich liebte ihn. Ja, ich liebte ihn, das wurde mir in diesem Moment bewusst. Ich wollte es ihm sagen, doch dafür war es zu laut. Er neigte den Kopf, aber ich lachte nur und küsste ihn. Wir würden später Zeit zum Reden haben. Ich dachte daran, was er neulich abends zu mir gesagt hatte: *Wir haben alle Zeit der Welt.* Wir tanzten zu einem Song nach dem andern; meine

Haare hatten sich längst aus der Hochsteckfrisur gelöst und klebten an meiner schweißnassen Stirn und die Absätze meiner neuen Schuhe bohrten sich in meine Füße, aber es machte mir nichts aus. Irgendwann waren wir erschöpft und ich küsste Grant und sagte ihm, ich wolle mich etwas frisch machen.

Die Gänge in der Schule kamen mir nach der feuchten Luft in der Turnhalle wie eine Gruft vor. Das Klackern meiner Absätze hallte an der langen Reihe von Schließfächern wider und es war so kühl hier, dass ich eine Gänsehaut an den Armen bekam. Als ich die Tür der Damentoilette öffnete, sah ich Bee mit geschlossenen Augen am Waschbecken lehnen und blieb stehen.

»Oh, hallo«, sagte ich.

Sie schwankte leicht hin und her und lächelte. Ihre Augen waren gerötet, ihre Wangen glühten.

»Hi«, sagte sie mit leichtem Lallen.

»Alles okay mit dir?«

»Ja.« Sie blinzelte ein paar Mal, lachte und lehnte sich wieder ans Waschbecken. »Ja, mir geht's gut. Aber geht's dir denn gut?«

»Na klar«, sagte ich und umarmte sie. Sie sank an meine Brust und seufzte glücklich, dann schob sie mich auf Armeslänge von sich und sah mir in die Augen.

»Aber geht's dir auch wirklich gut? Ganz ehrlich?«

»Ja, warum denn nicht?«

»Weiß Grant es schon?« Sie sah sich um, dann fügte sie flüsternd hinzu: »Das mit – du weißt schon?«

»Nein …«, sagte ich verwirrt. Seit Virginia in der Stadt gewesen war, hatten wir nicht mehr über mein Geheimnis gesprochen, und ich verstand nicht, worauf sie hinauswollte.

»Ich wollte es ihm sagen, aber er meinte, er müsse es nicht wissen. Wieso?«

»Du musst mit jemandem zusammen sein, dem du alles anvertrauen kannst«, sagte sie hastig, und ich merkte ihr an, dass sie mir das schon lange hatte sagen wollen. Und plötzlich fiel mir auch wieder ein, was Chloe mir in der Mall erzählt hatte. »Du bist so interessant und kompliziert …«

»Danke, aber …«

»Und Grant ist so simpel und normal.« Sie schwankte und stieß mit ihrem Finger gegen meine Brust. »Aber genau das ist dein Problem. Du bemühst dich geradezu darum, *langweilig* zu sein, nur um Langweiler beeindrucken zu können.«

»Das tue ich nicht.« Mir wurde flau im Magen.

»Stimmt nicht.« Bee schüttelte den Kopf. Und plötzlich packte sie mich an meinem Kleid, zog mich an sich und küsste mich, ehe ich mich wehren konnte. Ich riss mich sofort wieder los.

»Was zum Teufel … Bee!«, rief ich mit sich überschlagender, schriller Stimme. »Was soll das?«

»Ach, komm schon.« Ihre Wangen waren jetzt feuerrot. »Du machst dir selbst und allen andern doch nur vor, dass du das perfekte, brave Mädchen von nebenan bist, dabei könntest du jemand ganz anderes sein.«

»Vielleicht bin ich aber das brave Mädchen von nebenan«, sagte ich wütend. Bee presste die Lippen aufeinander und zuckte zusammen. Ich begriff, dass sich hinter der ganzen Angeberei und dem vielen Alkohol ein Mädchen versteckte, das sich soeben angreifbar gemacht hatte und abgeschmettert worden war. Ich atmete tief ein und sagte etwas sanfter: »Hör mal,

Bee, es tut mir wirklich leid, wenn ich den Anschein erweckt habe, dass …«

»*Klar* tut's dir leid!«

»Wenn ich den Anschein erweckt habe«, fuhr ich fort, »dass zwischen dir und mir etwas laufen könnte. Aber ich steh nun mal auf Jungen. Und zwar nur auf Jungen.« Bee starrte schweigend auf ihre Füße und lief rot an. Dann schniefte sie und ich dachte schon, sie würde gleich anfangen zu weinen, sah aber keine Tränen in ihren Augen, als sie den Kopf wieder hob. »Bee…«, fuhr ich fort, denn ich wollte unsere Missstimmung bereinigen, wurde aber unterbrochen, weil die Tür zum Waschraum aufflog und Anna hereinstürmte.

»Hier bist du also!« Sie griff nach meinem Arm. »Wir haben schon überall nach dir gesucht!«

»Gib uns einen Moment, ja? Wir haben gerade …«, wollte ich protestieren, aber Anna schob mich bereits auf die Tür zu.

Ich warf Bee noch einen Blick zu, bevor wir gingen, und hoffte, die Sache zwischen uns würde sich wieder einrenken. »Was ist denn los?«, fragte ich Anna, aber sie schüttelte nur den Kopf und ich wusste seit der Piercing-Entführung, dass weitere Fragen sinnlos waren.

Im gleichen Moment, in dem wir die Turnhalle betraten, richtete jemand einen Scheinwerfer auf mich und Layla rief: »Da ist sie!« Es dauerte einen Moment, bis sich meine Augen an das grelle Licht gewöhnt hatten, aber dann sah ich, dass alle Anwesenden mich anstarrten. Grant eilte strahlend wie ein kleiner Junge an meine Seite und griff nach meiner Hand. »Du hast die Bekanntgabe verpasst!«

»Was für eine Bekanntgabe?«, fragte ich und meine Stimme

kam mir seltsam laut vor, denn in der Turnhalle war es plötzlich still geworden.

»Alumni-Königin!«, rief Layla. Sie hielt mir ein silberglänzendes, funkelndes Diadem entgegen und sprang von der Bühne. Es dauerte eine Weile, bis sie zu mir vorgedrungen war, aber als sie sich schließlich einen Weg durch die Menge gebahnt und das Diadem in meinen Haaren befestigt hatte, schlug mein Herz so schnell, dass ich dachte, mein letztes Stündlein wäre gekommen. Sie umarmte mich, flüsterte mir »Herzlichen Glückwunsch« ins Ohr und sie und Grant führten mich zu einer freien Fläche, um die alle Anwesenden einen Kreis gebildet hatten. Jemand musste Musik angestellt haben, aber ich nahm sie kaum wahr. Ich sah nur die vielen lächelnden, mir zugewandten Gesichter, sah, dass Grant am strahlendsten von allen lächelte, spürte mich in meinem Körper, fühlte mich geliebt und akzeptiert und das war ein so schönes Gefühl, dass es mir beinahe unwirklich vorkam. Das hier geschah doch nicht mir. Es konnte gar nicht mir geschehen. So etwas erlebten Mädchen wie ich einfach nicht.

Aber dann holte mich Bee, die, gerade noch hörbar, den Lärm der Feiernden und der Musik zu übertönen versuchte, in die Realität zurück. Alle wandten sich verblüfft der Bühne zu: Da stand sie, blinzelte gegen die Bühnenbeleuchtung an und griff nach dem Mikrofon.

»Hi«, sagte sie. Wir zuckten zusammen, weil das Mikro wegen zu hoher Rückkoppelung quietschte. »Juhu, Heimteam! Juhu, Sport!« Sie schwankte, fing sich aber rasch wieder und blickte auf ihre Füße. »Wow, Football, juhu!«

»Die ist total betrunken«, sagte Grant. Ich hakte ihn unter

und sah mich in der Turnhalle um. Die Reaktion in den Gesichtern war gemischt: Einige wirkten ärgerlich, andere belustigt. Ich sah, wie nervös die Aufsichtslehrer reagierten und einer von ihnen vom anderen Ende der Turnhalle auf die Bühne zustrebte.

»Hey, mir bleibt nicht viel Zeit«, sagte Bee und winkte der sich nähernden Aufsicht zu, »also komm ich gleich zur Sache. Ich hasse diese verfluchte Stadt, ich hasse diese Schule und ich hasse euch alle, und wisst ihr auch, warum? Ich hasse euch, weil ihr so großartig sein könntet. Viele von euch könnten richtig cool sein, aber ihr habt eine solche Angst vor *nichts*, dass ihr alle so tut, als wärt ihr völlig normal.« Ich spürte, wie sich ein Eisklumpen in meinem Magen bildete, klammerte mich fester an Grant und er küsste mich über dem Ohr.

»Tja, aber heute Abend ist endgültig Schluss damit. Callie hier hat schon zwei Abtreibungen hinter sich«, rief sie und zeigte auf ein stämmiges Mädchen, das in der Nähe der Bühne stand. »Austin da drüben ist eine Schwuchtel!«, verkündete sie und deutete auf einen mir unbekannten Jungen mit wirrem Haar, der allein neben dem Tisch mit dem Punsch stand.

Manche Leute fingen an zu flüstern. Andere sahen verängstigt aus.

Bee blickte sich rasend schnell in der Turnhalle um. »Der da fickt den Physiklehrer! Der dealt mit Drogen!«

Dann zeigte sie mit dem Finger auf Chloe, die den Kopf hob und ein finsteres Gesicht machte, als sie ihren Namen hörte. »Lesbe!«, rief Bee. Der Aufsichtslehrer war wegen des Gedränges vor der Bühne nur langsam vorangekommen, jetzt aber nur noch wenige Meter entfernt. Bee zeigte auf sich selbst und schrie: »Homo! Flittchen!«

Und dann deutete sie mit dem Finger auf mich.

»Aber das Beste hab ich mir bis zum Schluss aufgehoben, Leute«, sagte sie. »Seht euch unsere Homecoming-Königin an … Ist sie nicht süß? Ist sie nicht wunderschön? Sie verkörpert genau das, wovon wir alle träumen, stimmt's? Ich wette, viele von euch Jungs denken unter der Dusche an sie. Klug, hübsch, aber nicht aufdringlich oder einschüchternd … sie verkörpert all die Eigenschaften, die ein Mädchen nach Ansicht dieses beschissenen Kaffs hier haben sollte.« Der Aufsichtslehrer stieg jetzt die Stufen zur Bühne hoch. Ich zitterte am ganzen Leib. Grant hielt mich fest im Arm und in diesem Augenblick liebte ich ihn so sehr wie noch nie. »Aber ihr werdet's nicht glauben, Leute: Sie ist ein *Er*!« Die Menge verstummte jetzt, und als der Lehrer endlich auf der Bühne stand und Bee das Mikrofon aus der Hand riss, waren nur noch die Geräusche ihres kleinen Handgemenges zu hören.

Einige Schüler wirkten perplex, aber die meisten taten den Zwischenfall mit einem Lachen ab. Als sich die Blicke auf mich richteten, merkte ich, wie meine Hände zitterten. Die Leute fingen an zu flüstern. Grant sah mich völlig unbeeindruckt an, weil er die Sache wohl für einen skurrilen Streich hielt, doch dann bemerkte er meinen gehetzten Blick.

»Oh mein Gott«, sagte er mit äußerster Bestürzung und Abscheu in den Augen, als ihm die Wahrheit dämmerte. Ich wollte etwas sagen, wollte uns Zeit geben, wollte die nächsten Minuten anhalten, damit nicht gleich geschah, was ja geschehen musste, aber ich konnte nicht.

Ich rannte aus der Turnhalle.

KAPITEL 27

»Amanda, warte!«, rief Grant. Ich registrierte seine Worte erst, als er mich kurz vor der Turnhallentür einholte, am Arm packte und zwang, stehen zu bleiben. Einen Moment lang wehrte ich mich, dann drehte ich mich zu ihm um.

»Das ist doch nicht wahr, oder?« Er ließ meinen Arm los. »Das ist nur ein Streich, den ihr euch ausgedacht habt, als ihr bekifft wart, stimmt's?«

»Du hast mir mal versprochen, dass du mich niemals hassen würdest«, flüsterte ich und sah auf seine Brust. Mehr schien er nicht hören zu müssen. Die Muskeln in seinem Kiefer zuckten und ich konnte sogar hören, wie er mit den Zähnen knirschte. »Du hast mir mal versprochen, du würdest es nie bereuen, mit mir zusammen zu sein.«

»Wie bitte?« Er machte einen Schritt auf mich zu. Ich wich vor ihm zurück, wäre fast gestolpert und mir wurde schlecht. Tränen schossen ihm in die Augen. »Du bist also ein *Junge*? Verdammte Scheiße, ich weiß, was ich gesagt hab, aber wie kannst du denn ein Junge sein?«

»Ich bin kein Junge.« Meine Stimme klang immer noch ruhig

und sanft und ich bemerkte jetzt erst, dass hinter uns eine Menge Leute standen, die uns gespannt zuhörten. »Ich war …« Ich musste schlucken. »Ich wurde als Junge geboren.« Einen Moment lang schwiegen wir beide.

»Was?«, sagte Grant jetzt lauter. »Was soll das bitte heißen? Dass du … dass du einen Penis hast?«

»Was glaubst du, hm?«, krächzte ich. »Dir sollte das doch eigentlich aufgefallen sein.«

»Ich hab doch keine Ahnung, wie diese Scheiße funktioniert«, sagte er mit hängenden Schultern, »und du antwortest mir nie richtig. Hast du nun einen oder nicht?«

»Was ändert das schon?«, fuhr ich ihn an und erwiderte endlich seinen Blick. Jetzt wich er vor mir zurück. »Was ich zwischen meinen Beinen habe, geht dich doch offiziell gar nichts mehr an, oder?«

»Okay«, sagte Grant und es zerriss mir das Herz, weil er nicht widersprach. »Aber was sagt das über mich aus? Heißt das …« Er holte Luft und sagte langsamer: »Heißt das, ich bin schwul?«

»Nein«, sagte ich leise. »Wie schön für dich.«

Er schien erst jetzt zu merken, dass wir Zeugen hatten, und wurde blass. Er wollte noch etwas sagen, aber ich schüttelte nur den Kopf. Ich wollte allein sein, irgendwo, wo es ruhig war, vielleicht draußen auf einer Wiese, wo ich mich hinlegen und in den Herbsthimmel schauen konnte und nichts mehr spüren musste, bis mein Körper irgendwann in der Erde versank und nichts zu allem wurde.

Ich sah die Leute an, die uns umringten. Manche standen mit erhobenen Augenbrauen da und hielten sich die Hand vor den Mund, aber alle starrten sie mich schweigend an, auch meine Freundinnen. Mir fiel ein, dass ich immer noch das Diadem trug, das Layla mir in die Haare gesteckt hatte, und machte es los. Von Nahem sah es geschmacklos, billig und albern aus.

»Da«, sagte ich und warf es ihr vor die Füße. »Ich denke, ich bin disqualifiziert.«

Ich drehte mich um, bevor jemand reagieren konnte, und lief aus der Schule und in die Nacht hinein.

KAPITEL 28

Wie besessen rannte ich neben dem Highway entlang. Meine Gefühle brachen mir wie Schweiß aus allen Poren, wie Farben, die sich von einer Leinwand lösen, wenn man sie in Terpentin taucht. Ein Sattelschlepper, der donnernd vorbeifuhr, hupte laut. Ich schrie vor Schreck auf, stürzte und verdrehte mir dabei den Knöchel. Vor Schmerz wurde mir schwarz vor Augen, aber ich zog meine Schuhe aus, stand auf und lief humpelnd weiter.

Meine Füße waren eiskalt und mein Knöchel pochte, sobald ich ihn belastete. Ich blickte in den Himmel, sah, wie die Sterne ihre Bahnen zogen, ganz klar und gegenwärtig in einer kalten Luft wie dieser heute Nacht, fern jeder Lichtverschmutzung. Als ich das letzte Mal hier gegangen war, erschlug mich die Hitze fast, das wuchernde Unkraut zerkratzte mir die Waden und die Zikaden sahen zu und zirpten; jetzt drang die Kälte in meine Füße und die Feuchtigkeit in mein Kleid und die Sterne sahen unbeteiligt zu.

Sinnigerweise hörte ich in meiner Tasche die feierliche Titelmelodie von *Star Wars* spielen und ich sah auf mein Handy.

Wieder Dad – er hatte es schon mehrmals versucht. Der Zwischenfall in der Turnhalle musste sich bereits in der Stadt herumgesprochen haben. Als ich den Kopf hob, sah ich, dass nur wenige Meter hinter mir ein Truck auf den Seitenstreifen gefahren war. Das grelle Licht seiner Scheinwerfer blendete mich und ich musste blinzeln und hielt schützend die Hand vor die Augen.

»He, Schönheit«, rief Parker, während er langsam auf mich zufuhr. Die Reifen seines Trucks zermalmten knirschend den Schotter auf dem Seitenstreifen. Einen Moment lang lag das Fahrerhaus in völligem Dunkel, aber auch als sich meine Augen an das grelle Licht gewöhnt hatten, konnte ich sein Gesicht nur vage erkennen. »Willst du mitfahren?«

»Nein, danke«, sagte ich und versuchte, schneller zu gehen. Aber sein Truck folgte mir und schon nach wenigen Schritten in fast normaler Gehgeschwindigkeit stöhnte ich vor Schmerzen auf und musste stehen bleiben, um meinen pochenden Knöchel zu massieren.

»Du hinkst ja, *Kumpel.*« Parkers letztes Wort traf mich wie ein Hieb in den Magen. Ich raffte mich auf und humpelte langsamer weiter.

»Bitte nenn mich nicht so.«

»Wieso denn nicht?«, fragte er mit einem eigenartigen Ton in der Stimme. »Du bist doch Grants kleiner Freund, oder etwa nicht? Und da ich Grants Freund bin, sind folglich auch wir beiden Kumpels.«

»Ich bin nicht sein Freund.« Ich drehte mich um und starrte wütend auf seine Silhouette.

»Ach richtig, stimmt ja«, sagte Parker, »er hat ja Schluss mit dir gemacht, hab ich gehört.«

»Nein«, sagte ich. Mir wurde schlecht vor Verlegenheit, Wut und Schmerz. »Ich bin noch nie sein Freund gewesen.«

»Okay, aber was dann? Denn ein Mädchen bist du ja schließlich auch nicht.«

»Lass mich in Ruhe, Parker«, sagte ich mit zusammengebissenen Zähnen. Die Härchen in meinem Nacken sträubten sich und ich spürte einen Anflug von Panik, ging aber weiter.

»Ach, so hab ich's nicht gemeint«, sagte er, »ich meine, sicher, streng genommen, nein, todsicher bist du kein Mädchen, aber zumindest siehst du aus wie eins.«

»Okay.« Ich schluckte, sah wieder in seine Richtung und meinte in der Dunkelheit Licht in seinen Augen aufblitzen zu sehen. Dann lachte er plötzlich laut. Ich fuhr zusammen und rang nach Luft.

»Entspann dich! Ich mach doch nur Scheiß. Jetzt komm, steig ein und fahr mit.«

»Parker, bitte«, sagte ich, »fahr einfach weiter. Ich will nicht mitgenommen werden.«

»Klar willst du«, sagte Parker und ich konnte erkennen, dass er zwar breit grinsend, aber mit gerunzelter Stirn in seinem Fahrerhaus saß. »Nur eben nicht von mir.«

»Ich will nur meine Ruhe.«

Wieder leuchtete das bläuliche Licht einer SMS von Dad in meiner Tasche auf, und ich wollte gerade das Handy herausholen und es entsperren, als der Motor des Trucks plötzlich abstarb, Parker heraussprang und mit seiner riesigen Pranke mein Handgelenk umklammerte. Entsetzt sah ich ihn an und ließ das Handy langsam in die Tasche zurückgleiten.

»Schon besser«, sagte er und ließ mich los. »Den Teufel willst du, dass man dich in Ruhe lässt. Wenn du das wirklich wolltest, wärst du doch ein Junge geblieben. Du willst bloß mehr Beachtung haben, sonst hättest du dich nicht in das verwandelt, was du bist; schade nur, dass *ich* dir nicht gut genug bin.«

»Was willst du überhaupt hier?«

»Dich begleiten«, sagte er und lief mit vorgebeugten Schultern und den Händen in den Hosentaschen neben mir her. Ein säuerlich-steriler Geruch wehte zu mir herüber und mir war klar, dass er getrunken hatte. »Ist gefährlich hier draußen. Aber keine Angst, ich pass schon auf dich auf.«

»Okay.« Ich schlang die Arme um mich und spähte in die Dunkelheit zwischen den Bäumen. Sein Schatten dehnte sich neben meinem aus. Ich dachte an Mom und wie sie mir erzählt hatte, dass Männer, im Grunde alle Männer, bedrohlich seien und man sich als Frau oft hilflos unter ihnen fühle, und zum ersten Mal konnte ich nachvollziehen, was sie meinte.

Heimlich griff ich wieder in meine Tasche und schlang die Finger um mein Handy, als mich sein Fausthieb traf. Etwas schlug seitlich gegen meinen Schädel, das Dunkel um mich herum verfärbte sich rot und die nächtlichen Geräusche der Straße wurden von einem Klingeln in meinem rechten Ohr verdrängt. Wie betrunken taumelte ich auf die straßenabgewandte Seite zu, schürfte mir die bloße Schulter an einem Baum auf und klammerte mich an ihm fest. Bevor ich begriffen hatte, was geschehen war, stürzte sich Parker auf mich; sein Gesicht war nur wenige Zentimeter von meinem entfernt und sein Unterarm drückte so fest gegen meine Kehle, dass ich kaum Luft bekam, würgen musste und Sternchen sah.

»Nein«, zischte er, »so leicht kommst du mir nicht davon. Monatelang hast du mich wie ein Arschloch dastehen lassen, aber jetzt ist kein Grant mehr da, der dich beschützt. Jetzt ist endgültig Schluss mit der Ziererei.« Ich konnte kaum verstehen, was er sagte, und sein Gesicht lag wegen des grellen Scheinwerferlichts hinter ihm im Dunkeln. Ich wollte etwas sagen, aber ich brachte nur einen würgenden Laut hervor. »Du hättest es einfacher haben können. Jetzt wollen wir mal sehen, wie echt du wirklich bist.«

Als ich spürte, wie seine riesigen Hände mein Kleid am Saum hochrissen, wich meine Benommenheit, sodass ich wieder reagieren konnte. Ich stieß einen krächzenden Schrei aus, fasste ihm ins Gesicht und rammte ihm, so fest ich konnte, mein Knie zwischen die Beine. Er hustete laut und erschlaffte. Ich fühlte mich immer noch schwindelig und desorientiert, aber der animalische Anteil meines Gehirns zwang mich zu handeln. Torkelnd lief ich ins dunkle Unterholz und rannte, mich immer wieder umsehend, auf die Straße zu.

Parker stapfte hinter mir her, knickte Äste um und knurrte böse meinen Namen. Die Pünktchen vor meinen Augen und das Geräusch in meinen Ohren machten es mir unmöglich, festzustellen, wie weit entfernt er von mir war, aber kurz darauf hörte ich wieder den Schotterbelag knirschen, der Lichtstrahl eines zweiten Scheinwerferpaars glitt über den Seitenstreifen, Autotüren wurden zugeschlagen und weibliche Stimmen näherten sich.

Langsam und vorsichtig schlich ich auf die Straße zu. Die

Hälfte der Strecke hatte ich schon hinter mir, als ich mit dem verletzten Fuß ausrutschte. Ich streckte die Hand nach einem Ast aus, um mich festzuhalten, aber er brach mit einem lauten Knacken ab, und ich schrie auf und fiel auf den nassen Untergrund.

»Jetzt hab ich dich!«, johlte Parker. Ich versuchte aufzustehen, aber er brach in Sekundenschnelle durch die Dunkelheit, stürzte sich auf mich und stieß mich mit einer unfassbaren Kraft, gegen die ich machtlos war, auf den matschigen Boden. Ich spürte, wie der linke Träger meines Kleides riss und nach unten rutschte. Ich schlug und trat verzweifelt um mich, traf ihn aber nicht und schnell drückte er meine Handgelenke neben meinem Kopf zu Boden. Er hatte gerade meine Knie gewaltsam auseinandergedrückt, als ich hinter ihm ein metallisches Klicken hörte.

»Ich hab immer gewusst, dass du ein fieser Typ bist«, sagte eine Mädchenstimme. Ein Lichtstrahl fiel auf uns und ich sah Chloes Umrisse, die ein Gewehr in den Händen hielt und auf Parkers Rücken zielte.

Parker stand langsam auf. Ich kroch auf allen vieren rückwärts, bis ich mit dem Kopf an einen Baumstamm stieß, dann zog ich keuchend die Knie an mich heran. Chloe führte Parker ab und ich kauerte wieder allein im Dunkeln, bis eine kleine Hand nach meiner griff und mich hochzog.

»Schnell«, sagte Anna mit gedämpfter Stimme.

Gemeinsam schafften wir es bis zur Straße, wo ich Parker stehen sah, der die Hände auf seinen Truck gestützt hatte; sein Gesicht war rot angelaufen und die Muskeln in seinem Kiefer zuckten wütend. Chloe stand mit erhobenem Gewehr hinter ihm, wachsam, aber mit einem Ausdruck äußerster Langeweile in den Augen.

»Wir haben sie gefunden«, hörte ich Layla sagen; sie klang ruhig, aber ich hörte die Panik in ihrer Stimme. »Ich ruf dich wieder an.« Ich drehte mich um und sah, wie sie ihr Handy einsteckte und zu uns herüberlief. Sie nahm mich in den Arm, aber ich spürte einen brennenden Schmerz in Schulter und Rippen und zuckte zurück. »Wir haben uns solche Sorgen um dich gemacht!«

»Mir geht's gut«, sagte ich, »danke.«

»Grant schrieb uns eine Nachricht«, sagte Layla. Sie beugte sich nach vorn, um mein Gesicht zu begutachten, und verzog gequält das Gesicht.

»Ja«, sagte Anna. »Er sagte, Parker hätte ihn sofort angerufen, nachdem es sich herumgesprochen hatte. Er meinte, er hätte betrunken geklungen und irgendwas davon gefaselt, dass er ihm helfen wolle, sich an dir zu rächen und dir einen Dämpfer zu verpassen.«

»Oh«, sagte ich und zog den Träger an meinem Kleid hoch. Ich zitterte, obwohl mir gar nicht kalt war. Ich spürte überhaupt nicht viel. »Nett von ihm.«

»Amanda?« Layla nahm meine Hand und sah mich besorgt an. »Alles okay mit dir?«

»Nein.« Mir wurde jetzt bewusst, wie sehr ich zitterte.

»Möchtest du, dass wir die Polizei anrufen?«, fragte Anna. Ich drehte mich um und sah, dass Chloe mich mit erhobenen Augenbrauen beobachtete.

»Sollen wir dich ins Krankenhaus bringen?«, fügte Layla hinzu.

»Nein.«

Das Letzte, was ich wollte, war eine Krankenschwester, die Fotos von mir machte. Das Letzte, was ich wollte, war es, die Nacht mit Polizisten zuzubringen, die zwischenzeitlich alles über mich erfahren hatten und mir Fragen zu meinem Intimbereich stellten statt zu dem, was eigentlich geschehen war. Es gab nur eines, was ich wollte: den heutigen Abend vergessen. Ich wollte, dass er vorüber war.

Chloe stieß Parker einmal kräftig mit dem Gewehr in den Rücken und schnauzte ihn an, er solle sich vom Acker machen. Er gehorchte auf der Stelle, rannte zu seinem Truck und fuhr in die Nacht hinein.

»Wenn du meinst«, sagte Layla. Sie schwieg einen Moment, dann sah sie mir in die Augen. »Aber was können wir denn dann für dich tun?«

»Bitte bringt mich einfach nach Hause.«

KAPITEL 29

Layla fuhr mich schweigend heim und ich lehnte meinen Kopf an das Beifahrerfenster, weil das kühle Glas der Scheibe den pochenden Schmerz an der Stelle linderte, wo Parker mich getroffen hatte. Ich schloss das linke Auge – das rechte schwoll schon zu – und zappte mich durch die Zeit. Ich wollte diese Autofahrt hinter mich bringen. Ich wollte das Gespräch mit Dad, die Busfahrt nach Atlanta und Moms besorgte Blicke überspringen und mit zugezogenen Vorhängen in meinem Zimmer in Smyrna sein.

»Ich muss mich bei dir entschuldigen«, sagte Layla. Ich blickte kurz in ihre Richtung, reagierte aber nicht. »Es tut mir leid, dass wir in der Turnhalle einfach nur so dagestanden haben.«

»Schon gut«, sagte ich. »An deiner Stelle wüsste ich auch nicht, wie ich mit mir umgehen soll.«

»Das ist es gar nicht mal.« Layla schüttelte den Kopf. »Es ist …«

Ich schnitt ihr mit einer schroffen Handbewegung das Wort ab und sagte lauter als beabsichtigt: »Lüg mich nicht an, okay?

Danke für deine Hilfe bei Parker, aber vormachen musst du mir nichts.«

»Amanda …«

»Ich bin ein Freak.« Mir kamen die Tränen, dabei war ich gar nicht traurig. Vielleicht war ich ja wütend, dachte ich, aber ich wusste nicht einmal genau, auf wen. Auf Grant, weil er mich nicht liebte? Auf Parker für das, was er mir angetan hatte? Auf meinen Dad, weil er mich gewarnt und recht behalten hatte? Vielleicht ja auch auf mich selbst, weil ich mir eingebildet hatte, einmal im Leben glücklich sein zu können. »Ich bin ein Freak, und wenn Wichser wie Parker erst mal die Wahrheit erfahren, dann wollen sie immer die ganze Freakshow sehen.«

»Amanda!«, wiederholte Layla. Ich schniefte und sah sie finster an, aber der Blick, den sie mir zuwarf, besänftigte mich. »Untersteh dich, so über meine Freundin zu reden.« Sie streckte ihre rechte Hand aus und griff nach meiner linken. Erst zuckte ich zusammen, doch dann gab ich schnell nach. »Die Wahrheit ist, dass du meine Freundin bist, Amanda. Und du bist eines der schönsten Mädchen, die mir je begegnet sind, innerlich wie äußerlich.«

»Wirklich?«, fragte ich und putzte mir die Nase.

»Mein Gott, ja! Weißt du, ich versuche mir gerade vorzustellen, wie du ausgesehen hast, bevor aus dir Amanda wurde. Wie in aller Welt hast du es nur geschafft, ein Junge zu sein?«

»Nicht besonders gut«, sagte ich mit einem winzigen Lächeln. Layla lächelte zurück.

»Hör mal«, sagte sie nach kurzem Schweigen. »Wir lieben dich so, wie du bist.«

»Und ich liebe euch Mädels auch.« Ich lächelte und spürte, wie schmerzhaft meine angeschlagene Schläfe pochte.

Dann bogen wir in meine Apartmentanlage ein. Ich dankte Layla noch einmal und wollte aussteigen, aber sie drückte meine Hand und sah mich eindringlich an.

»Du musst da nicht reingehen. Du kannst heute bei mir übernachten.«

»Nein.« Ich zog meine Hand zurück und lächelte ihr beruhigend zu. »Danke, aber nein. Mir geht es schon viel besser.«

»Okay«, sagte Layla. »Ich warte jetzt hier draußen etwa eine halbe Stunde. Und wenn du das Gefühl hast, du möchtest heute lieber unter Freunden sein, dann kommst du wieder raus und übernachtest bei mir.«

Ich dankte Layla noch mal, stieg humpelnd die Treppe hinauf und dachte mit Grauen an das bevorstehende Gespräch mit Dad. Als ich vor unserer Tür stand und aufschließen wollte, wurde sie von innen aufgerissen und Dad stand mit gestrafften Schultern und sorgenvollem Blick vor mir.

»Oh mein Gott«, sagte er leise und dann noch einmal lauter, nachdem er mich gemustert hatte. Ohne ein weiteres Wort drängte er sich an mir vorbei und stapfte die Treppe hinunter.

»Warte doch«, rief ich ihm nach und wollte ihm hinterher, wäre aber wegen meines verrenkten Knöchels um ein Haar die Treppe hinuntergefallen. »Wo willst du denn hin?«

»Ich bring ihn um!«, hörte ich ihn rufen, bevor die Autotür zuschlug und der Motor ansprang. Als ich den Parkplatz erreichte, sah ich gerade noch, wie er in schnellem Tempo davonfuhr. Layla stieg aus ihrem Auto und kam mit großen Augen auf mich zu.

»Was war das denn?«

»Wir müssen ihm hinterher«, sagte ich und humpelte auf ihren Wagen zu.

»Wohin will er denn?«

»Zu Grant nach Hause«, sagte ich und schnallte mich mit zitternden Händen an.

KAPITEL 30

Laylas Wagen geriet ins Schlingern, als wir die matschige Schotterstraße zu Grants Wohnwagen entlangrasten. Sie hatte kaum gehalten, da riss ich schon die Beifahrertür auf. Dads Auto, dessen Scheinwerfer die Vorderseite des Wohnwagens in ein gespenstisch weißes Licht tauchten, parkte ein paar Meter weiter vorne. Dad stand fast auf dem Fahrersitz und drückte ohne Unterbrechung auf die Hupe. Die angeketteten Hunde bellten und jaulten sich die Lunge aus dem Leib, weil sie ihn angreifen, davonrennen, dem Lärm ein Ende machen wollten.

Grant erschien ohne Sakko und mit gelockerter Krawatte auf der Veranda. Er straffte die Schultern, dann ging er zielstrebig und mit großen Schritten in den Hof und auf Dad zu, der endlich aufgehört hatte zu hupen. Hastig versuchte ich mich aus meinem Sicherheitsgurt zu befreien und fiel auf den matschigen Boden.

»Dad!«, brüllte ich. »Dad, bitte …«

»Fahr nach Hause«, schrie er zurück und ging dichter an Grant heran.

»Ich weiß nicht, was Sie denken«, sagte Grant und hob beide Hände hoch, »aber …«

Dad machte einen Schritt nach vorn und holte zu einem so heftigen, wutgeladenen Schlag in Grants Gesicht aus, wie ich es ihm nie im Leben zugetraut hätte. Grant gab einen Laut von sich, der sich wie ein explodierender Airbag anhörte, und ging mit blutender Nase rücklings zu Boden.

»Jetzt hör gut zu, was ich dir sage, du Früchtchen«, knurrte Dad erbost. »Wenn du sie noch einmal anrührst, dich in ihre Nähe wagst, mit ihr sprichst oder sie auch nur ansiehst, dann leg' ich dich um.«

Ich rappelte mich auf und warf mich zwischen die beiden. Dad hatte den gleichen Ausdruck im Gesicht wie früher, wenn ich als Vierjähriger wegen irgendeiner Kleinigkeit einen Tobsuchtsanfall bekam, aber diesmal waren seine Augen rot gerändert und seine Nasenlöcher blähten sich vor Wut. Ich hörte, wie jemand die Fliegengittertür zuschlug, drehte mich um und sah Grants Mom im Nachthemd auf der kleinen Veranda stehen.

»Ich zähle jetzt bis zehn«, rief Ruby, »und dann sind Sie mitsamt Ihrem schwulen Sohn von meinem Grundstück verschwunden oder ich ruf die Polizei.«

»Dad«, sagte ich. Ich zupfte ihn vorsichtig am Ärmel und vermied es, Grant anzusehen. »Jetzt komm.«

»Eins«, fing Grants Mom an zu zählen.

»Dad«, zischte ich. Er stieß meine Hand von seinem Arm.

»Zwei«, sagte sie mit knirschenden Zähnen. »Drei.«

»Steig ins Auto«, sagte Dad endlich. Er drehte sich um, ohne mich eines Blickes zu würdigen, und ich folgte ihm. Layla hielt mich auf und sah mich fragend an, aber ich schüttelte den Kopf und stieg bei Dad ein. Er riss so heftig am Schaltknüppel, als wolle er ihn erdrosseln, und fuhr auf den Highway zu, der in leuchtendem Orange vor uns lag.

»Er war es nicht«, sagte ich kurz darauf und machte mich so klein wie möglich. »Es war ein anderer Typ …«

»Verflucht noch mal!«, sagte Dad. Er hämmerte mit seiner Faust aufs Lenkrad. Ich drückte mich gegen die Tür des Beifahrersitzes und starrte ihn an, wagte aber nicht, etwas zu sagen. »Ich hatte dich gewarnt. Verdammt noch mal, ich hatte dich gewarnt!«

»Dad«, sagte ich. »Bitte. Es tut mir leid.«

»Du hättest sterben können«, sagte er mit einer Stimme, die trotz der Enge durch den ganzen Wagen dröhnte, »aber das ist dir offenbar völlig egal. Verflucht noch mal, Amanda …«

»Dad …«, sagte ich mit brüchiger Stimme.

»Was mich betrifft, ich hab die Nase voll! Ich werde nicht länger zusehen, wie du dich kaputt machst. Wenn wir zu Hause sind, dann will ich, dass du deine Sachen packst.«

NOVEMBER, DREI JAHRE VORHER

Ich hätte viel lieber hinten im Bus gesessen, aber dort hatten die älteren und gemeinen Jungs ihre Stammplätze und der stellvertretende Schulleiter meinte, ich würde mich da nur zur Zielscheibe machen. Das hieß aber nicht, dass es mir vorne besser ging; sobald die Jungs an mir vorbeigingen, traten sie mich ans Bein und schlugen mir meine Sachen aus den Händen. Eine Zeit lang waren meine Schienbeine grün und blau und ich kam mit zerrissenen Büchern nach Hause, in denen Seiten fehlten. Jetzt saß ich still und mit an die Brust gezogenen Knien da und starrte vor mich hin.

Der Bus hielt. Ich umklammerte meine Beine noch fester und hörte schon an dem dumpfen Schritt von Wayne Granvilles Stiefeln, dass er es war, der den Gang nach vorne kam. Wayne war ein paar Zentimeter kleiner als ich, aber dümmer, schneller und stärker.

»Na, nettes Halloween gehabt?«, fragte er. Eine blonde Elftklässlerin verdrehte die Augen und quetschte sich an ihm vorbei. Er schien sie gar nicht zu bemerken. Ich antwortete nicht. »Billy sagt, ja. Er meinte, er hätte dich beim Süßigkeitensammeln in einem Kleid gesehen.« Ich drückte die Stirn auf die Knie und schloss die Augen. Ich hatte Halloween in meinem Zimmer verbracht, allein, mit Videospielen. Ich verbrachte jeden Abend und jedes Wochenende in meinem Zimmer, allein und mit Videospielen. »Ach ja, und ich hab auch gehört, dass du ein paar Typen für eine Packung Skittles einen geblasen hast. *Taste the rainbow*, stimmt's?« Der Busfahrer warf ihm einen ungeduldigen Blick zu und Wayne wandte sich zum Gehen. »Ich seh dich morgen, Andy!«, rief er mir noch zu, während er aus dem Bus stieg.

»Nein, tust du nicht«, flüsterte ich, aber das hörte keiner.

Zischend öffnete sich die Bustür an meiner Haltestelle. Ich schob mich auf den Gehweg und sah zu, wie der Bus abfuhr. Die Straße war menschenleer. Die Vorgärten schienen an den Rändern mit schwarzen und orangefarbenen Laubsäcken befestigt zu sein, jedenfalls sahen sie aus wie Sandsäcke, die keine Flut aufhalten mussten. Ich setzte einen Fuß vor den anderen. Der Wind pfiff die Straße entlang und peitschte mir die Haare in die Augen. Mir war egal, wohin sie fielen; wenn ich auf die Straße und vor ein Auto lief, sparte ich nur Zeit.

Unser Garten war übersät mit Laub. Mom hatte sich vor zwei Wochen in der Arbeit den Knöchel gebrochen, und an den meisten Tagen konnte ich kaum die Energie aufbringen, morgens aufzustehen. Mein Fuß sank durch die obere Schicht von neuen, trockenen Blättern auf die mulchige Schicht darunter. Abgestandenes Regenwasser drang langsam in meine Socken, aber es war mir egal. Ich schloss die Tür auf und trat leise ins Haus.

Aus Moms Zimmer drangen Fernsehgeräusche. Ich setzte meinen Rucksack auf der Couch im Wohnzimmer ab, ging leise bis zu ihrer Tür und spähte in ihr Zimmer. Ihr Kopf ragte unter der Decke hervor und ihre Brust hob und senkte sich langsam. *Dr. Phil.* war so laut aufgedreht, dass ihr leises Schnarchen kaum zu hören war. Zwei Fläschchen mit verschreibungspflichtigen Medikamenten und ein halb geleertes Wasserglas standen auf dem Nachttisch neben der Tür. Ich zog Schuhe und Socken aus und schlich auf Zehenspitzen dorthin. Langsam nahm ich das erste Fläschchen zur Hand und las das Etikett: Amoxicillin. Antibiotika waren nicht das, wonach ich suchte. Ich stellte es zurück und griff nach der anderen Flasche, die, wie ich wusste, Oxycodon enthielt. Meine Hände zitterten und das Fläschchen klirrte. Mom murmelte etwas und ich erstarrte. Einen Moment später drehte sie sich um und fing wieder an zu schnarchen.

Ich ging ins Wohnzimmer zurück und stellte die Flasche auf den Couchtisch, dann in die Küche, wo ich ein Glas mit Leitungswasser füllte. Ich nahm es mit ins Wohnzimmer, setzte mich neben den Rucksack und stellte das Wasserglas neben dem Pillenfläschchen ab. Ich holte mein Schulbuch aus dem Rucksack, das sich *Gesundheit und Pflege* nannte, und legte es auf meinen Schoß. Ein laufender, männlicher Körper mit sichtbaren Muskeln, Venen und Knochen starrte mir vom Einband unterhalb des Titels entgegen. Ich ließ meine Hand über den Buchdeckel gleiten und stellte mir die Sehnen unter meiner Haut vor, die Knochen, mit denen sie verbunden waren, das Blut, das durch die spinnwebenartigen Venen rann, die Muskeln, die sich aus hunderttausend winzigen Fasern zusammensetzten. Dieser Körper, dieses wandelnde Gefängnis, hatte mich dazu gezwungen, fünfzehn Jahre lang am Leben zu bleiben.

Ich öffnete das Buch auf der Seite mit der Überschrift *Was Jungen in der Pubertät erwartet.* Dann schraubte ich das Pillenfläschchen auf, entnahm ihm drei kleine weiße Pillen und steckte sie in den Mund. Sie schmeckten pulvrig und bitter. Ich spülte sie mit einem Schluck Wasser hinunter und las weiter. Ich las den Text der aufgeschlagenen Seite und spürte alles, was dort beschrieben war, an meinem eigenen Körper – ich war ein Spätentwickler mit fünfzehn, groß zwar, aber dürr und ohne Bartwuchs, mit hoher Stimme, die immer noch gelegentlich kiekste, und trotzdem spürte ich die Veränderungen wie einen Insektenschwarm über meinen Körper schwirren.

Das Wachstum der Hoden sowie die Produktion von Testosteron und Sperma beginnen.

Ich schluckte drei weitere Pillen. Bald würde ich kein Opfer ohne Freunde mehr sein.

Spontane Erektionen und nächtliche Samenergüsse sind normal und kein Grund zur Beunruhigung.

Ich schluckte noch drei Pillen. Kein Problem mehr damit, dass Dad sich nichts aus mir machte.

Kräftige Haare wachsen im Gesicht, auf der Brust und auf dem Bauch, wobei die Haare auf Armen und Beinen deutlich dicker sind als die von Frauen.

Noch drei Pillen. Meine Glieder fühlten sich schwer und eigenartig an. Keine Zukunft ohne Liebe, ohne Küsse, ohne Nähe mehr.

Die Stimme wird etwa eine Oktave tiefer, da sich der Kehlkopf vergrößert und die Stimmbänder länger und dicker werden.

Ich schluckte noch drei Pillen. Es fiel mir schwer, mich zu konzentrieren. Keine Möglichkeit mehr, Mom damit zu beschämen, wie ich mir mein Leben eigentlich vorstellte.

Knochendichte und Muskelmasse nehmen zu, die Schultern werden breiter, was zu dem unterschiedlichen Körperbau von Mann und Frau beiträgt.

Drei weitere Pillen. Ich wurde sehr schläfrig. Aber ich fühlte mich okay. Ich wusste, dass alles gut werden würde. Unten auf der Seite stand etwas über Akne und Körpergeruch, aber die Worte fingen an zu tanzen, sobald ich versuchte, sie zu fokussieren. Ich klappte das Buch zu und legte es zur Seite. Ich spülte die restlichen Pillen mit Wasser herunter und ging ins Bad. Ich zog meine Kleider aus und setzte mich in die Badewanne, weil ich kein Chaos hinterlassen wollte. Chaos zu hinterlassen wäre unhöflich gewesen. Mir fiel ein, dass ich vergessen hatte, einen kurzen Abschiedsbrief zu schreiben, aber dafür war es jetzt zu spät und bald schon würde ohnehin alles belanglos sein. Die Augen fielen mir zu.

Alles würde okay sein.

KAPITEL 31

Im Bus roch es nach Körpergeruch, trockener Heizungsluft und Urin. Es war kurz nach zwölf, als wir aufbrachen, immerhin hatte Dad mich ausschlafen und noch in Ruhe frühstücken lassen. Der Mann auf dem Gangplatz schnarchte laut, aber das war mir egal. Ich hätte auch gern geschlafen, war entsprechend müde, aber ich konnte nicht. Ich fühlte mich wie tot. Ich fühlte nichts.

Ich versuchte es mit Musik und steckte mir die Stöpsel in die Ohren, aber als wir Chattanooga erreichten und vom Highway I-24 auf den I-75 fuhren, hatte ich schon alle mein Lieblingssongs gehört und fand, dass sie wie musikalisches Styropor klangen. Ich las ein paar Artikel im Internet, aber sie waren alle trivial.

Ich wollte zu Hause sein, wusste aber nicht mehr, wo mein Zuhause war. Ich drückte meine Wange an die Busscheibe und sah die Straße vorbeigleiten, die wie ein über die Hügel geworfenes schwarzes Band aussah. Ich beobachtete die sich verändernde Landschaft der Gegend, in der ich geboren worden war und die mir, so lange ich mich zurück erinnern konnte, immer vermittelt hatte, dass sie mich hasste, und gab schließlich dem Flimmern in meinen Augen nach.

*

Als der Bus mit einem Ruck hielt, fuhr ich hoch und schnappte nach Luft. Ich schlurfte den Gang entlang zur Bustür, stieg die Stufen hinunter und blieb fröstelnd und innerlich noch immer wie betäubt inmitten der Abgase und des Lärms des Greyhound-Bahnhofs stehen.

»Huhu!«, rief eine hohe weibliche, melodisch klingende Stimme. Ich brauchte einen Augenblick, bis ich begriff, dass sie zu Mom gehörte. Ich blickte in ihre Richtung und blieb wie angewurzelt stehen, als ich sie neben Virginia sitzen sah – Mom in einem violetten Anorak und Virginia in einem viel zu großen Pullover mit Zopfmuster, der ihr bis an die Knie reichte – und die beiden mir zuwinkten. Mir wurde ganz schwummrig, als ich die beiden so nebeneinander sah.

»Hi«, sagte ich schließlich, stellte meine Taschen ab, umarmte beide und sah sie verwirrt an. »Na, das ist ja schräg.«

»Findest du?« Mom warf Virginia einen beunruhigten Blick zu.

»Finde ich überhaupt nicht«, sagte Virginia. Sie nahm mir mein Gepäck ab und wir gingen hinüber auf den Gehweg, wo Mom geparkt hatte.

»Aber ihr zwei kennt euch doch kaum.«

»Nein?« Virginia lächelte verschmitzt.

»Ich gehe jetzt in die Selbsthilfegruppe in der Praxis deines Therapeuten«, erklärte Mom, während wir in ihren alten grauen SUV stiegen. Ich versuchte mir Mom bei den Sitzungen vorzustellen, aber es gelang mir gar nicht. Mom ahnte wohl, was in mir vorging, denn sie zuckte mit den Achseln und sagte: »Ich hab mich einsam gefühlt und wollte mehr über dich erfahren und deshalb habe ich beschlossen, es mal zu probieren.« Sie drückte mein Knie und sah mich mit einem Blick an, der versprach, dass alles wieder gut werden würde. Ich legte meine Hand auf ihre und lächelte; ich war ihr so dankbar, dass sie nicht ein Wort darüber verlor, dass ich die Stadt mit einem blauen Auge verlassen hatte und mit einem wiederkam.

Das Haus war noch sauberer, als ich es in Erinnerung hatte, und schon für Thanksgiving geschmückt, obwohl es noch ein paar Tage bis dahin waren. Das Wohnzimmer und die Küche strotzten vor Braun- und Rottönen und in allen Räumen war jede Ablagefläche mit Truthähnen aus Papier und Steckäpfeln dekoriert. Es roch nach Braten und würzigem Maisbrot und das Wasser lief mir im Mund zusammen.

»Es riecht so gut hier. Aber du hättest dir nicht solche Mühe machen müssen.«

»Schließlich bist du meine Tochter«, sagte Mom. »Und außerdem bist du zu dünn. Ich wusste, dass deinem Vater in Sachen Ernährung nicht zu trauen ist.« Sie kündigte an, das Essen sei in einer halben Stunde fertig, und ging in die Küche.

»Ich brauche ein bisschen frische Luft nach der langen Busfahrt«, rief ich ihr nach.

»Ich begleite dich«, sagte Virginia und trat mit mir ins Freie.

»Bleibst du eigentlich über Thanksgiving da?«, fragte ich sie, während sie in ihre Jacke schlüpfte.

»Ich wünschte, ich könnte.« Sie nestelte an den Jackenknöpfen herum, während sie die Stufen der Veranda hinunterging. »Aber ich ziehe nächste Woche nach Savannah. Ich habe einen Platz am SCAD bekommen.«

»Mann, cool!« Sie strahlte mich an und wir gingen eine Weile schweigend nebeneinanderher. Ich zuckte bei jedem Schritt zusammen, weil mein Knöchel immer noch pochte. »Also«, sagte ich schließlich, »willst du wissen, was passiert ist?«

»Lass uns doch erst mal über was anderes reden. Gib dir ein bisschen Zeit. Du hast deinen Tumblr-Account gelöscht, stimmt's?« Ich nickte. »Dann bist du also gar nicht mehr auf dem Laufenden, was die anderen so treiben, oder?« Ich schüttelte den Kopf und war froh, dass sie jetzt redete. Virginia und Mom waren die einzigen beiden Menschen, die ich momentan in meiner Nähe ertragen konnte.

»Zeke hat endlich einen Job bei einer Versicherung gefunden, die seine Brustvergrößerung abdeckt«, sagte sie. »Du hast gerade seine Party verpasst; seine OP ist für nächsten Monat angesetzt.«

»Das ist ja toll. Ist er noch mit Rhonda zusammen?«

»Moira macht mal wieder Couchsurfing«, sagte Virginia unvermittelt, als hätte sie mich gar nicht gehört. »Bis jetzt ist sie noch clean, aber im grünen Bereich ist sie noch lange nicht. Deine Mom überlegt, ob sie sie in eurem Gästezimmer unterbringen soll.« Sie steckte die Hände in die Hosentaschen und blickte hinauf zu der eisengrauen Wolkenschicht über unseren Köpfen. »Weißt du eigentlich, dass deine Mom eine richtig tolle Frau ist?«

»Ich weiß.« Ich neigte den Kopf und kniff die Augen zusammen. »Virginia. Was ist mit Rhonda?«

»Kann ich dir das nicht später erzählen?« Virginia sah mich bittend an. »Du hast doch schon genügend Stress.«

»Ich möchte es aber gerne wissen«, sagte ich.

»Okay.« Sie atmete tief ein und schloss die Augen. »Sie hat sich vor ungefähr einem Monat das Leben genommen, kurz nachdem ich zurückgekommen bin. Ohne einen Brief zu hinterlassen.«

»Nein.« Ich schlug die Hand vor den Mund und schlang meinen anderen Arm um mich. »Oh mein Gott. Warum?«

»Das weißt du doch.« Virginia schüttelte langsam den Kopf. »Wir wissen alle, warum.« Sie schwieg einen Moment, während ich versuchte, diese Nachricht zu verarbeiten. »Ihre Eltern sind so grauenhaft damit umgegangen. Sie haben ihr die Haare abgeschnitten und sie in Anzug und Krawatte beerdigt.«

Wir gingen schweigend weiter und hingen beide unseren Gedanken nach. Rhonda war nicht die einzige Freundin, die ich schon verloren hatte; seit ich mich der Gruppe angeschlossen hatte, war ich allzu oft am anderen Ende der Leitung eines mitternächtlichen Telefonanrufs gewesen. Ich hatte mich immer gefragt, ob jemand auch für mich einmal einen solchen Anruf würde machen müssen.

»Und wie geht's jetzt weiter?«, fragte Virginia nach einer Weile, als wir zurück zu unserem Haus gingen. »Du bist doch die mit den großen Plänen.«

»Ich weiß es nicht.« Ich ließ mir vom Wind die Haare in die Augen wehen, während ich gequält einen Fuß vor den anderen setzte. »Dieses Mal weiß ich es wirklich nicht.«

KAPITEL 32

Die längste Zeit meines Lebens war Thanksgiving immer ein großes, lautstarkes Ereignis mit zahlreichen Verwandten – Großeltern, Großtanten und -onkeln, Cousinen und Cousins, angeheirateten Cousinen und Cousins, Nichten und Neffen – gewesen, aber seit ich mich geoutet hatte und offiziell als Mädchen lebte, war ich unausgesprochen von allen Familienfeiern verbannt worden. Mir war das nur recht; das ruhige, gemütliche Thanksgivingessen mit Mom war mir nach meiner Rückkehr sowieso lieber.

Wie immer hatte sie zu viel gekocht. Wir würden noch wochenlang die Reste essen. Wir unterhielten uns nicht groß während der Mahlzeit, was beklemmend hätte sein können, tatsächlich aber irgendwie tröstlich war. Mom wusste, dass ich noch nicht so weit war, über die Ereignisse der letzten Zeit zu sprechen, und ich rechnete ihr hoch an, dass sie mir meinen Freiraum ließ. Mitten während des Essens hörte ich ein Kratzen an der Tür.

»Kannst du bitte die Katze reinlassen?«, sagte Mom.

Ich öffnete die Vordertür, die Katze trottete herein und bedachte mich mit drei lauten, prägnanten Miaus, um ihr Missfallen kundzutun, dass man sie draußen hatte warten lassen. Die kalte, feuchte Luft fühlte sich erfrischend nach der einschläfernden Wärme im Haus an. Ich trat auf die Veranda und lehnte mich ans Geländer, schloss einen Moment lang die Augen und genoss die Kühle. Dann hörte ich ein Auto mit knirschenden Reifen die Einfahrt herauffahren und wusste sofort, dass es Dad war. Ich sah schweigend zu, wie er mit einer abgedeckten Auflaufform unterm Arm ausstieg, und roch seinen Süßkartoffelauflauf mit Marshmallowkruste, als er näher kam.

»Hallo«, sagte er. Er wirkte ein wenig klapperig und irgendwie deplatziert, bemühte sich aber um ein Lächeln, und trotz allem, was in den letzten Wochen passiert war, musste ich einfach zurückzulächeln. »Komme ich zu spät?«

»Was machst *du* denn hier?« Er blieb auf der Türschwelle stehen und sah sich schweigend um, als befände sich das Wohnzimmer auf fremdem Terrain.

»Amanda?«, rief Mom von drinnen. Ihr Stuhl quietschte und ich hörte sie näher-, dann um die Ecke kommen. »Ist da jemand – oh.« Wie vom Donner gerührt blieb sie stehen. Dad hatte inzwischen seinen Mantel ausgezogen und winkte ihr verlegen zu.

»Frohes Thanksgiving«, sagte er. Ich sah zwischen den beiden hin und her und wartete darauf, dass es krachte. Ich hatte mich immer gefragt, was passieren würde, sollten sie sich je wiedersehen, und die wahrscheinlichste Folge schien mir ein thermonuklearer Clash zu sein. Aber dann sagte Dad: »Du hast aber ein hübsches Haus«, und Mom darauf: »Danke. Komm doch rein.«

Das Gespräch wurde durch Dads Anwesenheit nicht gerade lebhafter, aber das war in Ordnung. Wir aßen schweigend zu Ende und dann fing Mom an, das Geschirr abzuräumen. Dad stand auf, um ihr zu helfen, aber ich stupste ihn am Unterarm an.

»Sag mal, wollen wir nicht einen Spaziergang machen? Es hat schon vor Stunden aufgehört zu regnen …«

»So?«, fragte Dad.

»Ich dachte nur … hier gibt es nämlich ein Baseballfeld mit Flutlicht.« Dad stand mit einem Stapel Teller in der Hand vor mir und blinzelte bedächtig. »Wir könnten … ein bisschen Bälle fangen … wenn du dazu noch Lust hast.«

»Oh«, sagte Dad. Er stellte die Teller ab und überlegte kurz. »Bist du dir sicher?«

»Ganz sicher.«

»Dann gerne.«

Mom war es nur recht, dass wir aus ihrer Küche verschwanden, da sie die Spülmaschine auf eine sehr spezielle, völlig undurchsichtige Art einräumte, der man unmöglich gerecht werden konnte. Baseballhandschuhe und Baseball, beides vor zehn Jahren zum letzten Mal benutzt, lagen verstaubt in einer alten Schachtel. Das Laub auf der Straße war nass und rutschig und ich war froh, dass mein Knöchel so gut wie wiederhergestellt war. Dad sprach während des ganzen Spaziergangs kein einziges Wort, sah nur abwechselnd in den Himmel und auf mich.

»Brennt dir was auf der Seele«, fragte er schließlich.

»Jede Menge.«

»Das ist verständlich.« Dad schob die Hände in die Hosentaschen und sah zu den Straßenlaternen hoch.

Wir kamen zum Baseballplatz, dessen Flutlicht im Nebel schwach und fahl wirkte. Dad stellte sich in die Batter-Zone, ich mich auf die Werferplattform, den Handschuh an der linken, den Ball in der rechten Hand.

»Warum soll ich den Handschuh eigentlich links tragen?« fragte ich. »Wäre es nicht viel einfacher, mit rechts zu werfen?«

»Sicher«, sagte Dad, »aber kannst du es auch mit links?«

»Mhm!« Ich nickte. Ich holte aus, spannte den Arm an und warf den Baseball so fest ich konnte in seine Richtung. Er segelte über seinen Kopf hinweg, dann etwa einen Meter seitlich und landete scheppernd in dem Maschendrahtzaun, der die Tribüne abschirmte. »Huch! 'tschuldige.«

Ich sah ihn lächeln, als er auf seine Position zurücktrabte, und musste lachen.

»Was ist denn so komisch?«, fragte er und warf den Ball gedankenverloren in die Luft.

»Nichts. Ich frage mich nur manchmal, was mein altes Ich denken würde, wenn es mich sehen könnte, und gerade habe ich überlegt, was unsere *beiden* alten Ichs wohl denken würden, wenn sie uns hier zusammen sähen.«

Er dachte einen Moment nach, grinste dabei aber immer breiter, bis wir beide losprusteten und schließlich vor Lachen fast platzten. Dann spielten wir weiter, er warf Bälle, die ich nicht fangen konnte, und ich so ungestüme, dass er sich vor ihnen ducken oder aber über das halbe Spielfeld laufen musste, um sie zurückzuholen.

»Als deine Mutter und ich miteinander telefonierten, bevor du bei mir eingezogen bist«, brach Dad schließlich das Schweigen, »da hat sie mir erzählt, dass dein Therapeut meinte, du seist sehr angeschlagen von dem Vorkommnis in der Mall im letzten Sommer. Und ich würde es nicht …«, sagte er, stockte aber dann. »Wenn so was jetzt noch mal passieren würde …«

»Oh«, sagte ich achselzuckend, »ich glaube, ich bin inzwischen stärker als damals.«

Dad nickte und ich sah ihm an, wie erleichtert er war. »Wahrscheinlich hast du recht.«

»Meinst du?«

»Das Mädchen, das bei mir eingezogen ist, hätte sich von dem Wirbel beim Schulball nicht so leicht erholt.« Ich nickte und dachte an die schockierten Gesichter meiner Klassenkameraden in dem schummrigen Licht der Turnhalle, dachte daran, wie es mir den Magen umgedreht hatte, als Grant sagte *»Das ist doch nicht wahr, oder?«*, und welche Angst ich ausgestanden hatte, als ich in dem dunklen Wald vor Parker davongerannt war. Der Ausdruck »Wirbel« kam mir für die Situation etwas untertrieben vor.

»Wahrscheinlich nicht«, sagte ich kopfschüttelnd.

»Ich musste gerade an was denken«, sagte Dad. »Du weißt ja, dass ich nach der Highschool zur Navy gegangen bin, oder?« Ich schüttelte den Kopf und warf den Ball so, dass er zwischen seinen Beinen ausrollte. »Ich dachte damals, ich sei richtig tough. Und viele von den Jungs dort hielten sich für noch viel tougher.« Er warf den Ball. Ich stieß einen kleinen Schrei aus, schloss die Augen und fing ihn wie durch ein Wunder auf. »Ich glaube, wir konnten dir nicht das Wasser reichen.«

»Ich bin nicht mutig«, sagte ich und musste gegen meinen Willen lächeln. »Mut setzt voraus, dass man eine Wahl hat. Ich bin einfach nur ich selbst, verstehst du?« Während ich sprach, ließ ich den Ball wieder und wieder auf die Innenseite meines Handschuhs dotzen und starrte dabei ins Flutlicht, bis ich kleine Flecken vor meinen Augen tanzen sah. Ich hatte meine Bewerbung für die NYU abgeschickt und in ein paar Monaten würde ich wissen, ob ich dort angenommen worden war. Ich stellte mir vor, wie ich wieder einmal vom Erdboden verschwinden, aus Laylas, Annas und Chloes Leben driften und bei meinen Klassenkameraden in Vergessenheit geraten würde, von gelegentlichen kleinen Anekdoten, die sie bei irgendwelchen Partys auftischen würden, abgesehen. Grant hatte mich verlassen, was wehtat, aber in gewisser Weise auch erleichternd war – eine Komplikation weniger, wenn es so weit war, meine Sachen zu packen und in den Norden zu ziehen. Alles an diesem Plan war in Ordnung bis auf eines: Ich wollte nicht mehr verschwinden.

Ich sah meinen Vater an. »Was würdest du sagen, wenn ich nach Lambertsville zurückkäme?« Ich sah, wie er mich anstarrte. War er so blass, weil ihm kalt war oder weil er Angst hatte? »Wäre das mutig von mir oder dumm?«

»Beides?« Er fuhr sich durch seine feuchten Haare und atmete tief aus. »Aber so ist es eben, wenn man jung ist. Ich glaube, ich habe immer solche Angst um dich gehabt, dass ich das ganz vergessen habe.«

»Seit ich zu dir gezogen bin, meinst du?« Ich warf ihm den Ball so zu, dass er diesmal kaum springen musste, um ihn zu fangen.

»Oh nein. Schon viel länger. Schon, seit du ein Baby warst.«

»Und ich dachte, du hättest dich für mich geschämt.«

»Das hab ich auch«, sagte er und biss sich auf die Lippen. »Ich bete zu Gott, dass er mir eines Tages vergibt, aber das habe ich. Doch das ist nicht alles, bei Weitem nicht alles, denn ich hatte entsetzliche Angst um dich.« Ich sah nach unten und bewegte die Finger in meinem Handschuh auf und ab. »Ich musste trinken, um ertragen zu können, dass deine Mutter dir das Laufen beibringt; ich sah dich im Geist ständig hinfallen und dir ein Loch in den Kopf schlagen.«

»Das hab ich, glaube ich, von dir«, sagte ich lächelnd. Dad lachte finster in sich hinein.

»Ich konnte die Vorstellung, dass du dich verletzt, nicht ertragen. Ich konnte die Vorstellung, dass dich etwas unglücklich macht, nicht ertragen.« Er zuckte mit den Schultern und seufzte. »Aber mit allem, was dich glücklich gemacht hat – deine Art, laufen zu lernen, das Spielzeug, das du haben, bis hin zu der Kleidung, die du tragen wolltest –, hast du dich in Gefahr gebracht. Was sollte ich also tun?«

»Du bist weggelaufen.«

»Ich bin weggelaufen.« Er kam auf mich zu, zog seinen Handschuh aus und schob ihn sich unter die Achsel. »Beziehungsweise habe ich dich laufen lassen und bin dir nicht gefolgt. So oder so …« Er legte mir beide Hände auf die Schultern und sah mir in die Augen. »Du *bist* mutig«, sagte er. »Und das hast du von deiner Mutter.« Er zog seine Hände zurück und starrte hinüber in den dunklen, leeren Park. »Als du nach dem Schulball zur Tür reinkamst – da war ich wütend. So wahnsinnig wütend, dass ich jemanden hätte umbringen können. Wütend auf dich, wütend auf mich, wütend auf den, der dir das angetan hatte. Aber als du dann weg warst und ich ganz allein in der Wohnung saß und an all das dachte, was du durchgestanden hast … da wollte ich noch eine Chance haben, es wiedergutzumachen.« Er holte tief Luft und sah mich wieder an. »Ich glaube, damit will ich sagen: Falls du nach Lambertville zurückkommen möchtest, dann wäre ich, nun ja, dann wäre ich glücklich, meine Tochter wieder bei mir zu haben.«

Ich nickte mit einem dicken Kloß im Hals. Mein ganzes Leben lang hatte ich darauf gewartet, dass mein Vater mich brauchte, dass er seine Tochter brauchte. Ich unterdrückte meine Tränen, doch dieses Mal waren es Freudentränen.

Wir machten uns auf den Heimweg, aber unser Schweigen hatte jetzt eine andere Färbung. Ich warf Dad einen Blick zu, er legte seinen Arm um meine Schulter und zog mich an sich heran. Als wir zu Hause ankamen, öffnete er die Mülltonne und warf die Baseballhandschuhe hinein.

»Mach's gut, Andrew«, sagte ich leise.

»Mach's gut, mein Sohn«, fügte Dad hinzu. Dann gingen wir ins Haus.

APRIL, ZWEI JAHRE VORHER

»Hardy?«, sagte die Schwester. »Andrew Hardy?«

Ich stand auf und machte ein paar Schritte auf die Tür zu. Das Kneifen im Bauch, das meist auftrat, wenn ich diesen Namen hörte, war heute kaum spürbar. Ich freute mich zu sehr auf das, was gleich geschehen würde.

»Andr… Amanda?«, sagte Mom und ich drehte mich zu ihr um. Sie hatte die Hände ineinandergepresst und in ihren Augen lag ein Ausdruck, als habe sie Angst, mich zum letzten Mal zu sehen. »Möchtest du, dass ich mitkomme?«

»Nein, danke.« Ich umarmte sie und ging wieder zur Tür. »Ich glaube, das muss ich alleine machen.«

Ich wandte mich der Schwester zu und folgte ihr in einen weißen Flur mit grellem Licht. Dort musste ich mich auf eine Waage stellen und mir anhören, wie sie einen vorwurfsvollen Laut von sich gab, als sie sah, wie untergewichtig ich war. Sie ließ mich auf eine Untersuchungsliege mit Papierauflage setzen, maß meinen Blutdruck, der normal war, und stellte mir die üblichen Fragen. Hatte ich irgendwelche Allergien? Nein. Welche Medikamente nahm ich? Wellbutrin und Lexapro. Hatte ich irgendeine chronische Krankheit? Eigentlich nicht.

»Und weshalb bist du hier?«, fragte die Schwester schließlich.

»Mein Therapeut hat mich überwiesen«, sagte ich beinahe flüsternd und fügte stockend hinzu: »Ich habe, ähem, eine Störung der Geschlechtsidentität. Ich bin transsexuell.« Geistesabwesend zupfte ich an der Papierauflage und holte tief Luft. »Ich soll mit der Hormoneinnahme beginnen.«

»Alles klar«, sagte die Schwester und machte sich eine letzte Notiz; dann lächelte sie und klappte meine Akte zu. »Bleib bitte hier sitzen, Dr. Stern wird gleich bei dir sein.«

Ich ließ mich rücklings auf die Liege fallen, starrte an die Decke und kreuzte die Hände über meinem Herzen. Es wurde tatsächlich wahr. Es wurde tatsächlich endlich wahr. Auf meiner Brust und auf meinem Rücken würden keine Haare wachsen. Meine Stimme würde nicht tiefer werden. Meine Schulter würden nicht in die Breite gehen. Mein Kiefer und meine Stirn würden sich nicht vorwölben. Ich würde nie einen Bart bekommen. Und das alles nur wegen dieses Augenblicks. Ich hörte, wie sich die Tür öffnete, richtete mich auf und sah einen älteren Mann mit dichtem Bart und kahlem Kopf, der in meinem Krankenblatt las.

»Tag, Andrew«, sagte er, legte das Blatt zur Seite und streckte mir die Hand entgegen. Ich schüttelte sie und er lächelte. »Ich bin Dr. Stern. Wie geht es dir?«

»Gut«, sagte ich und fühlte mich von einem Moment auf den anderen so mutig wie noch nie. »Aber mir wäre es lieber, wenn Sie Amanda zu mir sagen würden, Sir.«

»Verstehe«, sagte Dr. Stern. Er lächelte immer noch. »Kein Problem, Amanda. Lass mich das nur schnell in deinem Krankenblatt festhalten.« Er machte sich rasch eine Notiz. »Sag vorn bei der Anmeldung Bescheid, wenn das in der nächsten Zeit zu einem Problem werden sollte.«

»Danke, Sir.«

»Ich habe mir dein Krankenblatt angesehen und den Bericht gelesen, den dein Therapeut an uns weitergeleitet hat, und dein Fall scheint mir ziemlich eindeutig zu sein. Wir beginnen mit hundert Milligramm Spironolacton zur Senkung deines Testosteronspiegels und zwei Milligramm Östradiol, das das Testosteron mit Östrogenen ersetzt. Wir fangen mit einer niedrigen Dosis an, weil du Stimmungsschwankungen haben wirst und das Östradiol deiner Leber zu schaffen machen kann. Ich möchte die Sache gern behutsam angehen, damit wir dich beobachten und sicher sein können, dass sie nicht außer Kontrolle gerät. In etwa einem Monat kommst du zu einem Bluttest hierher und inzwischen bleiben wir in Verbindung mit deinem Therapeuten und entscheiden, wie wir fortfahren wollen.«

»Ja, Sir«, sagte ich.

»Da ist aber noch eine Sache, die ich mit dir besprechen möchte, bevor ich das Rezept ausstelle«, sagte er. »Dein Therapeut scheint keinerlei Zweifel zu haben und ich zweifele nicht an seiner Befähigung, aber es wäre nachlässig von mir, wenn ich dir nicht einige Zusammenhänge erläutern würde.«

»Okay«, sagte ich, aber meine Kehle fühlte sich plötzlich trocken an. Da war ich so nah dran und trotzdem schrie ein kleiner, angsterfüllter Teil von mir mit einem Mal, dass er es mir verderben würde.

»Ich möchte nicht plump erscheinen, aber du wirst Brüste bekommen«, fuhr Dr. Stern fort. »Solltest du deine Meinung ändern und die Hormone absetzen, werden sie wieder kleiner werden, aber nie mehr ganz verschwinden, es sei denn, mithilfe plastischer Chirurgie.« Ich nickte. »Noch wichtiger aber, du wirst schon innerhalb weniger Wochen nach Beginn der Einnahme von Spironolacton unfruchtbar werden. Das könnte wieder rückgängig gemacht werden, wenn du innerhalb des ersten Jahres mit der Hormoneinnahme aufhörst, aber nach diesem Zeitpunkt ist diese Wirkung dauerhaft.«

»Ich verstehe«, sagte ich und betrachtete meine Hände.

»Also gut«, sagte er. Er griff nach einem Rezeptblock und notierte rasch etwas darauf. »Dann geh bitte vor zur Anmeldung, um deinen Eigenanteil zu begleichen und einen neuen

Termin auszumachen, und wir sehen uns hier in einem Monat wieder. Hat mich gefreut, Amanda.«

»Mich auch«, sagte ich, und als ich zurück in den Eingangsbereich ging, war mir, als bewegte ich mich in einem Traum.

*

Später abends, als der Mond schon aufgegangen war und Mom längst schlief, nahm ich mein Fläschchen Östradiol und eine Dose Cola light und ging in den Garten. Das Gras zwischen meinen Zehen fühlte sich kühl und feucht an und die Frösche und Zikaden sangen leiser als sonst. Ich legte mich auf den Rasen und sah hinauf zu dem matten Schein der Mondsichel. Ihre Spitzen zeigten nach links, was bedeutete, dass sie gerade aus der Finsternis des Neumonds hervortrat.

Ich öffnete das Tablettenfläschchen, nahm eine Tablette heraus und hielt sie vor mir in die Höhe. Das winzige blaue Oval fühlte sich trocken und pulverig zwischen meinen nassen Fingern an. Mein Gott, es war so klein, ein Drittel nur meines kleinen Fingernagels, und doch bedeutete es alles. Brüste und Sterilität waren irreversible Nebenerscheinungen, aber ich wusste, dass ich meine Entscheidung niemals zurücknehmen würde.

Es würde schwer werden. Ich würde noch eine Weile den Jungen spielen müssen. Aber meine Klassenkameraden und meine Familie würden die Veränderungen an meinem Körper bemerken, ganz gleich, wie sehr ich mich bemühen würde, sie zu verbergen. Wahrscheinlich würde ich mehr denn je gemobbt werden, aber ich hatte das Gefühl, dass ich jetzt damit fertigwerden konnte. Ich hatte das Gefühl, dass ich mich als Amanda mit Schwierigkeiten konfrontieren konnte, vor denen ich mich früher im Bett verkrochen hatte.

Ich schloss die Augen, schob die Tablette auf meine Zunge und spülte sie mit einem Schluck Cola herunter. Dann legte ich mich ins Gras zurück, badete im Licht des Mondes und träumte davon, wie schön das Leben hin und wieder sein konnte.

KAPITEL 33

Die Mädels holten mich am ersten Tag meines zweiten Trimesters in Lambertville vor Dads Wohnung ab. Ich setzte mich, wie immer, links neben Chloe auf die Rückbank, atmete in dem kurzen Moment, bevor wir uns eilig auf den neuesten Stand bringen würden, durch und staunte, wie normal mir alles vorkam. Meine Welt war untergegangen und trotzdem gab es sie noch.

»Die verlorene Tochter kehrt zurück!«, sagte Layla und strahlte mich im Rückspiegel an.

»Es ist schön, wieder da zu sein«, sagte ich und meinte es auch. »Ich hab euch vermisst.« Ich zögerte kurz, aber dann fragte ich etwas, wozu mir bisher der Mut gefehlt hatte. Ich beugte mich vor, streckte den Kopf zwischen die beiden Vordersitze und sah Anna an, aber es war eindeutig, dass es ihr schwerfiel, mich anzusehen. »Alles gut zwischen uns?«

Anna wollte schon etwas erwidern, aber Layla warf ihr einen warnenden Blick zu. Anna zog die Stirn in Falten und setzte noch einmal neu an. »Ich wandele weiß Gott nicht auf dem Pfad der Tugend«, sagte sie ein wenig steif. »Bis auf Gott ist keiner von uns perfekt, oder? Deshalb ist es zwar eine Sünde, denke ich« – wieder ein wütender Blick von Layla – »andererseits ist *vieles* eine Sünde und Jesus ist gestorben, damit uns unsere Sünden vergeben werden und …«

»Okay«, unterbrach ich sie und legte ihr meine Hand auf die Schulter, »aber bist du immer noch meine Freundin?«

»Natürlich!« sagte Anna. »Nur, weil ich mich mit … mit …«

»Mit metaphysischen Fragen herumschlagen muss«, ergänzte Layla.

»Mit metaphysischen Fragen herumschlagen muss, heißt das noch lange nicht, dass ich dich und Chloe nicht mehr wie Schwestern liebe.«

»Mehr will ich gar nicht wissen«, sagte ich, ließ mich auf meinen Sitz zurückfallen und Chloe und ich lächelten uns an.

»Ich hab mich aber ein bisschen im Internet umgetan«, sagte Anna und drehte den Kopf zu mir nach hinten. »Und falls ich jemals was Homo- oder Transphobisches von mir geben sollte, dann sagt mir es sofort, okay? Und ich werde auch mit den Leuten bei mir in der Kirche sprechen, Amanda, denn die mochten dich alle so gern und ich möchte, dass du dich dort wieder willkommen fühlst.«

Ich legte meine Hand auf Annas und spürte meine Zärtlichkeit für sie bis in die Fingerspitzen. »Danke.«

»Natürlich kriegt Anna wieder den ganzen Dank ab«, sagte Layla. »Und du und Chloe mit eurem supergeheimen Mädchen-Queer-Club …«

Chloe verbiss sich das Lachen, warf mir einen Blick zu und meinte: »Ehrlich gesagt wusste ich gar nicht, dass sie trans…«

»Und Anna braucht nur irgendwas über Jesus daherzufaseln

und dass er euch liebt, und plötzlich ist sie der Engel, obwohl ich doch an deiner Seite war, als dein Dad Grant eins auf die Nase gegeben hat …«

»Dein Dad hat Grant verkloppt?«, fragte Anna mit aufgerissenem Mund.

»Parker habe aber ich mit einem Gewehr in Schach gehalten«, erinnerte Chloe niemand Bestimmten.

»Aber wer schert sich schon um Layla? Niemand, ganz offensichtlich! Ich bin bloß das Mädchen mit dem Auto, um das sich niemand einen Dreck kümmert, warum also …«

»Layla!«, sagte ich. Sie unterbrach sich und sah mich über die Schulter an. »Jetzt sei aber still! Danke. Danke euch allen so sehr.« Ich musste plötzlich an Andrew, den traurigen kleinen Jungen aus meiner Vergangenheit denken, der sich so sehnlichst einen Freund gewünscht hatte, jemanden, der ihn verstand, und der sich eine Zukunft wie diese niemals hätte vorstellen können. Der sich überhaupt keine Zukunft hatte vorstellen können. »Das alles bedeutet mir viel, viel mehr, als ihr ahnt.«

»Mehr wollte ich gar nicht«, sagte Layla, warf ihre Haare zurück und fuhr mit hochmütigem Blick auf den Parkplatz. »Ich wollte lediglich eine gewisse Wertschätzung meiner Großartigkeit erfahren.«

Wir stiegen alle aus und umarmten uns. Anna und Layla mussten sich beeilen, um rechtzeitig zu einer Versammlung der Schülermitverwaltung zu kommen, aber Chloe und ich hatten noch eine Viertelstunde bis zu unserem ersten Kurs.

»Ich wollte mich entschuldigen«, sagte Chloe, als wir beide im Schneidersitz auf dem Rasen vor der Eingangstreppe saßen.

»Dafür, dass ich so eifersüchtig auf Bee gewesen bin. Eigentlich hab ich gewusst, dass du nur freundschaftliche Gefühle für sie hattest.«

Ich seufzte. »Nur freundschaftliche Gefühle, ja«, sagte ich. »Aber es tut mir trotzdem leid.« Ich hatte von Bee bisher noch nichts gehört und war mir auch nicht sicher, wie ich reagieren würde, wenn ich sie wiedersah. Vielleicht würde sie versuchen, sich zu entschuldigen, vielleicht würde sie sich wieder mit mir anfreunden wollen. Aber egal, was sie vorbringen würde: Ich wusste, dass sie in meinem Leben nichts mehr zu suchen hatte. Was sie mir angetan hatte, hatte mich mehr verletzt als Parker, mehr als der Angriff auf der Toilette im Einkaufszentrum, ganz einfach weil ich ihr vertraut hatte. Ich wusste jetzt, dass ich mir genau überlegen musste, auf wen ich mich einließ. Aber vielleicht war das ja eine Lektion, die jeder zu lernen hatte.

»Entschuldige dich doch nicht«, sagte Chloe. Sie pflückte zwei lange Grashalme und hielt sie zwischen Zeige- und Mittelfinger. »Im Ernst, lass das. Du warst halt neu hier und so hübsch, und alles, was du haben wolltest, stand dir offen, und da dachte ich, Bee nimmst du mir auch weg. Mir kam es so vor, als ob mir alles schwer- und dir alles leichtfallen würde. Inzwischen weiß ich, dass es ganz so einfach nicht ist.«

Ich lächelte sie gequält an. »Nein. Einfach ist ganz sicher kein Wort, mit dem ich mein Leben beschreiben würde.«

Eine Weile saßen wir in einvernehmlichem Schweigen da. Dann fragte ich: »Ich bin seit dem Schulball nicht mehr auf dem Laufenden … wie hat denn deine Familie auf die Neuigkeit reagiert?«

»Die kauen noch daran«, meinte Chloe achselzuckend. »Meine Brüder haben's offensichtlich immer schon geahnt und kommen mehr oder weniger damit klar. Sie sagen, Bee kann froh sein, dass sie ein Mädchen ist, sonst hätten sie sie für das, was sie beim Schulball angerichtet hat, mit unserem Pick-up plattgemacht.«

»Dann rettet also Frauenfeindlichkeit zur Abwechslung mal die Lage?«

»Alles nur großes Getue«, sagte Chloe und ließ sich die Grashalme aus den Fingern wehen.

»Chloe?« Ich sah mich um, ob uns jemand beobachtete. »Ich tue jetzt etwas, aber rein kameradschaftlich, okay?«

»Okay«, sagte sie und runzelte die Stirn. Ich umarmte sie ungestüm und gab ihr einen Kuss auf die Wange. »Du bist ein unglaublich tolles Mädchen, und egal, in welcher Stadt oder bei welchem Mädchen du mal landest … die können sich alle nur freuen.«

»Danke«, sagte Chloe mit glühenden Wangen. Wir standen auf und Chloe klopfte sich das Gras von der Jeans. »Und der Junge, bei dem du mal landest, kann sich auch freuen.« Sie warf sich den Rucksack über die Schulter. »Glaubst du, das wird Grant sein? Siehst du noch eine Chance?«

Ich sah auf meine Handyuhr und zuckte mit den Achseln, während ich meine eigene Tasche vom Boden aufhob. »Ich habe keine Ahnung. Aber das wird sich vermutlich heute herausstellen.«

*

Auf dem Weg zu meinem Klassenzimmer hielt ich den Blick gesenkt und starrte auf die glänzenden Bodenfliesen, weil ich es nicht wagte, meinen Klassenkameraden in die Augen zu sehen. Es hatte noch nicht geläutet, sodass das Geräusch all der Sneakers auf den Fliesen und der zuschlagenden Spindtüren durch die Gänge hallte.

»Willkommen zurück«, hörte ich da jemanden sagen, hob den Blick und sah ein unscheinbares Mädchen mit Cateye-Brille, das die Riemen ihres Rucksacks umklammert hielt und mir zulächelte. Sie kam mir irgendwie bekannt vor, obwohl ich mich nicht daran erinnern konnte, je mit ihr gesprochen zu haben. Mir wurde klar, dass ich sie zwar nicht kannte, sie aber sehr wohl mich, und der Gedanke, dass ihr meine Abwesenheit – und dass ich zurückgekehrt war – aufgefallen war, rief ein Lächeln bei mir hervor.

Den Rest des Wegs legte ich mit hocherhobenem Kopf zurück. Einige meiner Klassenkameraden sahen zwar weg, als ich an ihnen vorüberging, aber alle anderen nickten oder winkten mir zu. Ich bog um die Ecke und blieb abrupt stehen. Ein Dutzend Schüler wartete vor unserem noch zugesperrten Klassenzimmer auf den Lehrer und mein Blick fiel sofort auf Grants breiten Rücken. Instinktiv lächelte ich, aber dann drehte er sich um und mein Verstand setzte ein.

Die anderen machten ihm gleich Platz und alle Blicke waren auf uns gerichtet. Als Grant merkte, wie viele Leute uns anstarrten, sagte er: »Können wir irgendwo anders hin?«

Ich nickte und gemeinsam gingen wir den Flur hinunter in die leere Cafeteria.

Erst nachdem wir die Tür hinter uns geschlossen hatten, sah

er mich an. Seine Augen glänzten, aber sein Blick war undurchdringlich.

»Hi«, sagte er noch mal.

»Hi.« Ich sah zu Boden. »Wie geht es dir?«

»Ich hab Neuigkeiten.« Er blinzelte, rieb sich den Nacken und wandte wieder den Blick von mir. »Ich hab das Hope-Stipendium für Chatt State bekommen.«

»Gratuliere!«, sagte ich aus vollem Herzen. »Das freut mich total für dich.« Unsere Blicke trafen sich wieder für einen Moment und wir wechselten stumme Worte. *Ich liebe dich* und *Ich brauche dich. Es tut mir leid* und *Verzeih mir.*

»Das mit meinem Dad tut mir leid«, sagte ich schließlich.

»Ah.« Grant rieb sich über den Nasenrücken, wo Dad ihn getroffen hatte. »Für einen so alten Typen hat er einen ziemlich fiesen rechten Haken.«

Ich sah zur Seite, konnte mir aber ein Lächeln nicht verkneifen. »Ich werd es ihm ausrichten.«

»Aber ich verstehe ihn.« Ich sah Grant an. Er lehnte an der Wand, sah an die Deckenbeleuchtung und schnippte nervös an seinem Fingernagel herum. »Was Parker da getan hat … dein Dad dachte ja, dass ich es war.« Ich nickte. »Auch wenn man's nicht direkt vergleichen kann … wenn irgendwer Avery oder Harper was antun würde …« Er ballte die Fäuste. Seine Augen waren weit geöffnet, als er mich jetzt ansah, aber zu vieles lag dahinter verborgen, das ich nicht entschlüsseln konnte. »Dem würde ich wahrscheinlich nicht nur eins auf die Nase hauen.«

»Ich bin froh, dass du Verständnis dafür hast.« Ich wollte gerade meine Hand nach seinem Arm ausstrecken, ließ sie aber wieder fallen. Grant bemerkte es und seufzte.

Die Schulglocke läutete, aber keiner von uns beiden rührte sich.

»Du hast mich nie angerufen«, sagte ich, bemüht, meine Verletztheit nicht durchklingen zu lassen.

»Du mich aber auch nicht«, erwiderte Grant leise. Er lächelte kleinlaut.

»Stimmt.« Ich fuhr mir mit den Fingern durch die Haare. »Ich dachte, du wärst fertig mit mir.« Ich sah ihn an und nahm seine dunklen Augen mit den langen Wimpern und sein jungenhaftes, offenes Gesicht in mir auf. Ich dachte an unseren ersten Kuss, die Leichtigkeit, mit der wir uns am See bewegt hatten, an die Fahrt im Truck, an alle Momente, die wir geteilt, an alle Erinnerungen, die er mir ermöglicht hatte. Es waren die authentischsten, die wahrhaftigsten Momente meines Lebens gewesen, auch wenn sie ihm inzwischen wie eine Lüge vorkommen mochten.

»Ehrlich, ich hätte verstanden, wenn du mit mir fertig gewesen wärst.«

»So?«

»Ich wollte nie, dass du es so erfährst. Es tut mir leid, wenn ich dich … in eine peinliche Situation gebracht habe.« Sekundenlang schlich sich das alte Schamgefühl wieder an und drohte mich herunterzuziehen.

»Peinlicher für dich«, sagte er. Ich atmete tief ein und schloss die Augen. »Beim Schulball habe ich dir gesagt, dass ich dich liebe. Aber ich war mir nicht sicher, ob du es gehört hattest.«

Er schüttelte den Kopf. Mein Herz klopfte heftig.

»Ich habe Tommy nicht im Stich gelassen«, sagte er mit ernster Miene, »und ich werde auch dich nicht im Stich lassen.«

Ich atmete aus. »Das ist lieb von dir, aber was genau meinst du damit?« Ich schüttelte den Kopf. »Liebst du mich?«

»Ja.«

»Wirklich?«, sagte ich verblüfft.

»Ich habe dir mehr von mir anvertraut als jedem anderen«, sagte er. »Und das hast du auch getan, selbst wenn ich deinen Brief damals verbrannt habe. Was immer wir jetzt sind …«

»Was immer wir jetzt sind?«, wiederholte ich mit einem Kloß im Hals. »Das heißt, wir sind nicht mehr …?«

»Ich weiß nicht«, sagte er. »Ich habe versucht zu recherchieren, während du weg warst, aber ich habe keinen Computer, und wenn du in die Bibliothekscomputer den Begriff ›transsexuell‹ eingibst – na ja, sagen wir einfach, ich habe jetzt eine Weile lang keinen Zugang zur Bibliothek mehr.« Er rieb sich den Arm und öffnete ein paar Mal den Mund, als suche er nach den rechten Worten. »Ich habe keine Ahnung, ob ich das alles verstehe, aber selbst wenn, dann weiß ich einfach nicht …« Er verstummte und ließ die Schultern hängen. »Ich weiß es nicht, Amanda. Ich wünschte … ich wünschte einfach, du wärst ein Mädchen. Ich meine, ich wünschte, du wärst nie … ich wünschte, du wärst immer …«

»Nein«, sagte ich, selbst überrascht darüber, wie fest meine Stimme und wie klar dieses eine Wort in dem stillen Raum klang. Er schniefte und trat von einem Fuß auf den andern.

»Ich bin *immer* schon ein Mädchen gewesen, *immer*«, sagte ich mit brennenden Augen. »Bis demnächst, Grant.« Ich drehte mich um und wollte gehen, aber er packte mich an der Schulter.

»Ich will es versuchen.« Er zog seine Hand zurück und ich

drehte mich noch einmal zu ihm um. »Aber ich glaube, ich möchte, dass du es mir selbst erklärst.«

Ich hörte die anderen draußen auf dem Gang in ihre Klassenzimmer gehen. Aber ich blieb. »Ich habe den Brief noch, den ich dir geschrieben habe«, sagte ich langsam. »Ich kann ihn dir noch mal ausdrucken.«

»Nein«, sagte er. »Ich will es von dir persönlich hören.«

»Okay.« Ich überlegte kurz. »Wie wäre es mit heute Abend?«

*

Der Motor von Grants Wagen war das einzige Geräusch, das die friedliche Stille am See durchbrach. Ich drehte mich um und beobachtete mit pochendem Herzen, wie er ausstieg. In dem weichen Licht der Abenddämmerung war mir, als sähe ich ihn zum allerersten Mal. Die sanfte, aber kalte Brise zerzauste seine schwarzen Haare und seine dunklen Augen funkelten geradezu, als er mich ansah. Er trug eine verwaschene alte Kapuzenjacke, Jeans und seine Arbeitsstiefel, aber trotz seiner Kleidung sah ich, wie kraftvoll und anmutig er sich bewegte.

»'n Abend«, sagte er und lächelte mir zu.

»Hi«, sagte ich, schloss die Augen und atmete tief durch. Wir schwiegen beide und ich wappnete mich für das, was jetzt auf mich zukam. »Wo soll ich anfangen?«

»Am Anfang«, sagte Grant. In der Ferne war das Zirpen einer Zikade zu hören. »Ich will alles hören, wenn das für dich okay ist.«

»Okay.« Wir gingen zum Baumhaus, ließen uns darin nieder, ohne uns anzusehen, wandten den Blick vielmehr dem glitzernden Wasser zu, auf dem sich der Übergang des hellen Tageslichts zu dem dunklen Schimmer der Nacht spiegelte. »Dann beginne ich mit meinem Geburtsnamen.«

Während ich erzählte, dachte ich daran, was Virginia erst vor einigen Wochen zu mir gesagt hatte: dass man alles bekommen könne, was man wolle, sofern man nur daran glaube, dass man es verdiene. Soweit ich mich zurückerinnern konnte, hatte ich mich immer dafür entschuldigt, dass ich existierte, dass ich versuchte, die zu sein, die ich war, das Leben leben zu können, für das ich bestimmt war. Vielleicht war dies gerade das letzte Gespräch, das Grant und ich miteinander führten. Vielleicht auch nicht. So oder so bedauerte ich nicht mehr, dass es mich gab. Ich hatte es verdient zu leben. Ich hatte es verdient, geliebt zu werden. Ich wusste jetzt – war fest überzeugt davon –, dass ich es verdiente, geliebt zu werden.

NACHWORT

**An meine cisgender Leser/innen –
also an diejenigen unter euch, die nicht trans sind:**

Danke, dass ihr mein Buch gelesen habt. Ich war etwas nervös, weil ich nicht wusste, wie ihr reagieren würdet, wenn auch aus anderem Grund, als ihr vielleicht denkt. Natürlich hatte ich Bedenken, dass es euch nicht gefallen könnte. Größer aber war meine Sorge, dass ihr Amandas Geschichte wie eine Heilsbotschaft lesen könntet, besonders, da sie von einer Transfrau erzählt wird. Ich erzähle Geschichten, bin keine Pädagogin. Ich habe mir Freiheiten herausgenommen. In mancherlei Hinsicht habe ich mich an Stereotypen gehalten und gelegentlich auch ein Auge zugedrückt, damit Amandas Transsexualität gängige Annahmen so wenig wie möglich provoziert. So weiß Amanda zum Beispiel von klein auf, dass sie transsexuell ist. Sie fühlt sich ausschließlich zu Jungen hingezogen und ist zu hundert Prozent weiblich. Sie lässt sich operieren, was sich ihre Familie normalerweise nicht leisten könnte und beginnt früher und auf rechtmäßigem Weg mit der Hormontherapie, als es in der Realität vermutlich möglich wäre. Ich wollte alles vermeiden, was es dem Leser erschwert, Amanda als einen weiblichen Teenager zu begreifen. Amandas Leben und Identität hätten eine ebenso große Berechtigung, wenn sie sich erst später im Leben über ihre Identität klar geworden, ein richtiger Junge, bisexuell, lesbisch oder asexuell gewesen wäre, wenn sie Probleme mit dem Passing, keine Chance auf medizinische Geschlechtsangleichung gehabt oder sich dagegen entschieden hätte. In keinem dieser Szenarien wäre Grants Zuneigung zu ihr weniger heterosexuell und Bees weniger lesbisch gewesen. Aber wer unser Leben nicht selbst gelebt hat, fixiert sich leicht auf diese Punkte und deshalb habe ich sie hintenan gestellt. Ich hoffe, dass ihr Amandas Erfahrungen – nachdem ihr sie nun kennengelernt habt – nicht als Dogma auffasst, an dem sich andere Transmenschen zu orientieren haben, sondern vielmehr als Inspiration dafür, unser Leben und unsere Identitäten besser verstehen zu können, aber auch das eigene Verständnis von Gender und Geschlecht zu überprüfen.

An meine Transleser/innen:

Es ist völlig in Ordnung, wenn ihr anders seid als Amanda. Sie ist keine reale Person, aber ihr seid es. Ich habe fast zwei Jahrzehnte lang versucht, mir weiszumachen, dass ich nicht bin, was ich längst war, weil ich nicht in das sehr konkrete und schädliche gesellschaftliche Schema gepasst habe, in das Transsexulle gerne gepresst werden, und glaubt mir, meine Lebensgeschichte ist grundverschieden von der Amandas. Es ist okay, trans zu sein und schwul, lesbisch, bisexuell, asexuell oder was auch immer. Es ist okay, trans zu sein und nicht als solches wahrgenommen zu werden (und sich trotzdem mit vollem Recht schön zu fühlen) und es ist auch okay, trans zu sein, als solches wahrgenommen zu werden und es trotzdem geheim zu halten. Es ist okay, ein Transmann zu sein. Es ist okay, genderqueer zu sein, seine Identität mehr als einmal im Leben zu ändern oder geschlechtsneutral zu sein. Es ist okay, trans zu sein und nie eine der medizinischen Möglichkeiten der Geschlechtsangleichung anzustreben, und es ist genauso okay, trans zu sein und seinen Körper – egal wie – zu verändern. Wie du dein authentisches Selbst auch zum Ausdruck bringst und verkörperst – es kann niemals falsch sein! Du bist schön und hast ein Recht darauf, dass man deinen Körper, deine Identität und dein freies Handeln respektiert.

An diejenigen Transmenschen unter euch, deren Gedanken darum kreisen, sich das Leben zu nehmen: Bitte, bitte ruft bei einer der Beratungsstellen der Deutschen Gesellschaft für Transidentitäten und Intersexualität an. Die Telefonnummern für die einzelnen Bundesländer findet ihr unter http://www.dgti.org/beratungsstellen.html. Cisgender Schwule, Lesben und Bisexuelle sollen sich bitte unter 0721/8317953 an die Beratungsstelle des Lesben- und Schwulenverbands wenden. Alle anderen, die einen Suizid erwägen, bitte ruft die allgemeine Telefonseelsorge unter 0800/1110111 oder 0800/1110222 an.

Ich weiß, wie sehr es schmerzt. Ich weiß, dass es so schmerzt, dass man manchmal kaum noch atmen kann. Ich weiß es, weil ich auch einmal an diesem Punkt gewesen bin. Bitte verlasst uns nicht. Ich verspreche euch, das Leben kann schön sein und wir brauchen euch viel zu sehr.